Les lapins ne meurent pas

Ouvrage traduit avec le concours du Centre national du livre.

Titre original :
Iepurii nu mor
Éditeur original :
Polirom, Iaşi

ISBN 978-2-330-00254-1

Savatie Baştovoi

Les lapins ne meurent pas

roman traduit du roumain (Moldavie)
par Laure Hinckel

Éditions **Jacqueline Chambon**

Pour les enfants soviétiques devenus grands.

1

Le défilé, c'était l'affaire de toute l'école. Il y avait une collecte pour acheter les ballons. Il y en avait à trois, à cinq et à dix kopecks. Il y en avait des longs en forme de vagues et avec un tété au sommet, qui ressemblaient à vous-savez-quoi et qui nous faisaient rigoler, nous autres, les garçons. Mais les filles encore plus. Il y avait aussi des ballons plus petits, mais ronds. Ceux-là étaient plus beaux, parce qu'ils ressemblaient à un ballon de football et qu'on pouvait jouer avec.

Mais les encore plus beaux étaient ceux à dix kopecks, parce qu'ils étaient grands et ovales. Et je crois qu'il y avait aussi des ballons beaucoup plus chers, puisque certains enfants en avaient des encore plus grands, j'en ai vu. Ceux-là, je ne savais pas où on les achetait. Nous, on croyait qu'ils étaient à vendre seulement pour la fille de Véra Ivanovna, parce qu'il n'y avait qu'elle qui en avait, des ballons pareils. Quand on ne voulait pas apporter d'argent pour les ballons, la maîtresse disait : « Très bien, alors nous n'achèterons que des ballons avec des vagues, et nous verrons bien quelle tête vous ferez ! » On avait honte, évidemment, d'y aller avec ces ballons-là qui ressemblaient à vous-savez-quoi.

Le vent agitait les pancartes et les drapeaux. Au-dessus, entre les ballons, on voyait le ciel et les nuages qui bougeaient. Vive le Grand Octobre ! Notre vie pour la Cause du Parti Communiste de l'Union des Républiques Socialistes Soviétiques ! Non aux guerres et au monde nucléaire !

Les foulards et les cols tremblaient. Les mains transpiraient sur les pancartes et sur les bouquets de fleurs. Les cœurs palpitaient. Pour la Paix et le Désarmement ! Libérons la Colombe de la Paix au-dessus du monde ! Mort au noir corbeau du capitalisme !

– La paix pour toujours !

– Mort au corbeau noir du capitalisme !

– Paix sur terre !

– Paix pour les habitants du monde entier !

– On n'oublie personne, on n'oublie rien !

– Vingt millions de morts dans la Grande Guerre pour la Défense de la Patrie !

– On n'oublie personne, on n'oublie rien !

– Victimes du fascisme, capitalisme assoiffé de sang !

– Mort au corbeau noir du capitalisme !

– Et aux vaches !

– Et aux lapins et aux bâtards !

– Qu'ils dépérissent comme Leningrad assiégée !

– Que leurs enfants meurent de faim à table, et qu'eux ne se relèvent pas de leur chaise !

– Mort au corbeau noir du capitalisme !

– Non au monde nucléaire !

– Qu'en route pour le trou, celui qui les traîne crève de froid et tombe sur place !

– Qu'ils meurent assis sur leur chaise, les yeux grands ouverts !

– Qu'on entre chez eux, qu'on les renverse d'un coup de pied, qu'on leur prenne leur chaise pour en faire du feu !

– Pour leur chauffer les mains et les pieds !

– Ensuite, qu'on vienne les tirer par les pieds dans le couloir et qu'on leur pique leur plancher !

– Qu'ils tombent dans les escaliers la tête la première !

– Que leurs lapins meurent en été, quand ils changent de poil, pour qu'ils ne puissent même pas en faire des bonnets !

Un soleil vert se posa sur Sophie, illuminant les maisons des environs. Un soleil digital et pervers, moite, ouvrait les portes des voisins et y glissait ses griffes comme dans une poche profonde. Il n'y aurait rien trouvé, sinon un sou. Un sou hors d'usage, un grand rouble de fer oublié là et dévalorisé depuis la chute de l'Union Soviétique.

2

– Toi, Edmundîci, on voit bien que tu n'as pas le sens des mots. Je m'en vais pourtant te donner, pour une meilleure compréhension, une phrase avec courge. Par exemple : "Qu'ils flanquent un bon coup de courge sur la tête à Gurski." Maintenant réponds-moi, qu'est-ce qu'un lapin mort avec une courge ?

– Je ferais mieux de faire du feu. Couper du bois à la hache et cueillir toutes les fleurs de tilleul. Que tout le monde puisse en faire infuser. Des pommes de terre, de tout !

– Edmundîci, nous savons tous que le parquet existe. Mais que signifie un parquet bon ou mauvais ?

– Le lapin ne meurt pas. Il ne meurt jamais.

– Toi, Edmundîci, tu n'as pas le sens des mots. Je m'en vais pourtant te donner, pour une meilleure compréhension, une phrase avec courge. Par exemple...

– Un os de peluche avait sauté dans le jardin par-dessus la palissade pour me tuer avec un chou géant.

Je n'ai rien dit et d'un seul geste j'ai appuyé sur mon rhinocéros de garde. Quelle longue nuit s'enfuit à travers le verger avec deux coqs dans son filet de lumière ! Me tuera-t-elle, un jour, avec la malice d'un scorpion ?

– Question 904, Edmundîci. Ça ne convient pas. Ça ne convient pas du tout. Rappelle-toi, Edmundîci. Ou bien on essaye ensemble ?

– Le lapin ne meurt pas ! Il ne meurt jamais ! Le lapin ne peut pas être mort !

– Toi, Edmundîci, on voit bien que tu n'as pas le sens des mots. Qu'est-ce que tu dis là ? Comment ça, le lapin ne meurt pas ? Le lapin meurt !

– Le lapin ne peut pas mourir ! Il peut se déguiser, mais pour ce qui est de mourir, non, il ne meurt pas ! Le lapin peut se coucher par terre, grouiller de vers et attirer des mouches ! Mais le lapin ne meurt jamais !

– Le lapin meurt ! Qu'est-ce que tu dis là, Edmundîci ?! Comment peux-tu croire que je t'aurais parlé d'un lapin mort si le lapin ne mourait pas ?! Comment crois-tu qu'une chose pareille aurait pu me venir à l'esprit ?! Le lapin meurt ! Tout le monde le sait ! Sinon, tout le monde saurait que le lapin ne meurt pas ! Mais tu peux demander à n'importe qui, personne ne sait que le lapin ne meurt pas ! Le lapin meurt ! Le lapin meurt, Edmundîci ! Qu'est-ce que tu dis là ? Ce n'est pas moi qui en aurais parlé ! Je n'y aurais pas pensé !

– Je ne sais pas. Je ne sais pas ce que tu me dis...

La lune éclairait la petite fenêtre de la porcherie. Sasha se pencha par-dessus la claire-voie et frappa le cochon sur le groin. On lui avait dit que les cochons meurent mieux si tu les frappes sur le groin. En sortant, Sasha s'essuya les sandales dans l'herbe, pour que son père ne sente pas l'odeur. C'était une odeur forte, qui ne partait pas, même quand il essuyait ses sandales dans l'herbe. Une odeur qui restait dans les habits et dans la peau et qui ne partait pas, même avec du savon. Quand il transpirait beaucoup, il sentait une odeur qui y ressemblait. Ou peut-être qu'elle n'y ressemblait pas, mais pour lui c'était comme l'odeur des cochons. Il avait peur, assis dans son lit à se renifler les dessous de bras, peur de se transformer petit à petit en cochon. C'était une pensée effrayante, tout aussi effrayante qu'absurde. Mais être absurde ou impossible n'est pas la même chose que ne pas vous angoisser. L'angoisse se maintenait en Sasha comme une bille de fer dans une bouteille fermée, ou bien comme une bulle d'air dans une bouteille d'eau, qui se déplace d'un bord à l'autre quand on la penche, et son angoisse faisait pareil, elle se déplaçait d'un bord à l'autre de son corps.

– Qu'est-ce que tu fais ici, Sasha ?

– Rien…

C'était un sentiment terrifiant. Comme si les os de sa poitrine n'étaient pas les siens, mais des os étrangers qui lui entraient par le dos, déchirant sa chair et rendant sa respiration difficile et lente, comme s'il s'était interdit de respirer encore l'air de cette nuit coupable, de cette nuit de son souvenir durant laquelle il avait eu l'idée de le faire. Que dirait-on de lui ?

Il aimait s'accrocher aux camions et aux tracteurs qui sillonnaient le village, chargés de paille et de grains ou de fourrage pour l'élevage. Il s'accrochait et faisait un bout de chemin, jusqu'à ce que le camion ou le tracteur ralentisse. Les tracteurs roulaient plus lentement, et c'était plus facile de s'y accrocher et d'en descendre quand il voulait. Les camions roulaient vite, mais il pouvait monter, parce qu'il les attendait dans les virages, où ils ralentissaient ; par contre pour descendre, il ne pouvait pas descendre où il voulait, il fallait parfois qu'il aille carrément loin, jusqu'à un changement de vitesse, quand le camion finissait par ralentir. Mais même là, le camion roulait toujours plus vite que le tracteur, et lui, il s'étalait sur le ventre.

Il rentrait chez lui à pied, il était fatigué et n'avait plus envie de jouer. Il sortait avec sa fourche et attendait au portail que passe le tracteur avec la paille. Le tracteur allait lentement et lui, il en faisait tomber un ballot avant de s'enfuir dans la cour. Tout le monde faisait ça, mais Sasha ne comprenait pas pourquoi il le faisait lui aussi, car il n'avait pas besoin de paille, lui, il avait seulement besoin du fil qui attachait le ballot, pour se faire un arc. C'était du fil blanc et épais fait de petits fils fins, comme du fil de pêche, et même encore plus fin. Certains ballots avaient du fil rose. C'était encore plus joli. Et lui, il aimait les arcs à fil rose.

Le paysage rural faisait rosir Sophie. Les hautes herbes dépassaient même la tête de son père. De temps en temps, Sophie faisait « ah, ah ». Ou bien c'était son père ? Car les herbes étaient hautes, et Sophie était petite. On lisait dans leurs yeux un large horizon de fleurs jaunes et orange, dont les feuilles descendaient jusqu'au sol, douces comme des bonbons. Sophie monta sur les épaules de son père et arracha un bonbon. Un bonbon gros comme un ballon. Un ballon vert du défilé des pionniers[1]*. « Ça ne se fait pas, Sophie ! dit son père. – D'accord, papa, mais qu'est-ce que je dois faire maintenant ? » demanda Sophie. L'hélicoptère s'est arrêté en vol. Il n'a plus traité ce champ-là situé près de Volovca.*

---

1. Pionniers : dans le système éducatif communiste, élèves de 9 à 14 ans. *(N.d.l.T.)*

3

C'est quoi, alors, une échelle pittoresque ? Le contraire de ce que serait une échelle rustique – l'échelle rustique est faite de bois de frêne long et fin, pour la cueillette des pommes sur l'arbre. Et pour qu'on puisse la porter sur le dos, même si on n'est pas très grand. Mais on dit échelle pittoresque et pas échelle rustique et Sasha le sait bien, parce qu'il a reçu des coups de règle sur les doigts.

Une échelle pittoresque est une échelle faite avec un grand arbre qui va de la maison jusqu'au lac et qu'on peut dresser jusqu'au ciel, pour que Dieu y monte. Mais chez nous les arbres ne poussent pas si haut. Le plus grand arbre est un orme très haut que papa m'a montré dans la forêt. Mais il n'est pas assez long pour aller de la maison jusqu'au lac, il est beaucoup plus court. Lui, il pense que l'arbre va seulement jusqu'à la porte, pas jusqu'au lac. Moi je ne crois pas qu'il existe un arbre aussi grand. Comment un arbre pourrait être aussi long ? Il faudrait aussi qu'il soit gros ! Et on ne peut pas faire une aussi grosse échelle, parce que même papa ne pourrait pas la porter.

Mais que fait Dieu avec l'échelle une fois qu'il est monté au ciel ? Il ne peut pas la tirer derrière lui, parce qu'elle est lourde. Alors, il la laisse debout ? C'est une échelle grande comme de chez moi jusqu'au lac et elle se voit, car elle est très grande. Je n'ai jamais vu d'échelle aussi grande ! Et Dieu vit dans les nuages et il a des chevaux de feu qui lancent des éclairs. Mais moi je ne crois pas qu'il vive dans les nuages ! Comment il pourrait vivre dans les nuages si les nuages sont faits de vapeurs du lac qui retombent en pluie ? Moi, quand maman a fait de la soupe, j'ai regardé la vapeur sortir et je me suis dit que personne ne pourrait vivre dans des vapeurs. Je n'y crois pas ! C'est impossible qu'une échelle soit aussi longue !

Et puis où c'est qu'il vivrait, là-haut, vu que Youri Gagarine a volé avec sa fusée et ses avions et qu'il n'a rien vu ? Pas la queue d'un Dieu, c'est moi qui te le dis !

Sasha arrivait toujours en classe en retard, parce qu'il venait d'un petit village qui n'avait pas d'école. C'était le car qui l'amenait de son petit village jusqu'à la ville, parce qu'il n'y avait une école qu'à la ville. La maîtresse disait : « Allez, va t'asseoir ! » Mais il avait honte, parce que tous les enfants le regardaient. Sasha aurait voulu être le premier à s'asseoir sur son banc et que personne ne le voie et qu'il les voie tous entrer, lui. Stela aussi arrivait en retard, mais elle, on aurait dit que les autres ne la regardaient pas pareil. Elle entrait rapidement et laissait son manteau au clou, après avoir posé son cartable sur son banc, et c'était tout.

Sous les yeux de la classe il y avait le portrait de Lénine, et Lénine avait une bonne tête. Sasha le regardait et regrettait d'arriver en retard à l'école. « Apprenez, apprenez et apprenez encore ! » était-il écrit sous Lénine et Sasha avait honte. Lénine avait été un brave garçon, il apprenait bien ses leçons et n'arrivait pas en retard. Une fois, il jouait chez lui et il a cassé un vase par erreur. Mais Lénine n'a pas menti, il casse le vase et il le dit. Il aimait jouer, mais il apprenait aussi ses leçons. Il montrait à sa mère ses cahiers remplis de bonnes notes, rien que des cinq sur cinq, et quand c'était l'heure de jouer, il jouait, mais quand c'était l'heure d'apprendre ses leçons, il apprenait.

Oui, Lénine aussi a été enfant.
Oui, lui aussi a été écolier.
Et dans son cartable, naguère,
Il portait son abécédaire.

Il a prononcé le mot maman
Et l'a répété tendrement
Au cœur de la forêt
Il lui a cueilli un bouquet.

Sasha se souvint de ce poème et se le répéta plusieurs fois dans sa tête. Lénine se dressait au-dessus de la classe et voyait tout. Sasha a vu plusieurs fois écrit « LÉNINE ÉTERNELLEMENT VIVANT ». Et ce n'était pas écrit juste comme ça, Lénine était vraiment vivant ! Il se dressait au-dessus de la classe et il le regardait. Ses yeux étaient doux, et il aidait les pauvres. Sasha regrettait de n'être pas né du temps de Lénine. Mais c'était une pensée qu'il gardait cachée.

La maladie n'était pas une raison pour souffrir, pour avoir peur ou pour désespérer. Sophie marchait à côté de son père et l'horizon déroulait ses couleurs jaunes et orange. Ses sandales rouges, à boucle de métal, piétinaient l'herbe, mais elle ne les voyait pas, car l'herbe était haute et ses yeux étaient levés vers les fleurs jaunes et orange, pour voir le ciel. Son père lui tenait la main, mais parfois il la portait sur ses épaules, pour qu'elle soit plus grande. Sophie était grande et portait une robe à jupe bouffante comme dans le film de d'Artagnan, une robe qui allait jusqu'à terre, et elle avait les cheveux montés en chignon d'où s'échappaient quelques boucles. Comme Sophie était jolie !

La plaine était jaune-orange, il faisait tout le temps jour et il faisait soleil. Car Sophie était petite, elle se fatiguait en marchant et s'endormait toujours avant le crépuscule. Elle se réveillait quand le soleil apparaissait, juste une moitié, parmi les fleurs jaunes et orange, qui étaient humides et pulsaient une rosée fraîche. Son père la portait sur ses épaules et elle s'endormait, ses petites mains enroulées autour de sa tête, faisant un petit chuintement agréable. Seul le père de

Sophie voyait la nuit, elle, elle ne la voyait pas. Elle balançait ses petites sandales sur sa poitrine alors que le soleil se voyait à moitié, comme un pain coupé, et elle pouvait enfin les voir par-dessus la tête de son père, car elle avait grandi.

Elle n'allait pas à l'école, elle était trop petite. Elle marchait toute la journée avec son père.

4

À l'école il y en avait beaucoup, des portes. Il y avait un corridor dans lequel il fallait entrer, mais d'abord il fallait gravir des marches et après cela seulement on entrait dans le corridor. Là, il y avait plusieurs portes, on pouvait aller à droite ou à gauche, et si on n'était pas très attentif, on pouvait se perdre. Mais ça allait, parce que sur les portes on avait écrit des numéros qui ne se répétaient jamais et si on pouvait retenir celui de la bonne porte, on arrivait toujours à se retrouver.

On passait d'abord une porte. Ensuite, il y en avait une seconde, une grande sur laquelle était écrit : « BIENVENUE » avec un point d'exclamation. Après, il y avait un vestibule carré où se tenait l'élève de service qui devait contrôler si on n'avait pas les pieds sales et puis une horloge et un bouton de sonnerie. Au-dessus du bouton se trouvait le portrait de Lénine et il était écrit « APPRENEZ, APPRENEZ, ET APPRENEZ ENCORE » avec, en dessous, entre parenthèses : « V. I. Lénine ».

Grand vacarme chaque matin, parce que le matin, les élèves venaient à l'école. Et on aurait dit qu'on voyait mieux les cartables que les élèves. Il y en avait de toutes sortes, mais la plupart étaient couleur café et ils avaient un truc dessiné dessus. Tout un tas d'animaux aux grands yeux, qui sourient, sont chaussés et habillés et n'ont que trois cheveux sur le crâne.

Ensuite, il y avait des cartables où étaient dessinés un feu tricolore et un enfant qui traverse la rue au vert, et un milicien avec un bâton à la main qui semble dire : « Bien, c'est comme ça qu'on traverse la route, pas au rouge. » Mais, un jour, à l'école, un garçon qui avait un cartable avec le feu tricolore a manqué se faire écraser par une auto. Ça lui avait servi à quoi d'avoir un cartable avec un feu tricolore, s'il avait manqué se faire renverser ? Il aurait mieux fait d'en acheter un avec un lapin. Je connais quelqu'un qui a un cartable avec un lapin et les autos ne l'ont pas encore écrasé.

Il y avait beaucoup plus de sortes de cartables que ça. On les voyait détaler dans les corridors et parfois, les stylos, les crayons et les pommes qu'ils emportaient à l'école en tombaient. C'est parce que dans la bousculade, il y en avait toujours un pour ouvrir le cartable des autres, flanquer une claque derrière la tête et s'enfuir à toutes jambes. Quand l'autre lui courait après pour le lui rendre, les pommes et les crayons tombaient et il fallait les ramasser sans se faire piétiner.

Mais c'était une jolie école, cette école. Elle était grande et on pouvait courir dedans autant qu'on voulait, quand Nadejda Petrovna ne nous voyait pas. Sur les murs étaient écrits toutes sortes de mots. Il y avait des tableaux et toutes sortes de pionniers qui ont bien appris à l'école et aussi des poésies entières très bien écrites et en grosses lettres. Il y avait aussi des sportifs dessinés en train de courir et de brandir une flamme qui ressemblait à celle sur le drapeau de Lénine que les pionniers portaient après l'avoir sorti de la salle des professeurs. Moi, je crois que c'est la même flamme, sauf qu'ils l'ont copiée. J'ai vu Stela aussi copier dans les livres avec un papier carbone, ce qui fait qu'elle a toujours cinq sur cinq en dessin. Je crois qu'ils ont fait pareil pour copier la flamme. Mais je crois qu'ils ont posé le drapeau sur le papier carbone et ensuite le papier sur le mur, car un dessin au mur, on peut pas le poser sur du papier carbone. Il n'y avait que de jolies lettres sur les murs et elles étaient entourées de cadres avec des feuilles d'arbre au coin, et il y avait des poésies entières écrites sur des étoiles en carton.

Sasha avait toujours le temps, car le car arrivait toujours en retard, et il pouvait rester dans les corridors tant que l'élève de service ou une maîtresse en train de partir ne le chassait pas, et alors il pouvait lire tout ce qui était écrit sur les murs. Il y avait beaucoup de mots qu'il ne comprenait pas. Mais pour la plupart il les connaissait ; ce qu'il préférait, c'étaient les pionniers héros, parce qu'ils étaient bien dessinés, avec des blindés qui brûlent dans leur dos, pendant qu'eux restent bien droits parce qu'ils n'ont peur de rien.

Mais ce qu'il aimait le plus, c'était la fille qui était dessinée sur un mur. Elle portait un foulard de pionnier autour du cou et avait des cheveux blonds. Elle était belle, cette fille, et elle avait un air sérieux. Sacha pensait toujours à elle et il n'arrivait pas à croire qu'elle était morte. Quand il la regardait, Sasha en voulait drôlement aux Allemands. Pourquoi ils l'avaient tuée alors qu'elle était si jolie et qu'elle avait des cheveux blonds ? Mais Sacha se disait aussi que beaucoup de temps avait passé depuis et que même si les Allemands ne l'avaient pas tuée, elle aurait été vieille maintenant et qu'elle n'aurait plus eu des cheveux blonds, mais blancs, et des mains ridées comme celles de baba Hania. Et Sasha n'aimait pas cette idée.

5

Papa tuait le cochon. Sasha devait rester à la maison, sauf qu'il n'était pas obligé, mais qu'il aimait assister à la tuaille. Il aimait rester avec les hommes qui s'affairaient autour du porc, le flambaient au lampant avant de racler des couches écœurantes de poils et de saleté. Sasha se tenait à la disposition des hommes et de son père, courant dans la maison pour demander à sa mère si l'eau était chaude, pour aller chercher la bassine pour le sang, la bassine pour les boyaux, la bassine pour les abats, pour leur apporter le couteau qui se trouve sur le meuble, celui qui coupe mieux.

Sasha plongeait le doigt dans le seau rempli d'eau pour voir si elle était chaude. On lui garderait les oreilles et la queue. Les hommes remontaient leurs manches sales jusqu'aux coudes à cause de la crasse qui se détachait de la peau du cochon. Après le passage des couteaux, il restait que la peau jaunâtre posée sur le porc comme une couverture. Sasha regardait le cochon étendu sur la planche, les pattes en l'air, la poitrine ouverte à la hache et il était content. Ce porc est enfin mort ! Ils ont bien fait de le tuer ! Sasha le frappait sur le groin et il ne mourait pas. Mais maintenant il est mort. C'est bien qu'il soit mort. C'était un porc insupportable. Et maintenant, le voilà avec les entrailles à l'envers.

Papa traça une entaille sur le ventre du porc, dans la partie basse, où cela faisait une bosse. Il tira un boyau rouge-bleuâtre qu'on voyait à travers quelque chose de blanc, quelque chose qu'on aurait dit conservé au froid, et le boyau se décrocha jusque sous la queue, où il le trancha. Une haine cachée doublée de honte envahit Sasha. Une honte qu'il avait de la peine à dissimuler, tant il lui semblait que tout le monde devinait ses pensées, que tous les hommes présents savaient à quoi il pensait, savaient mais ne voulaient pas le montrer pour ne pas lui faire encore plus honte. Sasha pensait à cela avec effroi. Une faiblesse compacte naquit dans sa poitrine et coula lentement vers ses genoux, comme s'il avait été vide à l'intérieur et que seule cette faiblesse se déplaçait en lui comme elle voulait. Papa jeta les boyaux au chien.

Quand le porc fut nettoyé, papa l'arrosa avec de l'eau chaude mélangée à du sel et posa des couvertures dessus. Sasha se tenait à califourchon sur le porc. Dix minutes avant qu'il soit coupé en quatre et transporté sur le dos jusque dans la maison.

Sasha a été tiré de son sommeil par le réveil rouge, grand, celui qui a un bouton et des patins de fer comme une luge, qui sonne très fort. Maman lui a fait deux œufs au plat, qu'il a mangés avec du pain et un thé, ensommeillé et pas débarbouillé, en pensant au maudit réveil, à la salle de classe pleine, à la maîtresse qui s'arrêterait de parler quand il entrerait et aux enfants qui le regarderaient. Pourquoi maman le réveillait une demi-heure avant, puisque le car arrivait à huit heures moins le quart et surtout que tout le monde savait qu'il n'arrive pas à moins le quart mais toujours en retard ?

Sasha arrivait toujours le dernier et, quand il arrivait, les enfants attendaient depuis une demi-heure à côté de la barrière qui clôturait le camp de vacances des pionniers qui se trouvait dans leur village. Car leur village avait beaucoup de verdure et d'arbres, et de nombreux pionniers des villages alentour et même des villes venaient y passer l'été au milieu de la nature et respirer de l'air pur.

Quand le car jaune faisait son apparition, petit et renflé comme un ballon sur lequel on se serait assis, Sasha se précipitait à la porte pour avoir une place sur la banquette du fond, comme tous les autres enfants. C'est là que c'était mieux, même s'il y avait un trou dans le siège et que tous arrachaient des morceaux de mousse. C'était mieux, sur la banquette du fond, parce qu'elle était de la largeur du car et qu'elle rebondissait sur les dos-d'âne. Sasha en connaissait quatre sur le chemin de l'école et il les attendait pour sauter. C'était le plus joli truc de toute sa vie d'écolier.

– Alexandr Vakulovski, votre cahier je vous prie ! Regardez, les enfants, quel cahier a Vakulovski, regardez un peu, c'est un cahier, ça, Vakulovski, ou un chiffon pour effacer le tableau ? Ça t'a servi à empaqueter de la tarte ou quoi, Vakulovski ? Regarde toi-même quel cahier tu as ! Ça te plaît, soit honnête, ça te plaît, Vakulovski ? Un cahier comme ça, il n'y a que les bohémiens pour... ceux qui vendent des graines de tournesol... Regarde-moi ça, Vakulovski, ta mère a posé la poêle dessus ? Regarde ici, une tache de vin ! Oh ! Vakulovski ! Enlève ce cahier de ma vue, que je ne le voie plus !

Sasha n'avait pas des cahiers soignés comme ceux de Stela, protégés par de jolies couvertures, avec le Loup Pagadi et les lapins, et ni sales ni froissés. Stela n'avait que des cinq, tandis que lui avait aussi des trois et il ne savait pas écrire aussi joliment qu'elle. Car Stela faisait des lettres grandes et belles, inclinées à droite, tandis que Sasha les faisait petites et pas bien formées et, en plus, il en oubliait. Il savait bien écrire correctement, et il ne pensait qu'à ça, ne pas oublier une seule lettre, mais c'était en vain, il en perdait toujours en route. Du coup, à la maison, il recevait la raclée puis il devait écrire joliment et incliné sur la droite et que toutes les lettres soient égales. Pourtant, quelqu'un lui avait dit que Lénine non plus n'écrivait pas bien. Sauf que Lénine n'oubliait pas de lettres, et quand il était petit, il écrivait bien et incliné sur la droite, avec toutes les lettres égales et ce n'est qu'après avoir fait la Révolution et être resté en prison que son écriture s'est gâchée et qu'il a commencé à mal écrire, car il devait écrire vite et beaucoup pour sauver les gens pauvres. Sasha avait hâte de grandir, pour aller en prison et pour avoir lui aussi le droit d'écrire mal.

Ça aurait été mieux sans l'école, pensait Sasha, ça aurait été mieux avec la guerre, car il serait parti en forêt pour devenir partisan et tuer des Allemands, comme Pavca Morozov – lui, il n'allait pas à l'école.

Il y avait derrière la maison une longue poutre en bois de tilleul. Longue, droite et de section circulaire, mais elle n'était toujours pas assez longue pour aller de chez lui jusqu'au lac. Papa la conservait comme faîtière, il l'avait rapportée de la forêt. Sasha l'a coupée en deux par le milieu parce qu'il voulait voir comment la scie coupait. Il avait vu son papa affûter les scies et il a pris à son tour la lime pour aiguiser les dents de l'outil. Il fallait bien qu'il voie si elle coupait et c'est ainsi qu'il a scié la poutre posée derrière la maison. La scie coupait vraiment bien et il était tout content. C'est difficile à aiguiser, une scie, disait papa. Mais lui, il avait réussi. Même s'il n'avait pas bien fait de s'entraîner sur la poutre qui se trouvait derrière la maison. Papa ne l'a pas battu mais lui a dit simplement qu'il n'aurait pas dû couper la poutre, que ça aurait été une bonne faîtière et qu'à présent il allait devoir en rapporter une autre de la forêt. Papa était bon et Sasha lui a demandé quelle sorte de poutre Lénine avait apportée le jour du *subbotnik*, parce que lui, il avait appris à l'école que Lénine avait apporté une poutre, parce qu'il était bon et qu'il travaillait coude à coude avec les ouvriers. C'était probablement une poutre comme celle-ci et Sasha, voilà, il l'avait coupée à la scie. Il le regrettait. Il aurait mieux fait de la laisser entière.

6

Le tsar était méchant et il a fusillé le frère de Vladimir Ilitch. Si le tsar était resté au pouvoir, il nous aurait tous tués, comme il a tué Sasha, le frère à Vladimir Ilitch, qui était gentil. Mais comme ça, nous, les enfants d'aujourd'hui, nous pouvons vivre en paix. Nous avons l'école gratuite et de bons cahiers, alors que les enfants des pays capitalistes paient pour aller à l'école et beaucoup d'enfants ne peuvent pas apprendre, parce que leurs parents sont pauvres. Alors les enfants vont travailler chez les bourgeois pour gagner un morceau de pain, parce que leurs parents sont pauvres et n'ont pas l'argent pour leur acheter à manger. Ce n'est pas comme chez nous quand on se réveille le matin pour aller à l'école et que maman nous donne des tartines avec du beurre et de la confiture, et un thé sucré. Les enfants américains ne voient jamais l'ombre d'un sucre. Ils travaillent chez le bourgeois toute la journée et pour tout salaire ils sont battus à coups de fouet et ils vivent dans des sous-sols. C'est pourquoi nous, les enfants, nous devons être heureux de vivre en Union Soviétique, de pouvoir apprendre en paix et de manger du beurre sur du pain...

C'est donc une bonne chose que le tsar ait été renversé de son trône et que le pouvoir ait été donné aux prolétaires, car le tsar exploitait les enfants !

Dans le calme solennel qui nous entourait, de temps en temps, un ballon éclatait, qui nous faisait tous regarder en l'air. C'était l'occasion de rigoler et d'être libres, et nous, on se demandait qui l'avait crevé. Nous avancions, en rangs par classe, taille et uniforme, nous tenant par nos petites mains en essayant de ne pas être tapageurs. Les ballons flottaient au-dessus de nous et nous recouvraient totalement, si bien que, de loin, on ressemblait à un immense troupeau de ballons colorés, à trois, à cinq ou à dix kopecks, inondant les rues.

C'était le 7 Novembre. Le Jour de la Grande Révolution pour la Paix. Jour où, bien des années plus tôt, la classe ouvrière, avec à sa tête Vladimir Ilitch Lénine, a vaincu le régime tsariste, et où le prolétariat libre a pris le pouvoir. C'était le jour de notre triomphe. Nous allions au défilé, nous, les pionniers. Nous, l'avenir de la Patrie Soviétique !

La maladie était cachée dans leur corps comme un lapin mort dans un terrier abandonné. Les terriers étaient vastes et propres, et les rayons de soleil les illuminaient jusque tout au fond. Ses sandales à elle se tenaient à l'entrée comme deux petits champignons rouges poussés sur le sable jaune, jaune prodigue des fleurs. Un éclat difficilement explicable éclairait ses petits doigts aux ongles blancs comme des pétales de camomille, déployés à partir de la cheville en deux éventails qui permettaient au champ de s'abriter du soleil. C'était le jour éternel qui s'étendait sur elle. Un jour ensoleillé comme ceux qui suivraient. Les fleurs jaunes et orange dépassaient même son père, comme des ballons, et elle, elle les écartait avec ses petites mains.

Il était midi et Sasha rentrait de l'école par le car jaune et renflé. Il se cuisina tout seul quatre œufs, qu'il mangea avec du thé et du pain beurré. Il devait faire ses devoirs et porter à la truie son manger qui se trouvait dans le seau en fer, près de la porte d'entrée. Il ôta son blouson et enfila un pull-over sur sa chemise bleue, sans dénouer le foulard à son cou.

C'était un jour où ses parents ne travaillaient pas et il devait tenir la maison. Ils étaient partis à un enterrement, parce que baba Vera était morte et qu'ils devaient y aller : qui viendrait à leur enterrement, si eux n'allaient pas à l'enterrement des autres ? Sasha savait qu'ils ne rentreraient que le soir et que papa serait ivre, parce qu'ils iraient au banquet mortuaire et que là-bas, ils mangeraient et boiraient.

Sasha n'aimait pas aller aux enterrements et il ne voulait pas non plus voir baba Vera morte, parce qu'elle était grosse et qu'il ne l'aimait pas, parce qu'elle empestait le lait. Il n'aimait pas non plus manger la *coliva*[1], tout le monde aimait ça, mais pas lui. Sasha s'en alla avec le seau porter à manger à la truie.

---

1. Préparation sucrée, de blé bouilli et de noix, traditionnellement servie lors des fêtes religieuses liées aux défunts. *(N.d.l.T.)*

7

– J'ai coupé des arbres, qu'on fasse du bois. J'ai cueilli de larges feuilles de chêne, qu'on fasse du feu. Du bois de chêne bien large, qu'on fasse des feuilles d'arbre. Le forestier se promenait à motocyclette entre les billes de bois coupé et les animaux. Non au braconnage ! Éliminons le braconnage ! Car les animaux sont les amis des hommes et ils nous enrichissent en oxygène. Que ferons-nous si l'oxygène vient à manquer ?

Vladimir Ilitch avec son gros bonnet en peau de lapin a réprimandé le forestier parce qu'il ne prend pas soin du bois coupé. Faisons du feu, qu'il fasse chaud dans la maison et que les gens se sentent bien ! Séchons le bois et coupons-le bien droit, que ça ne fasse pas de saleté par terre. Nous avons cueilli des champignons vénéneux pour les enfants d'Amérique : qu'ils les lavent bien avec du savon et qu'ils n'envoient plus de bombe atomique sur les enfants d'Hiroshima. Pourquoi des gens innocents mourraient-ils ? Le mieux serait que l'Union Soviétique existe dans le monde entier !

Nous coupions les arbres à la hache et nous les arrangions joliment. Ils reposaient sur les tables comme du pain. Pour que les enfants américains aient à manger. Dans l'herbe on a trouvé quelque chose de blanc. Un lapin mort avec des éclats dans la tête. Vladimir Ilitch se l'est posé sur le crâne : « Regardez ces éclats que j'ai dans la tête, ce sont des éclats capitalistes ! » On leur en mettra, nous, des éclats dans la tête, pour que les gens puissent aller paisiblement au travail ! Pourquoi les lapins meurent-ils dans les forêts, tués par des éclats capitalistes ? Dis-moi, forestier, qu'est-ce que c'est, cette trompetistique bombe capitaliste ?

– Il ne faut pas allumer de feux dans la forêt, car le lapin tire au pistolet et tape sur les piétons avec son échelle. Nous ferions mieux de cueillir des fraises des bois et des perce-neige pour les mettre dans le réservoir à essence, que des fleurs poussent sur les roues !

– Dis-moi, forestier, qu'est-ce qui est petit et blanc et se promène entre les champignons extrapolaires ? Qu'est-ce qui se passe quand maman apporte, dans son sac à main, des fleurs pour le cochon ?

– Virus bénin aux yeux de violette, pourquoi devrions-nous tirer sur les papillons ? Mieux vaudrait raser le porc avec la lanterne, car ça éclairerait le ciel étoilé. Et le chemin de l'homme ivre, quand l'obscurité lui met des hannetons stellaires plein les yeux. Fourrons-lui une touffe de cheveux décervelés dans le trou de sa molaire. Moi je n'ai aucune raison de mourir pour mon voisin Pavel Andreevici !

– Ce n'est pas mieux, de planter des fleurs et d'élever des colombes ?

– C'est mieux, bien sûr. Les arbres doivent être aussi moelleux que le pain sorti du four, Vladimir Ilitch ?

– Et nous devons créer les conditions de leur reproduction ?

– Et il faut lutter contre le braconnage !

– Que le ciel soit empli de colombes blanches, comme le sont les gencives bordées de dents !

– Qu'ils mangent l'idée du capitalisme ! C'est sûr que c'est mieux d'élever des colombes ! Elles vont leur faire peur, parce qu'elles font leur nid dans les casques des soldats et ils auront des plumes qui leur rentreront dans les yeux !

– Balayons la forêt, que les ouvriers puissent bien se reposer. Je ne veux plus, Anatoli Makarovici, qu'on retrouve des voleurs dans la forêt.

Notre drapeau est imbibé du sang des soldats soviétiques. Ils ont versé leur sang pour que nous vivions aujourd'hui en paix. Et que nous ne supportions pas le joug de l'injustice. Et vous, pionniers, vous portez autour du cou un petit morceau de ce drapeau que les soldats soviétiques ont mouillé de leur sang, pour que vous viviez aujourd'hui en paix.

Sasha marchait en rang avec Micha Zaborov, qui tenait la ficelle de deux ballons ovales. Dans le porte-voix, quelqu'un félicitait tout le monde à l'occasion de la fête du Grand Octobre et tous les enfants répondaient en lançant des hourras. Le soleil passait entre les ballons. Il en a fallu du sang, pour que les drapeaux deviennent rouges ! Mais pourquoi est-ce qu'ils ont déchiré les drapeaux pour nous faire des foulards ? Sasha prit l'exemple de quatre pionniers et calcula qu'il faudrait enlever les quatre coins d'un drapeau pour qu'ils aient chacun leur foulard. Cela vaut le coup de se le demander, comment on fabrique les foulards à partir des drapeaux ? On prend les drapeaux et on les découpe aux ciseaux, puis on fait des ourlets à la machine et on les porte au magasin pour qu'ils soient vendus. Les pionniers les achètent et les portent autour du cou. Mais pourquoi est-on obligé de faire les foulards à partir des drapeaux, puisque cela implique de les découper puis de les coudre à la machine ? Ça ne serait pas mieux de faire dès le départ des foulards, au lieu de les découper, les drapeaux ? Moi je ne crois pas qu'on les imbibe avec du sang, je crois qu'on fait ça avec de la peinture. Ça, c'est juste des mots, qu'ils les imbibent de sang, en fait, ils les passent dans la peinture...

8

La doctoresse est entrée dans la classe, suivie d'une grande qui portait deux gros flots de rubans sur la tête. Elles venaient contrôler les poux et surveiller les ongles. Les pionniers ne doivent pas avoir de poux ni d'ongles noirs. Quel exemple ils donneraient, autrement ? Pas de pantalons sales non plus. Mais surtout, pas de poux, parce que c'est une grande honte. « Pouilleux ! Pouilleux ! Il a des lentes ! Il a des lentes ! » crient tous les enfants contre vous. Et les filles disent « Pouah, il a des leeentes ! » et elles vous tapent sur la tête avec leur livre. Hier, quand il était dans le car, ça lui grattait la tête. Et ce matin, il lui semble bien que…

Sasha rougit et posa ses mains sur le pupitre, l'une à côté de l'autre, comme le leur avait enseigné Nadejda Petrovna, et redressa son dos.

– Voyons voir, les enfants, qui d'entre vous a des poux ?

Sasha sentit les doigts de l'élève de la grande classe qui passait sa main dans ses cheveux avec attention. Il sentit l'odeur de savon de son tablier blanc et le parfum de muguet de la petite bouteille allongée et ronde, avec des picots dessus, comme un petit épi de maïs en verre. Son épaule toucha son ventre à elle et il eut la respiration coupée. Il serait bien resté là toute la journée, avec les doigts de la fille passant doucement dans ses cheveux et lui, l'épaule contre son ventre. Il lui sembla qu'elle se penchait encore plus et que son ventre pressait son épaule. Sasha ressentit une agréable torpeur et aurait voulu coller sa joue contre ce ventre et serrer la fille dans ses bras. Il sentit qu'elle approchait sa bouche de son oreille et que ses doigts tiraient doucement sur sa tête, il sentit aussi la chaleur et les lèvres qui bougeaient : « Tu as des poux, dis-le à ta maman à la maison, qu'elle les enlève », murmura-t-elle et personne ne l'entendit.

Mais pourquoi avait-elle murmuré si doucement sans rien dire à Nadejda Petrovna alors qu'elle l'avait dit pour Roma Bohantov qui a des poux et pour Aliona Onisim qui est près de la fenêtre et pour Vasea Jeoltii qui a les ongles noirs ? Sasha aurait aimé qu'elle ait des poux ; lui non plus, il n'aurait rien dit à personne...

– Je te le dis, il a une grande échelle pour monter dans le ciel.

– Il peut pas avoir une échelle comme ça, une échelle comme ça, ça n'existe pas, qu'est-ce que tu me racontes ?

– Il en a une, puisque je te le dis. Il a une grande forêt, rien qu'avec des grands arbres, et avec il a fait une échelle et avec il monte dans le ciel. Si tu ne me crois pas, tant pis pour toi.

– Il ne peut pas avoir une forêt. Où elle est, cette forêt ? Dis donc, t'as vu à la télé une forêt comme ça ? Des bêtises, je te dis. Quels sont les grands animaux qu'on y trouve ?

– Je ne sais pas, mais une échelle, il en a une, et il monte dans le ciel.

– Il ne monte pas dans le ciel, il n'y a pas d'endroit pour tenir debout.

– Il habite dans les nuages. Quoi, t'as jamais vu de nuages ?

– Il habite pas dans les nuages, parce qu'autrement il tomberait, je te dis. Ben quoi, les nuages c'est bien de la vapeur, non ? T'as pas appris ça à l'école ? Tu peux demander à Nadejda Petrovna, si tu me crois pas.

– Il bat des ailes et il habite dans les nuages ! Et les oiseaux, ils restent pas en l'air, eux ?

– Mais il se fatigue en battant des ailes, il a un moteur ou quoi ? Y a que les avions qu'ont des moteurs.

– Il a pas de moteur, mais il bat des ailes.

– Fiche-moi la paix, il a pas la moindre échelle !

– Il en a une grande !

– Ça se peut pas !

– Si !

– Il a pas d'échelle ! Pourquoi il aurait besoin d'une échelle si il vole ? Il peut pas s'élever en volant ? Il a besoin d'une échelle ?

– Je ne sais pas, mais je crois…

– Tu crois qu'il couperait les arbres avec une hache et qu'il les prendrait sur son dos pour se faire une échelle s'il savait voler ? Mais il peut pas voler, où t'as vu des hommes voler ? Où elles sont ses ailes ? Des ailes comme ça, grandes comme une maison ? Et il aurait des bras et des ailes aussi ? Laisse tomber, va ! Je te dis que ça n'existe pas une chose pareille. C'est des bobards. Demande à Nadejda Petrovna, si tu me crois pas. Les avions, quand ils volent, ils l'auraient vu.

– Les avions ne volent pas jusque-là, il est plus haut.

– Et alors, les fusées, elles volent pas plus haut ? La fusée va jusque dans le cosmos !

– Et puis d'abord, lui aussi il est dans le cosmos !

– Alors pourquoi ils l'ont pas vu ?

– Parce que la fusée vole la nuit.

– Y a pas de Dieu, je te dis.

– Si.

– Non, fiche-moi la paix, tu peux demander à Nadejda Petrovna. Vas-y, demande à Nadejda Petrovna si tu me crois pas.

9

C'est quoi une échelle pittoresque ? Une échelle qui n'est pas petite comme celle en frêne qui sert à cueillir les pommes, mais grande et solide et qui sert à Dieu pour grimper dans le ciel. Où ils poussent ces arbres, qui sont longs comme de chez nous au lac et qui servent à Dieu pour tailler une échelle à la hache ? Ces arbres poussent dans la forêt que Dieu a plantée tout spécialement pour se fabriquer une échelle. Il lève l'échelle, Il l'appuie contre les nuages et Dieu commence à monter vers le ciel. Pendant qu'Il lève son échelle, le pilote soviétique passe dans son avion parmi les nuages et n'a pas besoin d'échelle, parce que rien n'est inaccessible à l'homme soviétique. L'homme soviétique est le meilleur et il lutte pour la paix.

Rien n'est inaccessible à l'homme soviétique. Parce qu'il fait tout avec le cœur rempli de vérité et de justice. Il n'utilise ni ruse ni fourberie. Un tel homme peut vaincre le feu et le froid ! Il peut assécher des terrains et semer des pains pour les pauvres, il construit des usines et des fabriques pour que nous menions une vie heureuse et sans soucis. Rien n'arrête en chemin l'homme soviétique ! Rien ne peut l'empêcher d'accomplir son projet, qui est celui de la justice et de la vérité !

Combattons coude à coude pour la victoire de l'homme soviétique ! Donnons vie à l'idéal soviétique ! Que la colombe de la paix ne soit plus écartelée par le corbeau noir du capitalisme ! Veillons confiants sur le sommeil serein de Notre patrie ! Tout comme l'ont fait les pionniers entrés chez les partisans et qui ont sacrifié leur vie dans les hivers glacés des forêts et ont lutté coude à coude avec les héros dans la Grande Guerre pour la Défense de la Patrie. Pour que ceux qui viendraient après eux vivent en paix et pour que vos parents puissent travailler dans un pays de la paix, où les hôpitaux et les jardins d'enfants ne sont pas bombardés et pour que vous ne soyez pas obligés de travailler chez les capitalistes de l'aube à la nuit pour une bouchée de pain et pour que vous ne soyez pas non plus fouettés. Pour que vous puissiez aller à l'école et manger du pain avec du beurre, et pour ne pas voir vos parents avoir peur, et pour que le capitaliste n'entre pas chez vous au milieu de la nuit pour vous arracher de la bouche votre dernier morceau de pain.

C'est pour cela qu'aujourd'hui encore nos soldats luttent en Afghanistan, protégeant les gens simples de la terreur capitaliste qui veut leur mettre le grappin dessus. Les soldats soviétiques partagent leur portion avec les gens simples d'Afghanistan et ils protègent ceux qui sont pauvres et exploités par les capitalistes inhumains qui bombardent des villages entiers et tuent des femmes et des enfants comme vous. Nos soldats et les gens simples d'Afghanistan fraternisent et, même s'ils ne comprennent pas la langue russe, les gens de là-bas leur parlent, en faisant des signes, de leurs difficultés et de la cruauté du capitalisme qui aiguise ses dents comme une bête sauvage. C'est pour cela que le peuple d'Afghanistan veut apprendre la langue russe, car il aime l'Union Soviétique et les Soviétiques.

Les enfants d'Afghanistan font des rêves dans lesquels ils deviennent les amis des enfants d'Union Soviétique. L'Union Soviétique est le pays de la paix dans lequel des gens de toutes nationalités vivent en bonne entente. Elle est composée de quinze républiques sœurs. Leur maison est l'Union Soviétique, capitale Moscou. C'est pour cela que l'Union Soviétique est éternelle. Et nous devons être fiers de vivre en Union Soviétique...

Sasha garda un ballon dans sa poche pour le gonfler à la maison. De toute façon, quelqu'un serait venu le lui percer avec un morceau de verre ou une aiguille fixée au bout du bâton des ballons, comme faisaient les garçons plus grands. On pouvait faire éclater un ballon même avec une pièce de monnaie, à condition de la lancer assez fort. Mais il fallait faire attention de ne pas se faire voir par Nadejda Petrovna ou par une grande fille, pour ne pas se faire tirer les oreilles.

10

Les jours de défilé étaient les plus attendus. C'étaient des jours sans école. On trouvait dans les rues toutes sortes de sodas et de gâteaux pas chers. Les autres jours aussi, on en trouvait, mais ces jours-là, les rues en étaient pleines.

Des camions passaient, couverts de drapeaux rouges où était écrit « 9 MAI » ou « 1er MAI », ou bien « 7 NOVEMBRE. VIVE LE GRAND OCTOBRE ! DONNONS VIE À... MIR, BRATSVO NARODOV[1] ! EDINSTVO, VLASTI NAROD[2] ! » C'étaient des jours de fête véritable. C'étaient des fêtes qu'on attendait avec impatience surtout pour leurs ballons. Une mer de ballons mouvants dans les rues des villes : rouges, verts, jaunes, bleus, de toutes les couleurs. Des ballons qui s'envolaient. Des pancartes et des fleurs.

De longs préparatifs précédaient la fête. Toutes sortes de préparatifs, qui allaient de l'achat de ces

1. En russe, « Paix, fraternité des peuples ! » *(N.d.l.T.)*
2. En russe, « Union, pouvoir du peuple ! »*(N.d.l.T.)*

ballons à la fabrication des « armes » pour les faire éclater. Et ça, en dehors des traditionnels éclats de verre que les pionniers commençaient à préparer des jours à l'avance, en cassant des bouteilles et en choisissant les tessons les plus beaux qu'ils pourraient cacher au fond de leur poche sans se couper, ou mieux, dans des endroits plus secrets car la maîtresse demandait bien à l'élève de service de leur retourner les poches et d'en verser tout le contenu sur la table ; et ça ne leur disait rien de les jeter non plus, car quelqu'un d'autre les aurait récupérés. Personne ne savait ce que Nadejda Petrovna faisait des éclats de verre, car personne ne les retrouvait jamais. L'activité la plus captivante consistait à trouver le moyen de dissimuler les tessons ou les petits cailloux afin que Nadejda Petrovna ne les trouve pas.

Sasha releva ses bas de pantalon pour y glisser dans le revers quelques morceaux de verre. Il marchait doucement pour qu'ils ne tombent pas et que personne les repère. Au milieu de la foule, sous le couvert des ballons, tandis que le défilé ralentissait et que tous les pionniers et leurs maîtresses écoutaient ce qu'on criait au porte-voix, Sasha se baissa pour nouer son lacet qu'il avait laissé lâche en partant de chez lui et il tira de son revers de pantalon un tesson de bouteille. Il était le seul de toute sa classe à avoir pu entrer dans le rang avec des éclats de verre sur lui.

Il le tint serré dans sa main qui devint moite puis, quand le cortège s'ébranla de nouveau, il le lança dans les ballons de la fille de Vera Ivanovna. On entendit deux grands *poc* ! La fille se mit à pleurer et Nadejda Petrovna se retourna vers Roma Bohantov pour lui tirer les oreilles et crier : « Crétin ! Crétin ! » Le porte-voix lâchait des « Hourra ! » et Sasha cria lui aussi : « Hourra ! Hourra ! »

Les pionniers plus grands propulsaient des tessons en se servant des ballons. Ils serraient le caoutchouc je ne sais pas comment et s'en faisaient un gant en plastique avant de poser le tesson au sommet – il fallait pas que le ballon soit trop gonflé –, ils appuyaient dessus avec l'autre main puis, quand ils en avaient envie, ils le relâchaient et alors le tesson de bouteille valdinguait comme s'il était envoyé par un lance-pierre et on entendait les ballons éclater. Mais pour faire ça, il devait encore grandir.

Et puis, même si les rues semblaient balayées à l'avance spécialement pour que les ballons de la fille de Vera Ivanovna ne soient pas percés, on trouvait toujours de petits cailloux et des morceaux de verre par terre et quand ils s'arrêtaient pour écouter ce qui se disait dans le mégaphone, on pouvait en ramasser. Il suffisait juste que Nadejda Petrovna ne le voie pas.

Nous avancions en petits groupes triomphants. Nous tenant par nos petites mains en rangs par deux. Les ballons s'agitaient au-dessus de nous, c'était un ciel coloré et gonflé. Un ciel glorieux. Un ciel de vainqueurs.

11

Il dessina un homme avec des muscles sur le ventre, comme il avait vu dans le livre de sciences naturelles, puis il le cacha dans le pupitre. Il le montra à Bohantov.

– Qu'est-ce il est ressemblant, on dirait un vrai, mais c'est pas toi qui l'as dessiné, je le crois pas.

– Je te dis que c'est moi.

– Tu parles. Fais voir, non c'est pas possible, tu me racontes des bobards.

– Je peux en refaire un, si tu veux.

– T'arriveras pas, comment j'pourrais gober ça ? Bon, fais-le, mais pas comme ça... fais-lui un truc là, que ça se voie...

– Laisse-le tranquille, Bohantov ! Pourquoi vous vous disputez ? Ça ne vous suffit pas d'être des ânes, en plus vous n'écoutez pas ! Vakulovski, c'est quoi le sujet de la dispute ? Qu'est-ce que vous faites sous la table ? Allez, ouste, changez de place ! Lozinskaia, Katereva, vous les filles, mettez-vous sur ce banc et laissez ces deux ânes venir devant, on verra si je les entends encore gigoter ! Allez, Vakulovski, assieds-toi ici, à portée de ma règle, quand je vous en aurai flanqué deux coups sur la tête, vous serez plus sages ! Deux bourriques, pas autre chose !

Les filles allèrent s'asseoir sur le banc des garçons et eux passèrent devant, avec les cahiers et les cartables, tout près de Nadejda Petrovna. Sasha et Bohantov étaient rouges, parce qu'ils pensaient à la sottise dessinée sur la feuille. Pourvu que Nadejda Petrovna ne tombe pas dessus !

Lozinskaia s'appelait Stela et elle n'avait que des cinq. Katereva aussi n'avait que des cinq, mais Stela apprenait mieux ses leçons, en plus elle avait un cartable verni et puis elle sentait bon. Elles se tenaient à présent sur le banc de Sasha et rangeaient leurs cahiers. Sasha se tourna vers elles et vit Stela mettre sa main devant sa bouche en pouffant. Puis elle passa le papier à Katereva qui mit aussi sa main devant sa bouche en pouffant.

– Nadejda Petrovna, regardez ce que j'ai trouvé dans le casier ! dit-elle puis elle mit la main devant sa bouche en pouffant.

– Vakulovski ! Lève-toi, espère de bourrique ! Allons, Vakulovski ? C'est à toi que je parle !

Sasha était rouge et petit. Rouge comme l'Union Soviétique. Mais l'Union Soviétique n'avait pas honte, pourquoi était-elle rouge ?

Sasha n'eut pas le droit de devenir pionnier en même temps que Stela. Jusqu'à ce qu'il ne dessine plus de sottises. Il fut reçu tard, en avril, avec Bohantov et d'autres qui avaient des trois et avec Vitea Gurski, qui avait cassé le carreau avec une pierre et qui avait battu Stela. Mais Sasha voulait devenir pionnier. Entre le mois de novembre où Stela et Katereva avaient été admises dans les rangs des pionniers, et avril, ça avait été long. Il regardait leurs foulards, des foulards rouges que soulevait le vent et qui flottaient comme il avait vu chez les pionniers partisans peints sur les tableaux de la grande école et dans les livres.

Sauf que lui n'avait pas de foulard et n'était pas pionnier. Il n'était pas un héritier de Lénine. Sasha regardait le portrait sur le mur de la classe et promettait solennellement de ne plus jamais dessiner de sottises. Il apprenait par cœur des poèmes et se les récitait dans sa tête, parce qu'il savait que Lénine les entendait, c'est ce que Sasha avait rêvé dans son sommeil.

Sasha décida de former les lettres en les arrondissant, de les incliner à droite et de ne plus jamais en oublier en route.

12

Du car, on voyait la rue, d'autres cars, des immeubles, des maisons, des gens qui traversaient et des arbres. En ville, on voyait des voitures qui allaient vite et, quand elles venaient de face, on avait l'impression qu'elles allaient se cogner contre le car, qu'elles passeraient dessous et qu'ils rentreraient à pied chez eux. C'étaient des voitures rouges et blanches, rapides, pas comme le car. Elles avaient des sièges confortables, elles sentaient bon, elles ne puaient pas l'essence et on ne se noircissait pas les mains comme quand on s'accrochait à la porte pour monter dans le car. Mais elles, elles ne sautaient pas sur les dos-d'âne comme le car et c'est pour ça que ce car, c'était quand même quelque chose.

En quittant la ville, le car jaune et rond qui vous noircissait les mains prenait un chemin de campagne et on commençait à voir les vergers de pruniers et de pommiers, les champs de betteraves près de la ferme, les cultures de blé et de luzerne et le lac avec ses roseaux jusqu'où arrivait l'échelle de Dieu.

Les pionniers sortaient la tête par la fenêtre et les foulards rouges flottaient dans le vent. Les garçons les plus grands avaient des moulins en bois qu'ils passaient par la fenêtre et qui faisaient un vrombissement agréable.

Le car bondissait sur les dos-d'âne, ce qui provoquait des cris de joie. Quand le chauffeur moustachu était de service, il ne les autorisait pas à baisser les vitres et une épaisse poussière empestant l'essence se répandait à l'intérieur au point qu'on la voyait flotter devant les carreaux. Le chauffeur regardait dans son rétroviseur et voyait tout. De toute façon, personne ne pouvait toucher aux vitres puisque tous se mettaient les manches devant le nez. Quand elles descendaient du car, Angela et Sveta se montraient leurs mouchoirs noircis, avec deux points encore plus noirs à la place des narines.

Mais Sasha ne tenait même pas sa manche sous son nez. Il restait bien assis sur la banquette du fond qui était aussi large que le car et il attendait le passage des obstacles. Que les vitres soient baissées ou non, il s'en moquait car il ne possédait pas de moulin à vent. Il avait même une préférence pour le chauffeur moustachu, parce qu'il conduisait plus vite.

Arrivé chez lui, il enleva son blouson bleu, se fit cuire quatre œufs et les mangea avec du pain beurré et un thé. Il avala le tout debout, comme s'il avait dû se présenter au tableau pour répondre aux questions de Nadejda Petrovna sans connaître sa leçon. Il mangeait à même la poêle, essuyait le jaune avec son pain et posa finalement la fourchette, piquée dans un quignon de pain qui portait la trace de ses dents et était maculé de jaune d'œuf, dans l'huile ponctuée de miettes.

Il saisit le seau rempli de restes et alla le porter à la truie. Il lui versa sur les oreilles et le groin le mélange de morceaux de pain, d'épluchures de patates, d'eau et de farine puis la regarda mâchouiller en grognant de plaisir et en secouant ses oreilles tachées de farine mouillée et collante, ce qui eut pour effet de balancer des gouttes sur son pantalon. Il attrapa un bâton et la cingla à plusieurs reprises sur la tête, guettant l'apparition des traces d'abord rouges puis bleues et violettes comme il savait qu'elles apparaissent chez les porcs. La truie couinait à chaque coup mais ne cessait pas de manger et grognassait avec avidité tout en faisant des bulles dans son auge.

13

– Qu'est-ce, Makarîci, qu'un mort à ligne hydrophile ?

– La bride blanche se cuit à la poêle et on bat les noix avec le samovar, instantanément et pneumatiquement, le rhumatisme virevolte dans la bassine, il ne faut plus fumer le parnison, à cause des odeurs instables.

– Et un arbre éponge, pluri-pathétique, qu'est-ce que c'est, Makarîci, en écoutant la cinèze ?

– J'ai mis sur les genoux de la farine blanche, avec de la bonne huile et du sel bouilli, que l'hélicoptère rhumatisant ne passe pas pour tailler avec son hélice les arbres en fleurs, j'ai enlevé les arbres et j'ai planté des fours, que les aviateurs aient de quoi manger quand ils sortent avec leurs épaules vaillantes pour bêcher.

– Kineticus, il s'appelle, et il est rouge, que fait-il sous la pluie, le champignonneur ?

– Ne donnons plus de billets aux enfants, car la grue aussi est jaune, que les sacs de ciment ne leur tombent pas sur la tête. Frottons les fenêtres des ennemis de classe avec de l'huile de perdrix, que le soleil n'entre plus chez eux ! Il y a des sacoches pleines de duvet de canard et ça peut égayer le quatrième étage.

– Le dindon rouge saute-t-il dans la cour ?

– Je serais presque timide si je n'étais pas hypersensible.

– Tu n'as rien à craindre, c'est seulement le tonnerre de printemps.

– Mais il peut te tuer. Le tonnerre de printemps te touche et te tue. Je te le dis, regarde comme il tombe.

– N'aie pas peur, c'est un gentil tonnerre.

– Ces gentils tonnerres-là te tuent. Je le sais que ceux-là peuvent te tuer. Il a juste à te toucher la tête. Comment ça, tu ne sais pas qu'à la fin du monde il y a du tonnerre ? Il va te mettre le feu à la maison et nous mourrons.

– C'est un agréable tonnerre de printemps, je te dis. La pluie aussi est agréable.

Ils se levèrent et coururent sur le chemin. Il tombait une pluie fine et chaude et eux, ils détalaient pieds nus, les pantalons roulés jusqu'au dessus du genou. Ils s'arrêtèrent un peu plus loin dans la boue où, s'ils remuaient doucement les pieds, ils s'enfonçaient. Ils s'envoyaient leurs rires l'un à l'autre, enfoncés dans la boue, comme deux jeunes arbres qui observent leurs feuilles pousser.

14

La maladie s'était insinuée comme le duvet blanc des grands arbres d'en face de l'école, qui leur entrait dans les yeux et dans les narines. Le vent léger le portait de tous côtés et le déposait au sol, dans les cheveux, sur les vêtements. Ils le respiraient tous les deux et elle, elle portait ses petits doigts à son nez pour se gratter. Elle enlevait de ses yeux le duvet blanc, morbide, avec ses petits doigts pareils à de jolis petits vers qui auraient des ongles. Le champ jaune orangé ouvrait devant eux un sentier comme une fermeture à glissière.

« Non, Sophie, non ! – Mais pourquoi papa ? Je peux le toucher moi aussi avec la main ! C'est un petit lapinou, tout blanc tout doux ! – Il ne faut pas, Sophie ! Allez, on y va... »

Ils avançaient au milieu de ce champ jaune. Il la tenait par sa petite main et elle gambadait dans ses sandalettes. Un champ de ballons jaunes et orange et ils marchaient dessus. Un ciel de ballons descendu à leurs pieds. Un ciel qui découvrait un autre ciel bleu et infini au-dessus des ballons, au-delà de ceux qui se trouvaient à leurs pieds, qu'ils piétinaient et au-dessus desquels ils purent regarder.

C'était sa journée éternelle, jour millénaire. Avec des fleurs jaunes et orange croissant loin au-dessus de la tête, grandes, mouvantes, comme des ballons. Le soleil illuminait ses pieds fins dans les sandalettes rouges à délicate boucle métallique. C'était une journée belle et ensoleillée, et papa la prenait sur ses épaules et elle était grande, elle avait une robe blanche, étalée, comme dans les films avec d'Artagnan, et une chevelure dorée montée en chignon et d'où s'échappaient quelques mèches. « Il ne faut pas, Sophie, il ne faut pas. – Mais pourquoi papa ? C'est un petit lapin tout doux, pourquoi je ne peux pas le prendre dans mes bras ? – C'est un lapin méchant, Sophie. »

Il vit du car les arbres et les champs, le chemin et les vergers en fleurs, toute la grandeur de sa Patrie. Florissante et grandiose, sûre et paisible. Un ciel bleu – le ciel de sa Patrie. Une compagnie de moineaux s'égayant de sous les roues du car – les oiseaux du ciel de sa Patrie. Le lac atteint par l'échelle de Dieu – les eaux limpides de sa Patrie. Il s'imagina les poissons nageant dans ses eaux – les poissons des eaux de sa Patrie. La plus riche et la plus belle. La plus juste et la plus étendue. Sa Patrie, l'Union Soviétique. Libre Patrie. Mère Patrie.

La truie mangeait tout ce qu'on lui donnait et Sasha versait dans l'auge des pommes pourries sorties de la cave, des épluchures de pommes de terre et les restes de pain salis de jaune d'œuf. Au printemps, les herbes repoussaient et papa l'envoyait avec le sac les arracher. Le dimanche, Sasha partait dès le matin, et les autres jours, seulement après être rentré de l'école en car. Il s'attardait des heures entières avec ce sac, parce que c'était une bonne occasion de ne rien faire.

Il dépassait la forêt, parce qu'il n'arrachait jamais les herbes près de chez lui et il partait loin, après la forêt il y en avait une autre, après un verger de noyers très petits qu'il tentait à chaque fois d'arracher mais sans jamais y parvenir. Et Sasha s'étonnait toujours que des arbres aussi petits s'accrochent si fort à la terre qu'on ne peut les arracher. Quand il sera grand, pourra-t-il arracher les noyers ? Mais quand il sera grand, les noyers le seront aussi et il ne parviendra jamais à les arracher.

Il était déçu. Il se demandait si Lénine enfant aurait pu arracher un noyer et il décida que oui, parce que Lénine apprenait bien en classe et qu'il avait eu la force de faire la Révolution. Ensuite, Sasha entrait dans la forêt de derrière la forêt et commençait à arracher de l'herbe. Mais c'était pas de l'herbe et cela étonnait toujours Sasha que ce soit pas de l'herbe. C'étaient des fumeterres et des violettes et d'autres jolies fleurs. Il y en avait tant que tout le monde venait là avec son sac pour les arracher et les donner aux cochons.

Sasha pensait que c'était intéressant d'arracher un bouquet de fumeterres qui s'appelle alors un bouquet de fumeterres qu'on peut apporter à la maison à maman, tout comme probablement Lénine le faisait en son temps quand il était écolier – car Sasha ne pouvait pas voir Lénine autrement qu'avec un bouquet de fumeterres – et comme c'était étrange de mettre plusieurs bouquets dans le sac avant de les tasser avec le pied pour en faire entrer davantage et alors les bouquets de fumeterres n'en sont plus, ils redeviennent de l'herbe à donner au cochon.

Mais Sasha ne tassait pas le sac avec le pied, car le plus souvent il s'en servait pour s'asseoir dessus, tout simplement. C'est pourquoi il n'avait pas le temps de le remplir, alors il le refermait et quand il s'approchait de chez lui, il le faisait rouler du haut de la colline. Arrivé en bas, le sac paraissait mieux garni. Sasha aimait bien aller aux fumeterres, parce qu'elles étaient belles et lui arrivaient jusqu'aux genoux et que partout où il marchait il n'y avait que des fleurs. Les fumeterres étaient bleues et violettes, roses, jaunes et blanches.

Dans le car, au printemps, il y avait toujours plein de fumeterres, parce que tous les enfants apportaient des fleurs à leur maîtresse, enveloppées dans des feuilles de cahier ou des pages de journal. Mais Sasha ne lui en portait jamais parce qu'il n'aimait pas ça. Le car était jonché de fleurs et on marchait dessus, parce que les enfants se les lançaient à la figure.

Mais comment la truie pouvait-elle manger de la fumeterre ? car Sasha a déjà essayé plusieurs fois d'en manger et cela ne lui a jamais plu. Les fruits étaient jolis et ressemblaient à de petits raisins mais ils avaient mauvais goût. Les pommes sauvages étaient jolies elles aussi mais avec un goût tout aussi mauvais. Il est vrai qu'elles sentaient bon et Sasha mordait dans une pomme chaque fois qu'il passait sous l'arbre parce qu'il n'arrivait pas à croire qu'elles n'étaient pas goûteuses. Elles étaient trop belles et trop parfumées. Il en aurait mangé avec du sucre, mais elles étaient trop âcres. Il valait mieux manger de bonnes pommes qui n'avaient pas besoin de sucre.

La truie, elle mangeait bien des épluchures de patates alors que ce n'est pas bon. Et la farine de maïs non plus. Rien n'était bon. Seul le pain était bon et les bonnes pommes.

15

« Tout le monde en carré ! Tous en carré ! » Une fille avec de gros flots de rubans dans les cheveux passait dans les salles et criait : « Oui, faut vraiment se mettre en carré, allez ! En carré ! » Et nous de déguerpir avec tapage, alors que Nadejda Petrovna, Maria Ivanovna et Parascovia Fomovna, dont le surnom choisi par les enfants était Babouchka, criaient de l'intérieur des classes : « Plus doucement ! Plus doucement ! On se tient la main ! Plus doucement, espèces de brutes ! »

Nous, nous étions déjà dans la cour, à nous flanquer des baffes sur la nuque et des coups de pied au derrière, à nous courir après en bousculant les filles portant des flots qui ensuite lissaient leurs tabliers en criant : « Espèce de débile ! » Nadejda Petrovna, Maria Ivanovna et Babouchka arrivaient les dernières et nous tiraient les oreilles et les cheveux en nous disant « Rentre dans le rang ! Mais rentre donc dans le rang ! » sans oublier de nous appliquer une ou deux claques sur la nuque. On continuait à rigoler en nous observant les uns les autres, rouges comme des écrevisses et tout ébouriffés. À la fin, Nadejda Petrovna nous tirait encore une fois les cheveux, y compris les tout petits, sur les tempes et qui font mal. On avait les larmes aux yeux et on faisait « Aïe ! Aïe ! » puis on baissait la tête en chougnant.

Mais pourquoi on nous avait convoqués au carré ? Il y avait quoi au carré ? Même Nadejda Petrovna ne savait pas et disait : « Une minute, on va voir, une minute, on va voir. » Sur les escaliers sont arrivées la directrice et la pionnière-*vojata*[1], avec son tablier blanc et son foulard autour du cou, dans un uniforme qui ne lui arrivait même pas au genou, comme s'il avait été trop petit pour elle, et du coup on voyait beaucoup ses jambes, et elle portait aussi des chaussettes blanches jusqu'aux genoux. Derrière elles arrivait un homme que les enfants ne connaissaient pas, accompagné d'un garçon et d'une fille. Le garçon et la fille baissaient la tête et la fille pleurait. L'homme à côté ne pleurait pas et tenait la tête bien droite et les mains posées sur son ventre.

– Chuuuut ! Assez, on se calme, le carré commence ! Chuuuut ! Chuuuuuuut !

Stela, qui portait son foulard, sortit du rang, s'avança vers la directrice et la pionnière-*vojata*, porta sa main à son front comme si le soleil lui tombait dans les yeux et passa au rapport :

– Classe III B présente dans le carré avec un effectif de vingt-six élèves !

---

1. Instructrice de pionniers. Vient du russe. *(N.d.l.T.)*

– Disposez !

– Classe, disposez !

Natasha, de l'autre classe, sortit elle aussi du rang, se présenta en face d'eux et porta elle aussi sa main à son front comme si le soleil lui tombait dans les yeux puis elle dit :

– Classe III C présente dans le carré avec un effectif de vingt-huit élèves !

– Disposez !

– Classe, disposez !

– Disposez !

– Classe, disposez ! »

Classe IV A présente dans le carré avec un effectif de trente-deux élèves, disposez, classe, disposez. Classe IV...

La pionnière-*vojata* fit je ne sais quel signe à Stela qui accourut dare-dare. Elle lui chuchota quelque chose à l'oreille et Stela rentra à l'intérieur de l'école. Qu'a-t-elle pu lui dire ? Quelque chose de méchant sur moi, pensa Sasha. Stela reparut avec le drapeau rouge à pompons en soie, où était dessiné Lénine dans une flamme. Pourquoi ils avaient dessiné Lénine dans une flamme ? Quoi, ils l'ont fait brûler ? pensa Sasha. La pionnière-*vojata* avait saisi le drapeau et le tenait à présent avec les deux mains, sur son côté gauche, comme ils montrent à la télévision, tandis que Stela rentrait dans le rang en gambadant.

– Les enfants, voilà ce qui se passe dans notre école. J'ai honte de le dire, j'aurais voulu ne pas en arriver là, mais nous avons parmi nous des élèves qui ne sont pas dignes de porter le foulard rouge du pionnier. Ils ne méritent pas de porter cette infime partie du drapeau de la Patrie sur lequel les pionniers-héros, quand ils avaient votre âge, ont versé leur sang dans la Grande Guerre pour la Défense de la Patrie. Ils ont outragé le foulard de pionnier. Honte à eux, parce qu'ils ont craché dans le sang de ceux qui leur ont sauvé la vie et sont morts pour qu'aujourd'hui, ils vivent en paix. Faire ce qu'ils ont fait ! Quelle honte ! Et voilà que de tels pionniers existent parmi nous, des pionniers entre guillemets bien sûr, parce que ce ne sont pas de vrais pionniers mais juste des insolents qui ont souillé le nom de pionnier. Ils pourraient au moins ressentir de la honte, sinon devant nous mais ne serait-ce qu'en mémoire de ceux qui ont fait le sacrifice de leur vie pour qu'eux puissent vivre tranquilles et aller à l'école, qu'ils aient honte ne serait-ce que parce que d'autres, dans les hivers glacés, ont été tirés dehors pieds nus, inondés d'eau froide et pendus, ne serait-ce que pour ça, ils devraient mourir de honte, puisque nous, la direction de l'école et tout le collectif et vous, chers et estimés pionniers et octobriers [1], nous ne valons rien à leurs yeux. Je n'ai plus de mots pour parler de ces pionniers entre guillemets et je vais laisser la parole au père de Sonia qui est venu nous voir comme tout vrai communiste pour nous raconter ce qui est arrivé, car c'est ce que doit faire chaque parent parce

1. Octobriers : dans le système éducatif communiste de l'ancienne république soviétique de Moldavie, élèves de 6 à 9 ans. *(N.d.l.T.)*

que nous, l'école avec son collectif d'enseignants et sa direction, nous avons le devoir d'éduquer une génération qui puisse porter notre nom plus tard et ne pas nous faire honte. Que nous n'ayons pas à rougir un jour de n'avoir pas pris soin assez tôt de l'éducation des élèves. Bien que de vrais pionniers doivent savoir se conduire tout seuls. Mais nous avons aussi de ceux qui ont foulé aux pieds leur serment prononcé devant la Patrie, celui d'être des pionniers exemplaires et un exemple digne d'être suivi par les plus petits, par les octobriers qui entreront eux aussi dans les rangs des pionniers. Que deviendront-ils si des pionniers plus grands... voilà, l'exemple qu'ils donnent ! C'est pourquoi nous avons décidé de faire un carré, pour que tout le monde sache quel genre de pionniers nous avons parmi nous et pour qu'ils les montrent du doigt. Parce qu'une chose pareille ne peut être tenue cachée. Il est de notre devoir de tirer la vérité au jour car, quoi qu'il arrive, nous savons que la vérité remonte toujours à la surface tout comme l'huile remonte à la surface de l'eau. Vous avez vu, les enfants, comment l'huile remonte à la surface quand votre maman fait cuire du *borş*[1] ? Je vous laisse, Ierofei Ivanovici, nous dire une nouvelle fois, devant toute l'école, ce que vous nous avez raconté dans le bureau. Il devrait y avoir plus de

1. *Borş* (prononcer « borch ») : aide culinaire au goût citronné, obtenue par la fermentation du son de blé et donnant son nom à diverses recettes de bouillons de légumes et de viandes ou de poissons. *(N.d.l.T.)*

parents comme vous, alors à nous la victoire. Dites, je vous prie, tout, comme ça c'est passé. Dites, allez, que toute l'école entende.

– Je ne sais pas comment commencer, Liubovi Andreevna…

– Commencez, Ierofei Ivanovici, commencez, racontez tout par le menu. Mais s'il vous plaît, dans l'ordre, que tout le monde comprenne, car nous, nous savons de quoi il est question, mais que les autres l'apprennent, allez-y. Tout comme vous nous l'avez raconté. Mot pour mot.

– J'ai honte, en tant que parent… Mais je voudrais surtout qu'ils aient honte, eux, parce qu'ils me traînent dans la boue et qu'ils ridiculisent leur école et le foulard du pionnier ! Honte aux parents de Vasea qui n'ont même pas eu le bon sens de venir jusqu'ici quand Liubovi Andreevna les a convoqués ! Vasea, où est ton père ?! Quoi, t'as honte, hein ? C'est avant, qu'il fallait avoir honte !

– Avoir honte, mais sait-il encore ce qu'est la honte ? Demandez-lui, Ierofei Ivanovici, s'il connaît le sens de ce mot. Demandez-lui, demandez-lui !

– Je ne vais pas lui demander parce qu'on voit bien dans ses yeux que c'est un effronté. Si au moins il rougissait, rougis, tu m'entends ! Vous voyez, ça ne rougit même pas ! et toi, Sonia, tu vas voir ce que je vais te passer à la maison ! Les coups de ceinture, c'était rien, tu verras ce que je ferai de toi à la maison, Sonia ! T'es une grande, c'est ça ? Tu t'vois mariée ?! Tu verras c'que je pense des grandes, Sonia ! Je vais t'écorcher vive et j'y rajouterai du sel ! À quoi ça peut bien te servir de venir à l'école ? Marie-toi et file au kolkhoze ! Dites-lui donc, Liubovi Andreevna, qu'est-ce qu'on va faire d'elle ?

– Allez, Sonia, dis-nous, au moins, ça t'a fait du bien ?

– Ça t'a plu, hein ?

– Raconte que les autres enfants sachent.

– Quoi, t'as honte ? Mais pour le faire t'avais pas honte ?

– Parle donc, Sonia, pourquoi t'es muette ?

– Je le dis ? Sonia ? Je leur dis ?

– Dis, Sonia, ça nous intéresse de savoir !

– Et tu faisais quoi là-bas, Sonia ?

– C'était bien ou non ? Dis-nous, on veut savoir, nous aussi !

– Réponds quand Liubovi Andreevna te parle !

Sonia s'essuyait les yeux avec sa manche et n'osait pas relever la tête. Vasea pleurnichait et recevait sur la nuque les claques de Liubovi Andreevna. La pionnière-*vojata* se tenait droite, le drapeau à la main, et l'étoffe se soulevait doucement car un doux vent de printemps soufflait. Les feuilles s'agitaient lentement dans les arbres et de rares voitures passaient en vrombissant dans la rue qui longeait l'école. Nous avions honte, nous étions tous honteux, et nous aurions tous voulu baisser la tête, mais nous nous tenions droits et nous regardions Sonia, parce que c'était elle qui devait avoir honte et pas nous. On passait d'un pied sur l'autre, mais en faisant attention de ne pas nous faire voir.

– Ça t'a plu, Sonia, ça t'a plu ? Dis-nous, peut-être que nous apprendrons des choses ! Raconte !

Sonia essuya ses yeux avec ses manches.

– No-on… dit Sonia en pleurnichant.

– Comment ? C'était pas bien ?

– No-on… répéta Sonia en pleurnichant.

– Et tu vas recommencer ?

– No-on… et elle pleurnichait et s'essuyait les yeux avec une manche puis l'autre.

– Je veux que toute l'école entende.

– No-on !!!

– Plus fort, personne n'entend !

– Non ! Non ! Non !

Sonia se mit à sangloter et voulut s'enfuir dans l'école mais son père la prit par le bras et lui dit :

– Où tu vas comme ça ? Reste ici ! Tu restes là et tu racontes tout jusqu'au bout ! Vas-y, toute l'école veut t'entendre ! Et toi, Vasea, ça t'a plu ? Tu vas le dire ou quoi ? Tu crois que tu vas t'en tirer comme ça ? Attends que je finisse avec Sonia, après je m'en prends à toi ! Quoi ? T'as rien à dire ? On va t'entendre, ou non !

– No-o-on…

– Quoi non ?

– No-o-o-o-on…

– Quoi non, mon petit garçon, parle, parce que toute l'école veut t'entendre ! Tu l'ouvres ou tu te prends une baffe ! Et il gifla Vasea sur la nuque. Alors comment c'était ! Et il tira Vasea par les pattes et il le décoiffa. Baisse les mains ! Baisse les mains j'ai dit !

– Dés-hon-neur ! Dés-hon-neur ! Allez les enfants : Dés-hon-neur ! Dés-hon-neur ! Encore trois fois : Dés-hon-neur ! Dés-hon-neur ! Dés-hon-neur ! Plus fort : Dés-hon-neur ! Dés-hon-neur !

– Cela vous plaît ? Vasea ? Sonia ? C'est beau quand toute l'école vous crie Dés-hon-neur ! ? Les enfants, encore une fois : Dés-hon-neur ! Dés-honneur ! DÉS-HON-NEUR !

Nous sommes tous rentrés en classe en rang, par deux, nous tenant par la main, sages, comme pour le défilé. Personne ne disait rien, les mêmes pensées papillonnaient au-dessus de nous tous, fragiles comme des ballons. Pourquoi Sonia avait-elle fait ça ? Quel nom intéressant, Sonia. Qu'est-ce qu'elle sentait bon le parfum de muguet de la petite bouteille ronde et allongée, avec des picots dessus, comme un petit épi de maïs en verre ! Pourquoi elle n'a pas dénoncé Sasha quand elle lui a trouvé des poux, pourquoi elle ne l'a pas dit à Nadejda Petrovna ? Sasha aurait voulu qu'elle aussi ait des poux pour qu'il puisse ne rien dire à personne. Qu'ils soient les seuls à savoir. Et qu'ils le disent à personne.

16

Le même jour Nikolai Arsenievici prépara sa hache puis s'en alla chercher du bois en forêt. Il prit également une scie pour découper le tronc qui conviendrait à son échelle. Il battit les bois pour trouver l'arbre le plus haut, le scier à la base et le débarrasser de ses branches.

Il découvrit un bois de frêne long et fin, à l'écorce blanchâtre, le coucha à terre dans la forêt, puis le mesura avec son pas. C'était un bois de dix-huit pas, beau et droit, que Nikolai Arsenievici transporta sur l'épaule, avec difficulté, parce qu'il était vert. Il lui pesait sur l'os de l'épaule, il égratignait légèrement sa peau et son cou avait rougi. Un bois de frêne de dix-huit pas que Nikolai Arsenievici traîna dans sa cour avant de le laisser choir derrière la maison. C'était du bon bois pour une grande échelle.

Sasha rentra de l'école, prit le sac et alla chercher de l'herbe. Il dépassa la forêt, la petite, entra dans le verger de jeunes noyers, en sortit puis pénétra dans l'autre forêt, toujours plus avant, parce que là-bas, les fumeterres semblaient plus nombreuses. Mais plus il marchait, plus il se rendait compte qu'elles n'étaient pas plus serrées mais poussaient partout pareil. Sasha se trompait chaque fois. Il n'en croyait pas ses yeux de les voir identiquement réparties, parce que de loin, il voyait des touffes entières de fumeterres, des jaunes, des bleues, des blanches et des roses.

Il entra au cœur de la forêt, ouvrit son sac, le posa par terre et s'assit. Entre les arbres, on voyait se mouvoir le ciel et les nuages et le soleil éclairer les feuilles qui se mettaient à briller. Sasha s'étendit sur le dos, les mains sous la nuque, car il avait vu son père s'allonger ainsi sur son lit après avoir bien mangé. Il pouvait apercevoir des oiseaux passer à tire-d'aile, mais juste un peu, comme dans une trouée, puis ils réapparaissaient ailleurs, où il y avait un autre espace entre les arbres pour voir le ciel. Sasha se releva brusquement en tapant comme un fou sur ses jambes et ses bras et en se secouant. Il ramassa le sac et l'étendit plus loin, où il n'y avait pas de fourmis.

Le lendemain, Nikolai Arsenievici prit sa hache, sa scie égoïne et partit en forêt à la recherche d'un deuxième montant pour son échelle. Il dépassa la petite forêt et la noiseraie puis entra dans l'autre forêt. Il se mit à chercher le bois dont il avait besoin. Il s'enfonça loin au milieu des arbres et trouva un tronc long et droit, qu'il coupa à la base avant d'en ôter les branches avec le fer de sa hache. Il le posa à terre, le mesura de son pas. C'était un tronc long de dix-huit enjambées, droit et lisse. Mais quoi faire avec le bois d'un tilleul ? se demanda Nikolai Arsenievici. Il ne peut pas faire une échelle avec un montant en frêne et l'autre en tilleul !

Il se coucha sur le dos et porta ses mains sous sa tête, content que les fourmis ne puissent plus le déranger. Sauf qu'à cet endroit, il n'y avait aucun vide entre les arbres pour voir le ciel. Il attrapa son sac et le reposa un peu plus loin. Papa lui a raconté comment le garde forestier chope ceux qui coupent des arbres. Comment devine-t-il qu'un arbre a été coupé alors que ça a été fait tout à ras du sol et qu'on a tout caché en posant des feuilles dessus ? On ne voit plus rien ! Mais papa lui a dit comment le garde forestier leur met la main dessus. Alors Sasha regardait en l'air et découvrait les endroits où on voyait le plus de ciel. Si on le voyait, c'est qu'il aurait dû y avoir un arbre, sinon, c'est que quelqu'un l'avait abattu.

Nikolai Arsenievici posa le bois de tilleul et fit encore quelques pas. Il trouva un frêne, le coupa à la scie et l'ébrancha avec sa hache. Il le posa à terre et le mesura de son pas. Une perche belle et lisse, à l'écorce blanchâtre. « Pfff, au diable ! » Que pouvait-il faire avec un bois de douze enjambées ? Il le reposa et s'en alla plus loin. Il aperçut entre les arbres le chemin poussiéreux et le champ de blé en herbe qui ondulait comme une eau étrange puis il fit demi-tour. Il frappa avec le fil de la hache dans un bois de charme et l'abattit à la scie.

Sasha arrachait la fumeterre et en faisait des tas qu'il portait ensuite jusqu'au sac, parce qu'il avait la flemme de le traîner derrière lui. Il fit ainsi plusieurs tas et se mit à les transporter. Il en déplaça d'abord quatre mais le cinquième, il ne put le trouver. Ou avait-il monté le cinquième tas ? Il se mit à chercher dans la forêt et s'éloigna. Il ne peut pas être là ! se disait Sasha tout en s'éloignant de plus en plus. Il chercha tellement qu'il se fatigua et quand il se rendit compte qu'il ne le trouverait pas, il se décida à en faire un autre. Il arracha une brassée de fumeterres et partit la porter au sac. Il tenta d'abord de se souvenir où était le sac. Mais il ne peut pas être là, le sac ! se dit Sasha qui partit à sa recherche entre les arbres.

Il coucha la gaule en charme et la mesura de son pas. « Dix-sept et demi », bougonna Nikolai Arsenievici. Il s'assit sur le bois et s'octroya une cigarette. Il s'imagina une longue échelle en frêne, lisse et blanche, qu'il posait contre un arbre ou une maison et qui lui permettait de grimper où il voulait, même sur les poteaux électriques. Il tira une bouffée puis s'éloigna. Il s'enfonça parmi les fumeterres, frappant les arbres du dos de sa hache.

17

– Bien sûr que non.

– Alors pourquoi on ferait pas une carabine pneumatique ?

– Et elle tirerait à cinquante mille mètres en haut et cinquante mille mètres en bas ? Et elle ferait pas de bruit, juste un petit *poc* ?

– Bien sûr. On enferme plus d'air dans les ballons et après on le force à entrer dans la carabine. Quand la carabine est pleine, tu la pointes sur l'ennemi et tu appuies sur la détente, *poc*, cinquante mille mètres en haut et cinquante mille mètres en bas.

– Et Serafim Ivanovici ?

– Qu'il aille chercher le nécessaire.

– Le quinze et de nuit, comme on a dit ?

– Faudra juste du beau temps.

– Faudra pas que le temps soit du côté des bourges.

– Ça marchera pas, je le vois gros comme une maison.

– J'ai pris de l'oignon, des carottes, la bêche et des haches. On prend aussi des sacs, du fil à pêche. Vaudrait mieux quelque chose de bon.

– Piotr Afanasievici ?

– Un con.

– On lui fout la raclée et on l'attache à un arbre. Les loups viendront le renifler. On pensera à allumer un feu à côté, pour qu'il ait des moustiques. Et on lui met des punaises dans le slip, des grosses comme des hannetons. Je connais quelqu'un qu'en élève.

– Artiom Ignatici ?

– No-on.

– Alexandr Pavlovici ?

– No-o-on.

– Constantin Paladievici ?

– Non. Bien sûr que non.

Dans la nuit du 24 au 25 octobre, le prolétariat, guidé par Vladimir Ilitch Lénine, enfonce les portes du Palais d'Hiver et pénètre dans la résidence du tsar. Dans les cris et les hourras, les révolutionnaires réussissent à le vaincre et à le détrôner. Le pouvoir a été transmis aux gens simples avec, à leur tête, Vladimir Ilitch Lénine. Dans notre Pays, la justice a vaincu. C'est alors que les bases de l'Union Soviétique ont été posées. Mais combien de pays supportent encore le joug criminel du capitalisme ! Et tout cela parce que Vladimir Ilitch s'est éteint si jeune, tué par Kaplan, cette misérable espionne. S'il avait vécu, Lénine aurait continué de lutter pour tirer les gens simples des griffes du capital. Mais la misérable Kaplan, instruite par un capitaliste, est apparue au coin de la rue pendant que Vladimir Ilitch se trouvait dans la foule et elle a tiré sa satanée balle. Elle était habillée en noir.

– Grigore Ivanovici le sait ?
– Il a des jambes de bois dans le hangar.
– Il nous en faudrait quarante-trois.
– Vovic le boiteux vient, lui aussi ?
– C'est conseillé.
– Qu'il prenne des gants aussi, alors.
– Ça ne serait pas mieux de casser d'abord ses vitres et ensuite de jeter les bouteilles d'essence ? Je me dis que ça serait à notre avantage, de plusieurs points de vue. Faudrait lui arroser son chat avec de l'essence et le balancer par la fenêtre, je crois que c'est mieux comme ça.
– Faudrait pas que le chat miaule.
– C'est bien si y miaule.
– Les voisins vont entendre et se réveiller et ils pourraient casser la porte avec une hache ou une bêche. Y en a beaucoup qu'ont une bêche ; pourquoi ça se pourrait pas ? Ça se peut, je te dis.
– Oui mais alors ils vont trouver le chat.
– Ils le trouvent et ils l'éteignent à l'extincteur.
– Oui et ça sera la faute du chat.
– Mais Pavel Markovici ?
– C'est un fumeur.
– Tu vois ?

– Ça serait pas mieux avec un lapin ?

– Oui parce qu'il se cacherait sous le lit.

– Et en plus ça miaule pas.

– Vachement mieux.

– Et en plus ils auront du mal à le trouver, ils penseront pas à chercher sous le lit.

– Y rentrera pas.

– Sauf si c'est un enfant qui le fait entrer.

– Il va se mettre à jouer avec le lapin et c'est un coup à brûler avec.

– Un lapin, c'est décidé !

Nikolai Arsenievici trouva au milieu des fumeterres la perche de dix-huit enjambées et la prit sur l'épaule. Il dépassa le petit verger de noyers et entra dans la forêt. La nuit était avancée et il se cognait aux arbres avec sa perche sur le dos. Il erra ainsi toute la nuit.

18

Ils cheminaient dans ce perpétuel midi, revêtus d'un champ jaune orangé dont les pans touchaient les forêts, les habitations des hommes et les eaux. Elle se déplaçait si légèrement dans la brise caressant la terre et les forêts qui se trouvaient très loin et qu'on ne voyait pas.

Il la prenait sur ses épaules, et elle, la petite, elle lui fourrait les doigts dans les oreilles et lui tirait les cheveux, car il n'avait pas de barbe, pas un poil de barbe. Son visage glabre était lisse et très sec, avec des taches brunes dues au soleil et une sorte de poussière blanche, comme des écailles. Mais les écailles et la poussière blanche disparaissaient quand Sophie, après l'avoir gratté, fourrait son doigt dans sa bouche et passait de la salive dessus. Ses cheveux étaient doux et marron, et lui recouvraient les oreilles. Ses mains, on aurait dit qu'elles n'avaient que des doigts, la tenaient par les chevilles et touchaient ses sandalettes à boucle métallique...

« Et pas à pas / Et heure par heure... Et pa-a-as à pa-a-a-as. / Et pas à pas, balbutiait Sasha, pa-a-a-as... » avec les doigts dans les oreilles, fermant de temps en temps les yeux et levant un peu la tête comme s'il voulait éviter de voir, même avec les yeux fermés et les coudes plantés dans son livre de lecture. « Et pa-as à pa-a-as / Et heure par heu-eu-eure / Nos soldats ouvraient la voie / Aux jours de notre victoire... »

Et pas à pas
Et heure par heure
Nos soldats ouvraient la voie
Aux jours de notre victoire

Il enleva ses doigts de ses oreilles et resta les yeux fermés, les joues rouges d'y avoir appuyé ses mains. Il les ouvrit et regarda de nouveau dans le livre. Il les referma. Il les ouvrit et regarda encore dans le livre. Il les ferma.... Il les ouvrit. Il ferma le livre, laissant le stylo dedans et le fourra, bouffi et pelucheux, dans son cartable.

Sasha avait le livre de lecture le plus gros de tous. Un grand livre boursouflé, deux fois plus épais que celui de Stela. Ça se voyait qu'il devait apprendre plus, puisqu'ils lui avaient donné le livre le plus gros. Celui de Stela l'était deux fois moins. Le sien était comme ça parce que vieux et en loques, et c'était le sort de tous les livres de l'école, les nouveaux étaient tout fins, les vieux très épais. Au début de l'année, tous les élèves recevaient des livres : aux cancres, on donnait les vieux livres, et aux filles qui apprenaient bien, les livres neufs. Il y avait à la fin un petit cadre avec des lignes, où il fallait signer quand on le recevait et il n'y avait de la place que pour cinq signatures, une par an, ensuite le livre n'était plus bon. Mais certains portaient des signatures en dehors du cadre, donc ça en faisait plus que cinq. Et si on tombait sur un livre en loques, on repérait d'après sa signature l'élève qui était un an plus grand et s'il était pas trop costaud, on lui disait ses quatre vérités, qu'il avait pas bien pris soin de son livre et qu'à cause de lui, on avait un manuel pourri.

Si Sasha s'y était mis, il l'aurait lu en entier, en rien qu'une semaine. Et même moins. Il l'aurait lu en un seul jour. S'il s'y était mis. Il l'aurait lu et n'aurait plus eu besoin de venir à l'école. On l'aurait fait passer en quatrième. Mais pourquoi on lui donne, à lui, les livres les plus épais ? Il ferait mieux de déchirer des pages pour les rendre plus fins, comme ceux de Stela. S'il se mettait à arracher des pages, il sait bien lesquelles il choisirait. Si Nadejda Petrovna le laissait faire, il en arracherait encore plus.

Il partit jouer avec les garçons. Ils tapèrent dans le ballon près de chez baba Hania mais ne l'envoyèrent plus dans son jardin… Et baba Hania n'eut pas besoin de leur crier : « Fhouligan ! Fhouligan ! »

Il se coucha tard, fatigué et tout poussiéreux. Il entrouvrit d'abord la porte de la véranda et entra sans faire un bruit. Il trouva sur la gazinière une casserole de *borş* et le mangea froid, à même la casserole, à la louche. Il ne se lava pas les pieds. Il se coucha et s'endormit. Il lui sembla entendre la voix de maman qui criait depuis l'autre chambre : « Sasha, tu es rentré ? » Mais la lumière ne s'alluma pas et Sasha ne répondit pas. Pourquoi répondre alors qu'il n'était pas certain d'avoir entendu ? Comme ça maman pensera elle aussi qu'elle a cru entendre, elle fermera les yeux et s'endormira. On n'entendra plus rien. Ce sera calme et on n'entendra rien. « Animal ! T'as fait tes devoirs ? » ne retentira pas. Ce sera calme et tous dormiront. Pourquoi lui répondre ?

– Sasha, tu as fait tes devoirs ? Sasha, tu as fait tes devoirs ?

On entendit la porte, et la lumière soudaine le fit sursauter, comme si dans toute la chambre il n'y avait eu que lui, rien d'autre que lui qui pût attirer l'attention. Il se leva sur un coude et fit « Hi hi » mais comme s'il n'avait été convaincu de sa propre réponse, il s'assit sur le bord du lit en se frottant les yeux, se passa la main dans les cheveux et dit : « Hi hi, j'les ai faits. » Il sortit les livres de son sac et les jeta sur la table. Il sortit aussi le livre de lecture et l'ouvrit à la page du stylo... Il resta debout à côté de la table, le livre refermé sur son doigt pour marquer la page. Il ferma les yeux et récita :

Et pas à pas
Et heure par heure
Ouvraient la voie...

Et paaas à paaaaas / Et heueueure par... Nos soldats ouvraient la voie / Aux jours de notre victoire...

– Vakulovski, retourne à ta place. Si tu n'es même pas capable de retenir un poème comme ça ! Qu'est-ce qu'on va faire de toi, Vakulovski ? Allez ouste, que j'te voie plus ! T'es arrivé avec un bonnet d'âne et tu repartiras avec une cagoule, ma parole ! Tu comprends l'idée ? "Arriver avec un bonnet d'âne, repartir avec une cagoule..." Eh bien c'est tout toi, Vakulovski.... ! Et regarde-toi un peu, on dirait que tu as dormi dans la souille avec le cochon, Vakulovski !

Mais d'où est-ce que Nadejda Petrovna tient ça, qu'il y a chez Sasha un souillat ?

Sasha rougit et retourna à sa place. C'était pas grave qu'il ne sache pas le poème, il aurait pu se tromper sur encore vingt autres, pourvu que Nadejda Petrovna n'apprenne pas pour la souille. Qui a pu lui dire ? Sasha n'avait pas dormi dedans, il y était juste allé. Car il n'est pas possible de dormir dans le souillat. Y dormir, ça aurait voulu dire se faire écraser par la truie et se couvrir de lisier. Et Sasha aurait été tout sale, or il ne l'était pas. Sauf que Nadejda Petrovna savait, elle savait bien que Sasha n'avait pas dormi dans la souille mais ça ne l'a pas empêchée de le dire, pour lui montrer qu'elle savait.

Dans le car, Sasha fut très sage et ne sortit pas la tête par la vitre baissée. Il s'assit sur un siège, y resta même quand vint s'asseoir à côté de lui baba Hania, celle qui empeste le chaud et a un grain de beauté avec des poils sur la joue – ce qui donne envie de vomir à Sasha –, mais il ne se leva pas pour aller à une autre place, alors qu'il y en avait une plus loin. Il resta bien sage et ne rebondit même pas à l'endroit de la bosse sur la route. Il se disait que Nadejda Petrovna savait tout et qu'elle le dirait à toute la classe.

Sasha pensa se rendre désormais à pied à l'école. Se lever très tôt pour arriver avant eux. Être à son banc quand entrerait Nadejda Petrovna. Parce que Nadejda Petrovna pouvait profiter de son retard pour leur dire : « Il est de nouveau en retard, ce Vakulovski ! Et vous savez, les enfants, ce qu'il fait, Vakulovski ? » Mais il serait en classe et Nadejda Petrovna ne le dirait peut-être pas. Et si, le voyant dans la classe elle disait quand même : « Comment ça, Vakulovski, tu te mets à ne plus être en retard ? Tu as décidé de quitter ta soue à cochon ? » Alors toute la classe éclaterait de rire et Nadejda Petrovna leur raconterait tout.

Non, non, il n'ira pas à l'école à pied, de toute façon Nadejda Petrovna leur dira tout, il la connaît. Mais s'il y allait à pied, il serait présent dans la classe et il l'entendrait. Il saurait que Nadejda Petrovna leur a tout dit et il ne se casserait plus la tête pour savoir si elle leur avait dit ou pas. Il aurait été là et il aurait su.

Il arriva chez lui et s'installa à table pour apprendre. Il poussa de côté la poêle contenant des restes d'oignon frit et le tas d'assiettes sales d'où pointaient, comme des flèches, les queues des cuillères. Elles ressemblaient aux flèches plantées dans saint Sébastien, mais Sasha ne savait pas ça.

Il ne prit même pas le temps de manger et se mit à apprendre. Mais d'abord il décida de se déshabiller. Il se changea et se rendit derrière la maison pour se soulager. À son retour, il trouva sur le seuil le sac plié et un morceau de fil de fer posé dessus. C'était ce qui servait à fermer le sac. Comment ça se fait qu'il ne l'avait pas vu en arrivant ? Il pensait probablement à autre chose, pour ne pas le voir. Il prit le sac et partit dans la forêt.

19

Il dépassa la première forêt, entra dans la noiseraie où il se mit à chercher des fumeterres, alors qu'il savait qu'il n'en trouverait aucun pied, car les fumeterres poussaient dans la forêt. Il pensait qu'il y aurait peut-être une autre herbe que les porcs voudraient manger, mais il ne trouva que du grémil et une herbe large, dont il ne connaissait pas le nom mais qui était coupante quand on essayait de l'arracher, et des fleurs jaunes, hautes et laiteuses, mais il ne savait pas si les porcs la mangeaient.

Il s'assit dans l'herbe, retira ses sandales et en secoua la terre. Si les porcs avaient mangé toutes ces herbes, il aurait pu venir avec la faux et il aurait rempli des sacs entiers. Il en aurait eu pour une semaine entière. Il aurait caché les sacs dans la forêt, il serait venu en prendre un chaque jour et il n'aurait plus eu besoin d'arracher des fumeterres. Il se serait assis sur le sac et il aurait réfléchi. Ensuite, il aurait pris le sac et serait allé chez lui et tout le monde aurait cru qu'il les avait arrachées à la main alors qu'en fait, l'herbe du sac aurait été fauchée à l'avance et il n'aurait eu qu'à l'apporter.

Il aurait eu tellement de temps libre ! Il aurait pu rester assis sur le sac et penser à quelque chose d'agréable, comme chaque fois qu'il en avait rempli un. Mais le temps qui lui restait pour penser sur le sac était très court, car il en perdait trop à faire ses tas de fumeterres puis à les prendre à bras-le-corps, à les tasser dans le sac avec le pied et à le fermer avec le fil de fer. Si peu de temps pour rester sur le sac ! En revanche, s'il en avait eu plusieurs dissimulés dans la forêt, des fauchés à l'avance, il aurait pu profiter de beaucoup plus de temps pour penser à quelque chose d'agréable. En fait, à présent, il n'aurait pas fait autre chose que rester assis sur son sac.

Il entra dans la forêt, la grande, et se perdit entre les fumeterres. Il décida de remplir le sac le plus vite possible. Il chercha l'endroit avec le plus de fleurs, mais il ne le trouva pas. Il ne parvenait jamais à le trouver. Toute la forêt était pleine de fumeterres mais le lieu où il y en avait le plus, un lieu comme ça, il n'y en avait pas. Ou peut-être qu'il existait mais que Sasha n'arrivait pas à le trouver ? De toute façon, il le cherchait à chaque fois.

Il trouva parmi les fumeterres une longue poutre. Il la regarda et se dit : Qui diable a pu la couper pour la laisser là ? Peut-être aurait-il mieux fait de la ramener chez lui ? Mais comment faire pour la traîner jusqu'à la maison ? Il se pencha et la souleva par une extrémité. Elle lui parut lourde. Il alla à l'autre bout et le souleva. Elle était assez lourde. Il aurait pu la traîner jusqu'à l'orée du bois, mais après avoir essayé il se rendit compte que non. S'il avait pu, est-ce que ça aurait valu le coup de la traîner jusqu'à lisière de la forêt ? Il réfléchit longuement et décida que non. Et si quelqu'un passait et la prenait ? Tant qu'elle reste cachée entre les fumeterres, personne ne peut la trouver. Qui penserait qu'une poutre se trouve dans le bois au milieu des fumeterres ? Personne. Lui non plus n'y aurait pas pensé. Le mieux est de la laisser là et de venir la chercher plus tard. S'il veut, il peut dire à papa qu'il l'a abattue lui-même avec la hache. Il est venu chercher des fumeterres, il avait la hache sur lui et il a abattu un baliveau. Il en avait besoin d'un.

Il planta un repère et s'avança. Il vit une autre perche jetée entre les touffes de fumeterre. Il pensa : Qui diable a pu la couper pour la laisser là ? Il tenta de la soulever et observa qu'elle était plus légère. Il réussit à la déplacer d'environ deux pas. Mais il se dit finalement qu'il valait mieux la laisser ici, car s'il venait chercher la première, il prendrait aussi celle-là. Il remplit le sac et s'assit dessus. Qui a bien pu laisser les perches à cet endroit ? Rentrer à la maison et revenir les chercher avec papa, voilà ce qu'il fallait faire. Il coucha le sac et abandonna la forêt.

Nikolai Arsenievici abattit un arbre mince, long et lisse. Il l'ébrancha et le regarda. C'était un bon arbre, mais peut-être pas tant que ça. Il poursuivit son chemin. Il observa un sac couché parmi les fumeterres. Qui a pu laisser là ce sac ? pensa Nikolai Arsenievici. Il ne doit pas être loin. Il se cacha dans un taillis, resta aux aguets. Il attendit un moment sans voir personne. Ne valait-il pas mieux prendre le sac et rentrer à la maison ? Le porc serait bien content. Mais qui sait ? Il a peut-être mis dedans de quoi tuer son goret ? Quelqu'un qui l'a vu se balader dans le coin et lui aura fourré sous le nez un sac rempli de fumeterres pour lui tuer son jeune porc ? Qui sait qui l'a suivi ?

Mieux vaut rentrer, pensa Sasha. Et si quelqu'un trouvait son sac ? Tant qu'à rentrer à la maison, autant prendre le sac. Il le retrouva très vite. Il le saisit et rentra chez lui.

20

Vladimir Ilitch se pencha vers l'avant et mit la main, entre les touffes de fumeterre, sur un lapin mort, le posa sur sa tête et tira sur les pattes pour les nouer sous son menton.

– Nous avons besoin de gens comme vous, dit le garde forestier.

– Comment vous savez que vous avez besoin de gens comme moi, dit Vladimir Ilitch, vous me connaissez ?

– Comment non ? répondit le garde forestier, je lis le journal et j'ai vu des films. Nous, les gens simples, nous lisons le journal. Sachez que, même si vous n'en croyez pas vos oreilles, c'est comme ça.

– Vous êtes garde forestier ?

– Oui, je suis garde forestier professionnel. J'aime la nature.

– Bien sûr, la nature humaine est la plus complexe des natures, elle doit être aidée pour prospérer. C'est bien que vous y consacriez votre vie. Nous avons besoin de gens comme vous.

– Chacun devrait aimer la nature. Moi, par exemple, et ce n'est pas pour me vanter, Vladimir Ilitch, j'aime la nature parce que je le sens comme ça. Je n'en fais pas une prouesse. Je marche dans la forêt et je me réjouis. Savez-vous combien le printemps est beau en forêt ? Mais l'automne, Vladimir Ilitch, vous savez ce que c'est ? Ho ! Je ne vois pas comment je pourrais ne pas aimer ça ! J'aime de tout mon cœur. J'ai un cœur simple, Vladimir Ilitch, je suis garde forestier et peut-être que je ne comprends pas grand-chose des beautés ni de la nature, Vladimir Ilitch, mais ce que je comprends, je l'aime de tout mon cœur de garde forestier. J'ai peut-être tort, Vladimir Ilitch, mais c'est ainsi.

– Pour tout vous dire... comment vous vous appelez ?

– Makarici... Gherasim Makarovici...

– He bien, Gherasim Makarovici... pour tout vous dire, moi non plus je ne sais que penser de la nature humaine. Elle est remplie de contradictions, cher Gherasim Makarovici, tant de passions contraires et infondées ! Oui, Makarici, vraiment infondées, je veux que vous le sachiez, la nature humaine est un paquet de passions infondées ! Comment les comprendre, Makarici, si elles sont infondées ? Vous voyez ce que je veux dire ? Comment comprendre ce qui n'a pas de justification, pas de raison, vous saisissez, Makarici ? Or, comment comprendre ce qui n'a pas de raison ? C'est un non-sens, Makarici ! C'est pourquoi nous devons tout rapporter à la raison. Que tout soit raison, Makarici ! Alors nous comprendrons aussi la nature humaine.

– Oui, Vladimir Ilitch, c'est pour ça que moi aussi je me disais bien que je ne saisis pas toute la nature. On voit qu'elle n'a pas de raison, comme vous dites. Mais regardez, les fumeterres, Vladimir Ilitch, on dirait qu'elles ont un peu de raison. Les fumeterres, je les comprends. Mais pas seulement elles, Vladimir Ilitch, je comprends aussi les arbres, regardez, cet orme-là, et l'herbe, Vladimir Ilitch... Vous savez, parfois je comprends l'herbe aussi.

– Pourtant, c'est plein de contradictions, Makarici. On a besoin de raison pour mettre de l'ordre.

Vladimir Ilitch réussit enfin à nouer les pattes du lapin sous son menton et il se tourna vers Makarici.

– Hé, vous en dites quoi, Makarici ?

– Qu'est-ce que je peux dire ? Ça a une raison.

– Non, Makarici. Ça n'en a paaaas !

– J'ai dit que je comprenais pas grand-chose. Moi j'ai cru que c'était ça, la raison. Mais je vois bien que je me suis trompé. Y a beaucoup de choses que je comprends pas, Vladimir Ilich. Mais que voulez-vous, je suis qu'un pauvre garde forestier. Mais ça en a peut-être quand même une, de raison ? Vous en dites quoi, Vladimir Ilich ?

– Non, Makarici. Je crois vraiment pas.

Ils avancèrent ainsi dans la forêt et trouvèrent un autre lapin mort, blanc et moelleux, au poil long comme de la laine, étendu dans les touffes de fumeterre. Makarici le prit et le posa sur sa tête puis, sans difficulté, il l'attacha sous son menton, comme un bonnet russe. Vladimir Ilich observa que des lacets pendaient des pattes du lapin que Makarici attacha sous son menton. Le lapin de Makarici avait donc des lacets, c'est pour ça qu'il pouvait les attacher si aisément !

– Vakulovski, dis voir, puisque tu traînes tant en forêt, cherche donc un bon morceau de bois pour me faire une règle, vu que t'es bon à rien, au moins fais-moi une belle règle, puisque je n'en ai pas de correcte, allez, je te mettrai une meilleure note en conduite.

– Je ne sais pas faire les règles en bois, dit Sasha.

– Si tu ne sais même pas faire une règle en bois, alors tu sais quoi, Vakulovski, parce qu'à autre chose t'es bon à rien. Apprends au moins à faire une règle avec tes morceaux de bois, puisque tu vis en forêt !

– Je pourrais vous faire une règle, mais elle sera tordue. Je ne crois pas que je saurai faire ça.

– Eh bien, tu n'auras qu'"Insatisfaisant" en conduite, si tu ne veux pas tailler une malheureuse baguette ! Tu vis en forêt, je ne peux pas croire que tu ne saurais pas en faire une ! Dis plutôt que tu ne veux pas ! Tu auras donc un "Insatisfaisant" en conduite ! Apporte-moi donc ton carnet ! Voilàààà... In-sa-tis-fai-sant ! Et je te prie de le rapporter signé par ton père, qu'il sache quel fils il a ! Si je t'y prends, de déchirer la page, je te tue ! Que je ne t'y prenne pas, ça ne sera pas difficile de le remplir d'insatisfaisants, ton carnet, et alors on verra bien ce que tu pourras arracher ! Tu m'as compris, Vakulovski ? ! Tu as compris ce que je t'ai dit, mon garçon ? ! Que je ne te prenne pas à arracher les pages ! Et la poésie ? ! Voyons voir ! Tu l'as apprise ? ! Tu as appris la poésie, Vakulovski ? !

– Mais c'était pas pour aujourd'hui, Nadejda Petrovna...

– C'était pour hier ! Hier, tu n'avais pas la poésie à apprendre ?

– Si...

– Et tu la savais ? !

– Non...

– Tu ne l'as pas apprise ? !

– Je savais pas...

– Ça veut dire que tu ne sais pas ta poésie ? !

– Mais je savais pas...

– Tu la récites ou non ? !

– Je savais pas... Nadejda Petrovna...

– Nadcjda Petrovna ! Nadejda Petrovna ! Redonne-moi donc ton carnet que je te mette un deux plus gros que toi[1] !

– Mais vous en avez déjà mis un hier...

– Apporte-moi ton carnet ! Crasseux ! Regardez-moi cette tignasse ! Pfou ! dit Nadejda Petrovna en lui tirant les cheveux au-dessus de l'oreille avant de s'essuyer les doigts avec une feuille de cahier. Que

1. Le 2 était la note la plus basse admise dans le système soviétique de notation sur 5 points. Pour signifier que l'élève méritait une plus mauvaise note, l'enseignant inscrivait ce fameux 2 en très gros. *(N.d.l.T.)*

tu en prennes de la graine, Vakulovski ! Regarde, je te mets un deux, peut-être que tu en prendras de la graine.

Il eut quatre leçons ce jour et on termina tôt. Il lui restait deux heures avant l'arrivée du car mais il n'allait pas attendre là tout ce temps. Il contempla les vitrines et se promena sur le marché. D'ailleurs, Sasha connaissait tous les prix, de la balle de ping-pong aux robes et aux déodorants. Il connaissait aussi le prix de l'or et vit même des montres qui en étaient faites. Mais c'était comme s'il croyait qu'elles n'étaient pas véritables. Et si c'était vraiment de l'or, Sasha savait combien ça coûtait et où le trouver.

21

Nikolai Arsenievici rentra tard chez lui. Son repas emporté en forêt, il l'avait mangé à l'abri d'un taillis et à présent il avait de nouveau faim. C'est pourquoi il décida de rentrer. Il dissimula sa hache sous des feuilles, au pied d'un arbre. Il saisit sa gibecière dans laquelle ne restait plus que sa cuillère, le bocal qui avait contenu la soupe de *borş*, un quignon de pain et une moitié d'oignon et reprit le chemin de la maison.

Il arriva tard car il regardait les arbres en chemin, peut-être allait-il en repérer un à la bonne taille. Il lui sembla avoir trouvé le bon, il fixa l'endroit dans sa mémoire et reviendrait abattre la perche le lendemain. C'était un frêne rectiligne et beau, en plus d'être assez fin, plus fin que l'autre.

Il pensa toute la nuit à l'échelle qu'il voulait construire. S'il avait eu la plus longue il aurait pu grimper où bon lui semblait. Il aurait pu se jucher dans les arbres et même sur les poteaux électriques. On serait venu lui demander son échelle, au moment de la cueillette des pommes, et il ne l'aurait pas prêtée. « Tu t'en fais une, si t'en as besoin », aurait dit Nikolai Arsenievici. Il aurait pu monter sur les maisons à cinq étages et sur toutes les maisons du monde.

Il sortit plusieurs fois pour contempler ses perches derrière la maison. Qui avait bien pu mettre sur son chemin un sac avec du poison pour tuer son cochon ?

C'est quelqu'un qui l'a suivi et qui sait qu'il le sait. Il y en a un par ici que ça dérange, qu'il veuille se faire une aussi longue échelle. Mais comment il a su ? Quelqu'un a dû le dénoncer et il sait qui c'est. Il rentra et se coucha. Mais il ne put dormir de toute la nuit. Il resta allongé, les yeux ouverts, à contempler la fenêtre.

Mais qu'est-ce qu'un jour ? Un jour est une journée et une nuit. Parce que dans notre Pays, quand il fait jour en Astrakan, il fait nuit de l'autre coté du pays. C'est pourquoi on peut dire que dans notre pays le soleil ne se couche jamais. Car s'il fait nuit à Astrakan, alors il fait jour dans l'autre partie du pays, et vice-versa. L'Union Soviétique est un pays de lumière, un pays du jour éternel, les enfants.

Mais qu'est-ce qu'un jour ? Nous savons tous ce qu'est un jour, n'est-ce pas ? C'est quand la Terre fait un tour autour de son axe. Nous savons tous que la Terre tourne et quand la Terre tourne une fois autour de son axe, alors on compte un jour et quand elle tourne deux fois, on compte deux jours et ainsi de suite. Mais quand elle tourne trois fois, ça fait combien de jours, Bohantov ?

– Trois… Et quand elle tourne quatre fois, quatre jours et quand elle tour…

– Bien, Bohantov. Donc, on a quoi quand la Terre tourne une fois autour de son axe ?

– Un jour !

– Très bien, Stela, un jour ! Je sais que tu es une petite fille trrèèès appliquée et que tu veux nous dire une poésie. Mais d'abord, apporte-moi ton carnet que j'y mette un cinq !

Tu peux bien regarder la carte
Tu peux bien faire tourner le globe
Un merveilleux pays comme le nôtre
Nulle part ailleurs tu ne trouveras.

Mais pourquoi la Terre tourne-t-elle ? Pour tourner, elle tourne, pensa Sasha. Ils doivent savoir, eux, pourquoi elle tourne. Il est le seul à pas savoir. Elle tourne, elle tourne, même s'il n'arrive pas vraiment à y croire. Mais quand est-ce qu'elle tourne ? Cette question le tarabuste. Dans la journée, est-ce qu'il fallait qu'elle tourne une fois autour de son axe pour qu'il y ait un jour et une nuit ? Une moitié de tour le jour et une autre la nuit. Sauf que Sasha n'a jamais vu que la Terre tourne le jour. Il a si souvent essayé de surprendre les arbres en train de tourner et les maisons de se déplacer, mais il ne l'a jamais vu. Ça veut dire que la Terre tourne pas le jour. Qu'elle tourne que la nuit. Elle attend tout le jour immobile et la nuit elle tourne plus vite pour tourner ce qu'elle avait à tourner le jour. Sasha pense même que la terre tourne peut-être en un instant. Elle attend un jour et une nuit immobile et au dernier moment, quand elle doit tourner autour de son axe, elle tourne d'un seul coup, hop ! et c'est pour cela qu'il la voit pas. Il dort, alors, probablement.

Et tout en sachant que la Terre tournait autour de son axe en un instant pour que personne ne la voie, Sasha décida toutefois de guetter l'événement. Et si ceux de l'école avaient quand même raison ? Tout en croyant qu'aucun élève n'avait jamais vu la Terre tourner, Sasha se dit que peut-être, ils étaient dans le vrai. Lui aussi aurait aimé qu'ils soient dans le vrai. Car dans ce cas, la Terre aurait été un carrousel qui aurait tourné en continu. Sasha aimait cette idée mais rien que pour voir la Terre tourner, car autrement il ne supportait pas le carrousel. Quand il était allé un jour avec maman, il avait eu la nausée et avait vomi. Si la Terre avait tourné comme un carrousel il aurait passé son temps à vomir. Il pouvait pas croire que la Terre tourne, puisqu'il vomissait pas.

Et pourtant, cette nuit-là, il resta éveillé pour attendre l'instant où la Terre tournerait. Il demeura aux aguets, fixant les arbres qu'on voyait derrière le carreau, noirs, éclairés d'une lumière livide, jusqu'au moment où il s'endormit.

22

Il l'avait vue hier, après la fin de la classe, quand elle tournait au coin de l'école. Elle semblait contrariée et une bretelle de son tablier avait glissé de son épaule. Il aurait voulu l'appeler pour lui dire quelque chose. Mais elle regardait ailleurs et il n'appela pas. En fait, je crois qu'elle regardait par terre. C'est à ce moment-là que la Terre aurait été bien inspirée de tourner. Elle aurait glissé, elle aurait vacillé et il l'aurait saisie au passage. Mais Sasha aurait-il eu la force de la prendre dans ses bras ? Je crois qu'elle était trop lourde, parce qu'elle était plus grande que lui. Même s'il n'avait pas pu, ça aurait tout de même été bien. Ils auraient roulé-boulé tous les deux. Mais où donc ils auraient roulé ?

Sonia se pencha pour remonter sa chaussette qui lui arrivait au genou. Elle jeta d'abord un regard autour d'elle, puis elle se pencha pour la tirer, pendant que de l'autre main, il lui sembla qu'elle arrangeait ses cheveux qui lui tombaient dans le cou. Puis elle se pencha de nouveau comme si un petit caillou la gênait sous la plante du pied, et, après avoir bien regardé, elle le trouva puis le délogea à l'aide de son doigt. Elle fit passer son cartable d'une épaule à l'autre et disparut derrière le coin.

Comme elle était à ce moment-là presque de profil, Sasha eut l'impression qu'elle l'avait vu mais avait évité de le regarder pour qu'il ne la surprenne pas. Sasha cependant l'avait franchement regardé et si elle l'a vu, elle n'a pas pu manquer de s'en rendre compte. Sasha rougit jusqu'aux oreilles, en se rappelant qu'elle savait pour les poux. Mais à présent il n'avait plus de poux, car il l'avait dit à maman et elle l'avait épouillé tout comme Sonia avait dit de le faire.

Mais il avait quand même honte. Elle aussi avait une bonne raison d'avoir honte, pensa Sasha. Le mieux serait pourtant qu'aucun des deux n'éprouve de honte, puisque chacun savait à quoi s'en tenir. Chacun se débrouille avec sa honte, mais lui, il aurait préféré faire semblant de rien savoir, vu qu'elle non plus ne l'avait pas dénoncé à Nadejda Petrovna. Alors, tout aurait été pour le mieux. Ni l'un ni l'autre n'aurait plus eu honte.

Sasha n'aimait pas l'idée que les gens aient honte. Le mieux serait que chacun fasse semblant de rien savoir et tout irait pour le mieux. Mais peut-être que tout le monde n'avait pas honte ? Sonia avait honte, elle, il l'a vu dans ses yeux quand elle a pleuré. C'est pour ça qu'elle a voulu rentrer en courant dans l'école. Lui aussi a eu envie à plusieurs reprises de s'enfuir en courant, de honte, mais il s'est retenu.

Lui, quand il a honte, c'est comme s'il ne pouvait plus bouger. Il pourrait rester là une journée entière, sans faire attention à personne.

Sasha aurait voulu la rejoindre pour lui dire de ne pas avoir honte devant lui, parce qu'il ne dira rien à personne. Ils pourraient bien rester ensemble, tous les deux, sans avoir honte ? Mais Sasha avait honte de le lui dire. Il aimait juste y penser. C'était une pensée très agréable. Quand il se tenait sur son sac de fumeterres, Sasha pensait encore à ça.

Il alla s'asseoir sur l'herbe, derrière l'école. Il sortit de son sac une pomme et se mit à la croquer. Hier, en préparant son sac, il l'a placée au fond. Il a choisi la plus belle, pour ne pas en avoir honte si quelqu'un le voyait la manger. C'était une pomme grosse et rouge, avec des taches jaunes et qui sentait bon. Il pensa que s'il la croisait et s'ils faisaient quelques pas ensemble, il pourrait la lui donner, si elle en voulait. Je crois qu'elle en aurait voulu, parce que c'était une belle pomme et qu'elle sentait bon.

Il avait encore beaucoup de temps devant lui. Il se promena derrière l'école et regarda par les fenêtres. C'étaient des enfants plus grands qui suivaient les leçons. Ils se tenaient bien droits et écoutaient avec attention. On n'entendait que la voix qui parlait. Une voix désagréable. Qu'est-ce qu'elle leur enseignait ? Quelqu'un frappa au carreau pour le chasser.

23

Il poussa les autres enfants pour arriver à la porte. Elle s'ouvrit et on entendit la voix du chauffeur qui tonitruait : « Hé, âne bâté, tu veux glisser sous les roues ? ! ? » Mais Sasha était habitué, car il l'entendait chaque jour, une fois le matin, une fois à midi. Le chauffeur pouvait bien s'égosiller, Sasha était déjà à l'arrière du car, assis sur la banquette du fond. Tous les enfants faisaient pareil pour avoir une place à l'arrière sans écouter ce que le chauffeur disait. Et Sasha aussi. Même s'il n'aimait pas qu'on le traite d'âne bâté et que ça le faisait mourir de honte. Mais il s'y était fait.

Pourquoi aurait-il eu honte quand le chauffeur les traitait d'âne bâté et les autres non ? Ou alors, ils avaient honte mais ne le disaient pas ? Ils couraient vite au fond et rigolaient, prenaient place sur les banquettes et personne n'aurait jamais deviné quoi que ce soit.

Très vite la poussière s'élevait, quand le car quittait la route goudronnée pour prendre le chemin de terre qui menait au village de Sasha. Elle était marron et paraissait blanche là où un rai de lumière tombait par la trappe du toit que quelqu'un avait soulevée pour la chasser. Mais on refermait bien vite, parce que la poussière s'épaississait et tous croyaient qu'elle venait de l'extérieur mais en fait, la terre en suspension s'élevait de l'intérieur du car, du sol et de dessous les sièges, où il y en avait une belle quantité.

Sasha suivait le parcours des volutes poudreuses s'élevant vers la lumière. C'était quand même mieux avec la trappe ouverte, car si tout ne disparaissait pas, au moins un peu d'air pur et frais descendait jusqu'à vous. Il pouvait faire très chaud, si la trappe du car était ouverte pendant le trajet, on avait quand même une sensation de froid.

Sasha en avait marre de cette vie. Il ne supportait plus qu'on lui dise des méchancetés. Il en avait aussi marre de leur école. Il aurait préféré aller à une autre. Mais il n'avait pas le choix, car tous les enfants de son village étaient inscrits là et lui aussi. En fait, il n'y avait pas tant d'enfants que ça, puisqu'ils tenaient tous dans ce car jaune et qu'il restait encore des places libres.

Il y avait deux autres écoles en ville, mais elles se trouvaient plus loin et il aurait été encore plus en retard. Ici tout le monde savait que Sasha ne pouvait arriver à l'heure. Mais là-bas personne n'était au courant. Qu'il termine déjà l'école et il verrait bien ce qu'il ferait. De toute façon il était seul en classe, il n'y avait plus personne du village. Il aurait aussi bien pu aller dans une autre école. Au moins il n'y aurait plus eu de Nadejda Petrovna.

Maintenant c'était dimanche et il était juché sur un arbre du jardin. Les fruitiers n'étaient pas encore en fleurs mais Sasha grimpait pour voir s'il n'avait pas oublié comment on fait, pour plus tard quand les cerises seraient mûres. Il y allait pour penser. Il s'assit sur une branche et balança ses jambes dans le vide. Il s'allongea sur le dos pour voir s'il tenait en équilibre. Il tenait. Il se tourna un peu sur le côté et en plus, leva une jambe en l'air, mais il ne tomba pas non plus. Toujours sur le dos, il rejeta la tête en arrière pour regarder derrière lui, tout en levant une jambe. Puis il se laissa tomber, parce qu'il avait perdu une sandale.

Il avait cueilli pas mal d'herbe pour le porc, comme chaque samedi, afin d'en avoir pour le lendemain, car il prévoyait d'aller jouer. Il réfléchit et se rendit compte qu'il n'avait personne avec qui jouer, parce qu'il en avait marre de tout. Il pensa qu'il ferait mieux de rapporter un sac de fumeterres, pour en avoir aussi demain, et demain, s'il en avait envie, il irait peut-être de nouveau passer du temps sur le sac. Maintenant aussi, il pouvait rester sur le sac autant qu'il voulait.

C'était un beau dimanche, avec beaucoup de soleil, et Sasha s'arrêta d'abord sur la colline, là où poussait de l'herbe à balai, pour contempler le village. Il s'assit et regarda en bas. Il était si petit, son village ! Quand vous regardiez de la colline, vous embrassiez toutes les maisons d'un seul regard et vous pouviez même voir baba Hania dans sa basse-cour qui donnait à manger à ses poules en criant.

Il s'allongea et regarda le ciel. C'était un ciel bleu, avec beaucoup de nuages aussi blancs et brûlants que de la mie de pain. Ils étaient très proches et ils semblaient lourds. Sasha pensait que Dieu pourrait bien tenir sans tomber sur un nuage comme ça, un nuage si gros. Après avoir mieux observé, il lui sembla même Le voir penché sur lui. Mais cela ne dura pas, tout s'effilocha et se mit à ressembler à autre chose. Dieu ne pouvait vraiment pas se trouver là.

Il se lassa et se leva pour partir. Il tira sur son pantalon et se pencha pour prendre le sac mais c'est à ce moment-là qu'il aperçut sous son bras un morceau de ciel. Cela lui sembla si étrange de regarder le ciel sous son bras qu'il essaya de nouveau. Jamais il n'avait vu un ciel pareil. Les nuages semblaient aller plus vite et on aurait dit qu'ils n'étaient plus en haut, mais en bas. Il écarta les jambes et se pencha pour regarder par là aussi. Il vit une eau qui bouillait sous lui. Il se jeta à terre et s'accrocha aux touffes d'herbe. Elle était si terrifiante, cette eau qui bouillait sous lui. Quelle peur il avait de tomber. Elle était tellement incroyable, cette eau. Il se pencha et tenta encore l'expérience et la vit de nouveau. Il se jeta sur le ventre et resta comme ça. C'était tellement bien s'être sur la terre, de n'être pas tombé et de rester sur la colline où poussait de l'herbe à balai.

Elle était si belle, cette colline. C'était si bien qu'il s'appelle Sasha et c'était si bon d'entendre baba Hania crier après ses poules depuis le fond de la vallée. Il se leva puis se pencha pour attraper le sac, mais cette fois-ci, il garda les yeux fermés. Il ne voulait plus regarder le ciel entre ses jambes. Il craignait de tomber dans le ciel, même en sachant que ce n'était pas possible.

Il passa par la noiseraie mais ne s'arrêta pas et gagna la grande forêt ; puis il s'enfonça entre les touffes de fumeterres. C'était si bien qu'on ne puisse pas voir le ciel à cet endroit. Il n'en restait que des miettes qui ne paraissaient même pas être du ciel. Il pensa d'abord à aller voir ses perches. Il se rendit à l'endroit de l'autre fois et les chercha. C'était si agréable de ne pas avoir à se dépêcher, de n'avoir rien à faire ce jour-là, de pouvoir remplir un sac de fumeterre ou non puisque, de toute façon, il en avait encore un à la maison.

Il ne se pressait pas, marchait lentement en contemplant les arbres, et en scrutant les taillis, peut-être allait-il apercevoir le nid d'un oiseau, un lapin ou un chevreuil ? Il y avait ici des lapins et aussi des chevrettes, des renards, des sangliers, même s'il n'en avait jamais vu.

Il avait entendu beaucoup de gens dire qu'ils avaient croisé des renards et des sangliers, des chevreuils et même un cerf, et il aurait peut-être cette chance lui aussi. Tout au plus avait-il surpris le garde forestier tenant un lapin mort par les oreilles, mais c'était peu. Il regardait à présent avec plus d'attention, des fois qu'il aperçoive quelque chose.

Il ne trouva rien là où il savait avoir laissé les poutres et il décida de les chercher autre part, car il était possible qu'il ait oublié l'endroit et qu'en fait, elles se trouvent ailleurs. Mais d'abord, il s'assit un moment sur le sac pour penser à quelque chose d'agréable. Il s'assit, mais ne pensa pas à quelque chose d'agréable, il pensa juste à toutes sortes de choses et une multitude de pensées lui arrivaient en tête qu'il oubliait aussitôt et il le regrettait, car il aurait bien continué à y penser.

Elles apparaissaient en nombre et en désordre et il voyait comme des nuages et des gens qui parlent mais qu'il ne voyait pas, Nadejda Petrovna au tableau, quelqu'un tombant de son vélo et un chevreuil qui détale entre les arbres. Le chevreuil s'arrêta net, tourna la tête et le regarda. C'était un chevreuil avec une queue blanche, comme il avait vu à la télévision. Il posa le sac et lui courut après, se fit accrocher par des branches, butta contre une poutre et s'étala sur le ventre. Le chevreuil fit encore quelques bonds et disparut dans le bois.

Comme il était beau et comme ça aurait été bien de l'attraper. Mais il s'était pris les pieds dans une poutre, il était tombé et n'avait pas pu courir après. Il était si dépité qu'il se leva et se mit à lancer des coups de pied dans le morceau de bois. Mais après s'être calmé, il vit que c'était une poutre très longue. Il la regarda de près, en vit une deuxième à côté et par-dessus les deux, cloués en travers, quelques bâtons qui formaient comme une échelle. Mais c'était quand même trop grand pour une échelle.

Sasha saisit un morceau de bois et l'utilisa comme mesure. Il mesura ce qu'il mesura, vit qu'à un endroit elle se terminait et qu'une autre poutre la prolongeait, attachée à la première avec du fil à espalier si épais qu'il ne pouvait même pas le tordre. Les poutres étaient liées avec beaucoup d'astuce, car les deux extrémités aboutées avaient été découpées en escalier et s'imbriquaient pour faire une seule partie maintenue par le fer à espalier.

Sasha avait vu comment son père tordait le fil à espalier en s'aidant d'un bout de fer et que personne ne peut plus défaire parce qu'il est aussi épais que le doigt de Sasha. C'est donc ainsi que Dieu construit son échelle ! Une forêt avec des arbres aussi hauts, Il n'en a pas ! Il abat des arbres ordinaires et Il les met bout à bout avec du fil à espalier. Voilà comment Sasha pourrait se faire sa grande échelle ! Une forêt avec des arbres aussi hauts, comme du lac à la maison, Il n'en a pas. Il était là, le truc ! Il se promène en forêt avec sa hache, Il abat des arbres et Il les met bout à bout avec du fil à espalier. Et après ça, Il raconte qu'Il a une forêt où poussent des arbres de cette taille incroyable. Mais Sasha savait qu'une chose pareille ne pouvait exister. Il se cala dans un taillis et se mit à guetter.

Il y resta peut-être deux heures, mais aucun Dieu ne se pointa avec sa hache. Il décida d'attendre encore un peu. Il était content de l'avoir pris sur le fait parce qu'il Le savait maintenant dans la forêt et non parti allez savoir où. Je crois qu'Il déambulait dans les bois avec sa hache à la main, à la recherche d'une meilleure gaule.

24

Le dimanche, Dieu ne va pas à l'école, enfin, Il ne travaille pas, et je crois que c'est pour cela que Sasha ne L'a pas vu arriver avec sa hache pour finir son échelle. Il était allongé dans son lit et il se disait qu'est-ce qu'Il est malin Dieu quand Il dit qu'Il a une forêt de grands arbres qui vont du lac à sa maison et qui sont assez longs pour faire une échelle. En fait, Il n'avait aucune échelle, Il déambulait avec sa hache et Il coupait des arbres qu'Il emboîtait bout à bout et qu'Il attachait avec du fil à espalier. Bien content d'avoir découvert ça.

Il était heureux d'avoir découvert l'astuce avec l'échelle et il était impatient de voir à quoi ressemblait Dieu. Il se représentait un homme en chemise, les manches relevées, qui avançait en forêt, la hache à la main. Il avait aussi un pantalon et il portait des sandales comme celles de Ierofei Vasilievici. Je crois qu'il allait dans le village voisin, pour acheter son pain, parce qu'il y avait surtout des Ukrainiens là-bas et ils ne pouvaient pas le reconnaître. Il y allait à pieds, Il achetait son pain et Il s'en retournait couper ses arbres...

Il se réveilla tôt, avant la sonnerie du réveil, mais n'alluma pas la lumière et resta au lit. Il rêva à Dieu en train de couper des barreaux à la scie et de les clouer sur les deux montants. Il cloua tous les barreaux et, après avoir terminé, il leva son échelle et, l'appuyant sur les arbres, il commença à s'élever vers le ciel, sans attendre Sasha...

La lumière s'alluma, même s'il faisait déjà grand jour et, quelques minutes plus tard, les œufs firent entendre leur sifflement dans la poêle. Sasha ne saisissait pas pourquoi maman devait allumer la lumière quand elle venait le réveiller, mais quand elle ne l'allumait pas, c'était comme s'il ne se réveillait pas vraiment et il déambulait comme ça toute la journée.

Il eut l'idée de ne pas se rendre à l'école et d'aller en forêt pour voir Dieu. Il prit son cartable et sortit comme si de rien n'était mais tourna le coin derrière la maison, passa sous la fenêtre et courut dans le jardin puis sauta dans le fossé pour rejoindre la forêt en faisant un détour.

Il craignait que Dieu ait fini son échelle durant la nuit et qu'Il ne soit prêt à monter dans le ciel. Allez savoir comment ils dorment, ces Dieux-là ? Peut-être qu'ils dorment le jour et que la nuit, ils travaillent pour que personne ne les voie. Ils se cachent dans des taillis et dorment, et la nuit, ils poursuivent leur ouvrage. Allez savoir quel genre d'homme c'est, Dieu ?

Je ne crois pas qu'Il a travaillé la nuit dans la forêt, parce qu'on n'y voit rien. Et il en sortirait une échelle bancale, Il serait tombé avec. Pour monter dans le ciel, il faut une échelle solide. Et puis, Il n'aurait pas travaillé la nuit dans la forêt, tout seul, prêt à se faire manger par les sangliers. Il a dû dormir sur un arbre. Il s'est fait une couche avec sa hache, pour que personne ne le voie. Il se tient quelque part sur un arbre, caché dans le feuillage, et Il est impatient de couper un autre arbre pour faire son échelle. Ou alors, Il est peut-être au magasin pour le pain. Peut-être qu'Il n'en a plus et qu'Il est parti au magasin ? Mais pour ce qui est de travailler la nuit dans la forêt, non. Il ne verrait pas les arbres à couper. Et quand Il scie, Il doit poser la hache par terre et quand Il tranche avec sa hache, Il doit poser la scie et c'est comme ça qu'Il perdrait dans le noir soit la scie soit la hache, ou même les deux, et alors il deviendrait impossible de travailler sur Son échelle. Il aurait dû attendre le matin pour les retrouver et pour continuer son ouvrage. Heureusement qu'Il a perdu la hache et la scie et qu'Il n'a pas pu travailler la nuit, parce que s'Il s'y met maintenant, ça tombe bien, je vais Le surprendre.

25

Rien n'indiquait que le temps était passé par là sous des apparences de fatigue, de lassitude ou d'autre chose. C'était une journée infinie de vents chauds et légers qui berçait en permanence les têtes orange et jaunes ouvrant leur corolle au souffle doux, comme des moineaux bec en l'air au son des battements d'ailes. C'était une journée immense qui ne finissait pas, dans laquelle l'obscurité n'était qu'une partie insignifiante et la nuit ne durait qu'infiniment peu, elle était, entre voir et ne pas voir, comme un cillement de la paupière. Ils marchaient ensemble dans le champ jaune, ne pensant qu'au ciel qui, si près, touchait la terre, à quelques pas seulement devant eux, leur barrant le chemin, comme un mur. Il régnait un calme entier et ses mots à elle auraient pu ressembler à ces petits cailloux jetés dans une eau lisse et limpide.

26

Sasha passa la semaine suivante à déambuler dans la forêt, mais il ne trouva pas Dieu. Il se dit que peut-être Il avait encore à faire dans les bois et, pour cette raison, Il n'était pas encore parti. Mais chaque jour il trouvait l'échelle un peu plus achevée. Elle était presque prête, couchée entre les touffes de fumeterre. Mais Dieu n'apparaissait nulle part.

Nikolai Arsenievici se réveilla tôt, attrapa sa hache et sa scie et partit en forêt. Il découpa les derniers barreaux et les cloua. Ça faisait une bonne échelle, une échelle comme il le souhaitait. Il s'assit dessus. Tira une cigarette et l'alluma. Il fumait, l'esprit serein. Il avait la plus longue échelle du monde !

Il y jeta encore un regard, lui décocha quelques coups de pied et la mesura à l'empan. C'était sans aucun doute la plus grande échelle ! Il se courba, la saisit et tenta de la soulever. Mais il n'y parvint pas. Comment la lever ? se demanda Nikolai Arsenievici.

Il n'avait pas pensé à ça. Il demanderait, c'est clair, à l'hélicoptère, quand il viendrait pour traiter les vignes. Il l'accrocherait à l'hélicoptère et elle serait soulevée. Mais ce n'était pas tellement ça le plus important. Le plus important c'était que lui, Nikolai Arsenievici avait à présent la plus longue échelle du monde. Il la regarda encore, lui décocha encore quelques coups, la mesura une dernière fois et la laissa sur place.

27

Nikolai Arsenievici menait la vie tranquille de l'homme ayant enfin vu le rêve de sa vie s'accomplir. Il y avait peu d'élus, pour sûr, et il le savait. Il dormait sur ses deux oreilles, mangeait bien et pouvait aller voir dès que l'envie lui en prenait son échelle de la forêt. Personne ne connaissait son secret, si bien qu'il était difficile de comprendre pour qui il l'avait construite. Car personne ne l'envierait jamais pour son œuvre originale. Mais il ne sentit jamais le besoin de s'en ouvrir à aucun des villageois.

Au fond de son cœur, Nikolai Arsenievici se sentait l'homme le plus digne d'envie car il était le seul à avoir la plus grande échelle du monde.

Sasha abandonna bientôt ses surveillances en forêt. Il ne Le rencontra pas. Il était tout de même agréable de savoir qu'Il était toujours là et chaque fois que vous vous preniez les pieds dans l'échelle, il vous venait en tête que Dieu n'était pas encore parti et qu'un de ces jours vous pouviez Le rencontrer, Le surprendre juste au moment où Il la levait et se préparait à monter dans le ciel.

Sasha pensa que peut-être Il se sentait bien ici et que pour cette raison Il ne voulait pas s'en aller, que c'était l'été, qu'il faisait chaud et qu'Il pouvait dormir dans la forêt. Mais en hiver Il sera bien obligé de partir, car on ne peut pas dormir dans les arbres qui n'ont plus leurs feuilles et où d'ailleurs tout le monde pourrait Le voir et Il ne peut pas dormir non plus par terre, dans la neige. Il fait trop froid et comme Il n'est pas non plus un lapin ou un renard, et qu'Il n'a pas de fourrure, Il serait gelé. Cela, Sasha le savait bien car quiconque se couche ivre dans la neige gèle puis meurt. Il l'a souvent entendu dire. Mais il y avait encore tellement de temps avant l'hiver.

Plus le 22 avril approchait, plus Sasha avait le trac. Le 22 avril était l'anniversaire de Vladimir Ilich. Ce jour-là, de nombreuses années plus tôt – Sasha ne savait pas combien exactement – Vladimir Ilich était né.

Mais Sasha l'attendait aussi ce jour-là parce qu'il devait devenir pionnier. Il avait le trac surtout parce qu'il pressentait qu'il ne le deviendrait jamais, puisque Nadejda Petrovna l'en avait menacé : « Tu n'arriveras jamais à être pionnier ! Tous les enfants seront pionniers mais toi, jamais, je crois ! T'auras de la moustache et tu ne seras toujours pas pionnier ! »

Quand les premiers élèves de la classe devinrent pionniers, Sasha ne fut pas du lot parce qu'il n'avait pas eu de bonnes notes. La deuxième fois, parce qu'il avait dessiné des cochonneries. Les fameuses sottises de l'homme avec des muscles sur le ventre. Une fois de plus, Sasha craignait de faire encore quelque chose de mal et d'être encore écarté. Il ne dessinait plus rien et c'est tout juste s'il ouvrait la bouche, de peur de dire une bêtise et que quelqu'un le dénonce.

Il allait tous les jours à l'école et ne faisait plus l'école buissonnière. Il écrivait tout ce qu'on lui demandait d'écrire et il apprenait ses poésies. Il n'allait plus en forêt voir l'échelle, il ne se ruait plus à la porte du car et ne criait plus quand il sautait. Le matin, il se débarbouillait. Il fabriqua même une baguette pour Nadejda Petrovna. Il brûlait d'impatience que ce jour arrive enfin.

Sasha était si angoissé qu'il craignait de mourir avant. Il voyait le car se renverser. Il aurait préféré se rendre à l'école à pied, de peur que le véhicule ne se retourne et qu'il ne soit tué dans l'accident. La pluie et l'obscurité l'alarmaient, tout comme les vents forts et les animaux. Il craignait même que l'on puisse tout simplement le tuer ou l'enlever, le retenir quelque part contre son gré et ne le relâcher que trop tard. Mais si rien de tout ça n'arrivait, Sasha deviendra enfin pionnier. Ça, c'était vraiment rassurant. C'était l'idée qu'il se faisait du bonheur.

Du matin au soir, il pensait à ce qu'il ferait quand il serait pionnier. Il se conduirait mieux, c'est certain, et il aiderait les personnes âgées, il porterait son foulard et aurait l'air plus vieux. Il serait sérieux et se coifferait les cheveux sur le côté, comme les pionniers partisans qu'il voyait chaque jour sur le panneau du hall de l'école. Il se laverait avec du savon et se ferait la raie à gauche. Il mouillerait le peigne et lisserait bien ses cheveux, sur le sommet de son crâne, là où ils rebiquent toujours. Jamais il ne coifferait ses cheveux à gauche. Même pas pour voir comment ça lui irait. En fait, personne chez les pionniers qu'il avait vu ne portait les cheveux sur la gauche. Ce n'était pas bien. Il n'y avait qu'Hitler pour porter la mèche à gauche...

Il vit Sonia entrer à l'école. Elle a d'abord frotté ses semelles contre le décrottoir puis a passé un petit bâton dans les rainures. Elle portait des sandales blanches et des chaussettes aux genoux et elle tenait son parapluie ouvert. Elle trébucha, se rattrapa au gratte-pieds et heurta avec son parapluie une autre fille. Elles échangèrent un regard puis continuèrent leur opération de nettoyage. Il tombait une pluie très fine.

Tous les enfants attendaient leur tour pour passer au décrottoir et ils se poussaient pour aller plus vite. Sasha s'était gratté les semelles plus tôt et il était déjà entré dans l'école, où il attendait. Arrivée au niveau de l'élève de service, Sonia lui montra ses semelles pour qu'il les contrôle. Le dessous de ses sandales était propre et Sonia entra, non sans lui taper sur le nez au passage. Sasha vit alors que sur le dessus ajouré des sandales, les chaussettes étaient mouillées et tachées.

Les arbres ont commencé à fleurir. Au-dessus de la maison se trouvaient quelques cerisiers et un pommier. Ils portaient des fleurs blanches et roses et de loin, ils ressemblaient à de grosses fleurs écloses pendant la nuit. Comme si un géant les avait piquées là, dans l'herbe, avec ses gros doigts, puis était reparti. Mais on ne pouvait pas vraiment croire aux géants. C'était juste une jolie pensée. Parce qu'en s'approchant de ces grosses fleurs s'élevant au-dessus de l'herbe, on se rendait compte que ce n'étaient que des arbres. De simples arbres qui avaient fleuri. Mais pas aussi beaux que s'ils avaient été des fleurs. De grosses fleurs que le géant a plantées là avant de s'en aller.

28

Il bondit du lit. Dorénavant, il devrait se lever sans tarder, ne plus lambiner sous l'édredon. Il sauta dans son pantalon. Chercha ses chaussettes sous le lit mais en vain. Puis dans les brodequins. Finalement, quand il eut retrouvé ses esprits, il vit qu'il les avait gardées aux pieds. Comme d'ordinaire. Il avait voulu les enlever la veille au soir, comme il sied à un futur pionnier, mais il avait oublié.

Il était trop tard, il devait partir. Les doigts engourdis de sommeil, il enfila ses souliers montants et passa devant le miroir où il se coiffa. Il fit sa raie à gauche, comme il sied à un pionnier. Puis il revêtit sa chemise et prit son cartable.

La petite aiguille du réveil rouge à patins de fer comme celles d'un traîneau était sur le huit et la longue, sur le neuf. La petite aiguille, fine et jaune, se tenait sur le sept, comme toujours, mais il ne se rappelait pas si cela avait sonné ou pas. Son cartable tressautait dans son dos et Sasha le prit à la main, courant aussi vite qu'il pouvait.

Devant la clôture du camp, personne. Il n'y avait plus personne. Sasha examina le sol et aperçu les traces de pneu du car, qu'il effaça avec son pied. Il lui sembla sentir encore l'odeur d'essence et de chaud puis il se représenta Vanea et Mitea sortant leurs moulins à vent par la vitre baissée, alors il siffla.

Que dirait Nadejda Petrovna ? Elle lui crierait dessus et lui dirait d'aller se faire vacher ou charretier. Qu'il était pouilleux et ferait mieux de se laver. Qu'il aurait mieux fait de pas naître et que ça aurait été mieux pour tout le monde...

Il remit son cartable sur son dos et marcha lentement, tête baissée, jusqu'à la sortie du village. Je crois que Nadejda Petrovna avait raison de lui dire ça. Il aurait mieux fait de ne pas naître plutôt que de rater le car deux fois dans la même semaine ! Mais peut-être qu'il le raterait aussi le lendemain, qui sait ?

Il s'arrêta et prit le chemin du retour. Il regrettait d'être né si loin de l'école. Si loin de tout. Les portails commençaient à s'ouvrir et on les entendait crier sur leurs gonds puis les vaches poussées au cul rejoignaient le chemin. Sasha ne comprenait pas pourquoi les vaches lâchaient leurs bouses dès qu'elles arrivaient sur la chaussée. Pourquoi elles en profitaient pas, toute la nuit dans l'étable, au lieu de faire ça le matin, en plein milieu de la route, comme si elles s'étaient concertées pour la salir ? Sasha les regardait, il voyait la buée leur sortir par les naseaux. La même vapeur s'élevait de la bouse et de partout. Il leva les yeux et vit que cette même brume montait des vergers et des plaines.

Baba Vera est passée devant lui avec une vache imposante, tachetée, les flancs larges, et son jeune veau. Ils se sont dit : « Bonjour, bonjour. » Le petit veau s'est arrêté et a jeté un regard effrayé à Sasha puis il s'est élancé pour rattraper la vache et baba Vera. Il avait un peu froid juste en chemise et il a enfoncé ses mains dans ses poches. À cet instant, pour lui tout seul aurait-on dit, le soleil a dardé ses rayons de derrière le verger. Il a tourné la tête et a regardé de nouveau baba Vera. C'était peut-être mieux, qu'il devienne vacher. Elle avait raison, Nadejda Petrovna. Allez, à la maison !

– Plutôt jamais que maintenant !

– Ni même maintenant que jamais !

– Plutôt être réduits en pain et en sel par les tracteurs du Kazakhstan !

– Pour les pauvres du monde entier !

– Que les enfants et les vieux mangent à leur faim !

– Qu'ils soient heureux !

– Pour la joie !

– Leur sourire, un rayon de soleil entre les nuages !

– Mieux vaut le Kazakhstan !

– Sous le soleil torride, avançons avec le tracteur !

– Qu'on éclaire notre chemin à la lanterne !

– Traçons de larges sillons autour du champ en flamme !

– Soyons plus gais que des abeilles !

– Comme des mulots ! Sortons de partout, des trous, des champs de la patrie pour les sauver !
– Les greniers, remplissons-les de grains !
– Et les fenils !
– Et les caves et les armoires !
– Et les villages et les villes !
– Et les quartiers !
– Sans regrets !
– D'être morts pour rien !
– Non !
– Jamais !

Il vit son pays depuis le car. Il était beau mais triste. Il était beau, parce qu'il avait de beaux arbres qui cette semaine-là avaient fleuri tous en même temps et qui de loin ressemblaient à de grosses fleurs qu'un géant aurait fait éclore pendant la nuit mais aussi parce qu'il était recouvert d'herbe verte et avait un étang jusqu'où arrivait l'échelle de Dieu. Mais il était triste parce que ce jour-là Sasha avait l'impression d'avoir grandi tout d'un coup et de pouvoir comprendre et accomplir tout ce que d'ordinaire on lui disait qu'il ne pourrait ni faire ni saisir. Il lui sembla être devenu si grand qu'il ne pourrait jamais plus rien apprendre, car tout lui était connu et il regretta d'avoir appris tout si vite, parce que la vie lui paraîtrait dorénavant ennuyeuse, puisque tout le monde apprend en devenant un grand et que lui, il était encore si petit.

Mais d'autre part, c'était aussi une sorte de joie, parce que Sasha avait toujours souhaité tout savoir et devenir grand aussi vite que possible, souhait qui s'était enfin accompli. Il y avait la joie d'avoir enfin tout appris, mais aussi le dépit devant une vie future peut-être ennuyeuse, car il était après tout possible que cette pensée de vouloir grandir et tout apprendre se niche de nouveau dans son cœur et alors, il n'aurait plus la possibilité de la satisfaire. Cette joie et ce dépit se rejoignaient quelque part dans son cœur et ensemble faisaient que le pays semblait à la fois triste et beau. La joie rendait le pays de Sasha beau et son dépit le rendait triste.

Devant la vitre couraient les poteaux et les arbres du bord de la route et plus loin, on voyait s'enfuir l'étang et les forêts de la colline, qui partaient très lentement en arrière. Ils semblaient s'en aller très loin, les arbres et les poteaux, ils avançaient vers une destination inconnue, tandis que les collines au loin, les forêts et l'étang s'éloignaient plus lentement. Comme si les premiers, plus jeunes et plus pressés, couraient, alors que les autres, adultes et fatigués, marchaient derrière. Sasha se demandait s'ils se retrouveraient tous là-bas où ils s'étaient proposés d'arriver, là où, probablement, se trouve une colline ou une vigne, ou un grand champ de maïs, qu'on ne voit pas de la vitre de Sasha, un lieu où ils peuvent s'arrêter pour se reposer. Et s'ils se retrouvaient là-bas ou bien ne se retrouvaient pas et que les arbres du bord de la route et les poteaux qui couraient étaient pressés et jeunes, et que les collines, l'étang et les forêts dans le lointain étaient vieux et arrivaient lentement, alors Sasha se dit que lui, il est un arbre ou un poteau du bord du chemin tandis que Vera et Babouchka – comme tous les enfants surnomment Parascovia Fomovna de la classe des IIIe – sont les grandes collines que l'on voit sous les forêts au loin. Elles marchent lentement et s'essoufflent, c'est comme s'il les voyait. Mais qui sait, elles arriveront peut-être elles aussi ? Peut-être que là-bas, quelque part, là où se trouve peut-être une colline, une vigne ou un champ de maïs, il devra cesser de courir, s'arrêter et les attendre ? Peut-être qu'ils se rencontreront, qui sait ?

29

Le temps qui passait contournait leur vie, car pour eux la vie était comme une boîte solide et invisible qui ne s'ouvre jamais. Le soleil et le ciel y entraient, ainsi qu'un vent léger qui ne cessait de souffler, agitant les pans de la robe et les cheveux fins, marron, où les petites mains se nichaient.

La prairie qui s'étendait de toute part conservait ses mêmes couleurs jaunes et orange, si bien qu'il était aisé de comprendre qu'elle non plus, le temps ne l'effleurait d'aucune manière et ses fleurs demeuraient fraîches du matin au soir. Pas un animal, pas un insecte ne se laissait voir ni entendre sur toute l'étendue de cet herbage, alors eux, s'ils avaient pu s'en rendre compte, ils auraient compris qu'ils étaient les seuls habitants de leur vie...

– Que fait-on avec le coq ? demanda Vladimir Ilitch en tortillant le bout de sa moustache petite et rousse.

– Nous allons en Pologne, à la paillote.

– Tu l'emmènes en Pologne ?

– Dans la paillote, personne ne le trouvera.

– Je ne le sens pas, sincèrement, Félix Edmundovici. J'ai peur de leur Pologne. Je n'ai pas vraiment confiance.

– Ça sera mieux, au bord de la Volga ? Une petite cachette, quelque chose ?

– On ferait mieux de l'empailler jusque là-bas, que ça fasse objet de musée. Une espèce rare, on leur dira : le seul exemplaire existant. Et arrivés là-bas, on le reconstitue, on verra bien.

– Vous voulez dire qu'on le plume à sec, plume à plume, et qu'on les colle sur un coq en pâte à modeler ? Et la chair, on la garde jusqu'à notre arrivée en Pologne ? Et arrivés là-bas, on recolle dessus les plumes et on retrouve notre coq de toujours ? !

– Très juste, Edmundovici ! À vrai dire je n'avais pas pensé à la pâte à modeler. Heureusement qu'on est deux pour réfléchir.

– Moi je n'ai dit ça que par hasard, par déduction. Mais je suis certain qu'elle existait quelque part enfouie dans votre inconscient.

– Qui, elle ? demanda Vladimir Ilitch effrayé.

– Elle, la pâte à modeler pour faire le coq.

– Bien que je ne sois pas un vulgaire matérialiste, je dois reconnaître, Félix Edmundovici, que cette pâte à modeler aurait pu exister en effet quelque part, dans les profondeurs du subconscient dont vous parlez, tellement cela me tient à cœur.

– Je veux me référer aussi aux quelques autres problèmes majeurs et non des moindres, Vladimir

Ilitch, qui tourmentent, vous le savez, le prolétariat dans son ensemble, en cette période difficile de notre histoire. Je tiens à préciser.

– Ce que vous dites là est réellement émouvant. Des gens comme vous devraient conduire les peuples !

– Les mettre sur le droit chemin, je sais.

– Oui, et leur dire ce qui est bon et ce qui est mauvais en ce monde !

– Mais la pâte à modeler de votre subconscient peut nous être très utile, Vladimir Ilitch.

– Que faut-il faire alors, Félix Edmundovici ?

– Agir, Vladimir Ilitch, et le plus vite sera le mieux.

– Mais, plus concrètement, Félix Edmundovici, plus concrètement. Les doutes, les allusions et la confusion et aussi les phrases interrompues, voilà ce qui a plongé l'humanité dans la merde ! C'est une de mes théories nouvelles, inventée il y a peu, Félix Edmundovici !

– Le coq, si on lui arrache les plumes à sec, et que les plumes, on les colle sur la pâte à modeler qui, dans votre subconscient, comme vous l'avez rappelé vous-même, existe, nous pouvons obtenir à la suite de ce transfert de plumes du coq vivant sur le coq en pâte à modeler de votre subconscient, comme j'ai dit, un autre coq, sinon identique, du moins ressemblant.

– C'est une idée, Félix Edmundovici.

– À côté de ça, conformément au principe "Une enlevée, une collée", il reste ce qu'on a extrait, on se retrouve avec deux ou même trois kilos, si on le vide, de viande de coq parfaitement comestible !

– Oui. Et que nous pourrions manger, n'est-ce pas ?

– Tous les deux, avant l'arrivée du prolétariat !

– Et à eux, on leur montrera le coq du subconscient ?

– On dira que, voilà, le coq existe, il est là, ne vous faites pas le moindre souci et, si vous voulez, on peut le passer à la casserole n'importe quand, mais pourquoi tant se presser, finalement ?

– Oh ! Edmundovici ! Je ne le sens pas !

Il crépusculait. Dans la forêt assombrie, seul le ciel semblait conserver sa luminosité, ici et là, entre les branches des arbres. Vladimir Ilitch expliquait quelque chose le bras tendu, la main gauche dans sa poche de pantalon, comme d'habitude. D'ailleurs, c'est l'attitude qu'il a conservée sur tous les tableaux ultérieurs, une main dans la poche, l'autre en l'air, en train d'expliquer, sans doute, quelque chose de très difficile à comprendre.

Cette fois-ci, Vladimir Ilitch tira sa main gauche de sa poche gauche et la plongea dans celle de droite pour essayer d'en sortir quelque chose, parce que sa main droite était employée à la discussion. Sa poche retournée, Vladimir Ilitch put saisir entre ses doigts un billet de dix roubles froissé. Il poursuivait ses gesticulations et soudain son visage s'illumina pour dire :

– Edmundîci, mais comment va Nadea ? J'ai pas pensé à demander.

– Bien, comme d'habitude, Vladimir Ilitch. Et elle vous transmet son bonjour.

– J'ai cru comprendre qu'elle s'occupe d'enfants pauvres, c'est vrai ?

– Oui. Elle les a trouvés dans la rue, ils mouraient de faim et elle les a sauvés. Elle dit que ce sont des enfants très intelligents et désireux de tout apprendre de la Révolution et de vous, Vladimir Ilitch.

– Bravo Nadiusha ! Toujours égale à elle-même ! Et ? Elle leur a raconté quelque chose sur moi ?

– Elle ne fait que ça toute la journée, si bien que les pauvres enfants se promènent dans la maison en se bouchant les oreilles ! Je plaisante, Vladimir Ilitch, elle fait ce qu'il faut, Nadenka, c'est ce qu'il faut faire !

– Ces enfants, Edmundîci, je veux que vous le sachiez, représentent la nouvelle génération ! On a besoin d'eux, Edmundîci, c'est eux qui porteront le grandiose idéal de la Révolution ! Ce sont les générations de demain, eux, c'est nous dans l'avenir ! Pas n'importe comment, bien sûr ! Mais modelés par l'expérience nécessaire que seul le temps est en mesure de nous donner ! Et que nous n'avons pas ! Voilà de quoi il retourne, mon cher Edmundîci !

– Nous devrions investir davantage en eux...

– C'est justement pour cela que Nadiusha fait bien en faisant ce qu'elle fait ! L'instinct maternel, Edmundîci, l'instinct maternel ! Qu'est-ce qu'on en sait, nous, les hommes, hein, Edmundîci ? On n'en sait rien !

– Dame Nature ! Vladimir Ilitch, elle, elle connaît tout !

– Dame de merde ! cher Edmundîci, manque de persévérance ! Négligence ! Et autres maladies semblables du peuple russe ! Voilà ce que je te répondrais Edmundîci !

– Vous voulez dire que nous sommes les seuls coupables ?

– Tout à fait !

– Pas Dame Nature ?

– Non, nous, Edmundîci ! Rien que nous !

– Et alors ?

– Nadenka est la seule à connaître la vérité !

– Elle sait, oui !

– Elle et elle seule, c'est notre Cléopâtre ! Voilà ce que tu vas faire, Edmundîci, quand tu seras à Saint-Pétersbourg, donne ça, je te prie, à cette Nadiusha et embrasse-la ardemment de ma part. Dis-lui que son Valodenka est vivant et en bonne santé et qu'il travaille avec toujours plus de passion à la cause de la Révolution. Dis-lui que la Révolution viendra ! Le nombre de mes admirateurs s'accroît de jour en jour. Dis-le-lui, Edmundîci, et donne-lui ça de ma part...

Vladimir Ilitch tendit enfin les dix roubles devenus moites non sans, auparavant, les lisser pour leur donner plus belle apparence.

– Pour les enfants, tu lui diras, Edmundîci !

Vladimir Ilitch se tut un instant et ses yeux se remplirent de larmes.

– De la part d'un révolutionnaire, tu lui diras ça !

Sur le chemin longeant la forêt, on entendit le vrombissement d'un tracteur. Après s'être convaincus que ce n'était pas seulement une idée et que le tracteur s'approchait, les deux grimpèrent dans un arbre pour s'y cacher.

30

Le temps passait lentement, mais vite. C'est ainsi que Sasha sentait le temps passer. Quand il pensait à la date du 22 avril, le temps semblait couler lentement. Mais quand il pensait à autre chose, le temps passait vite. C'était toujours comme ça quand il attendait quelque chose. Jamais le temps ne passait vite. Et quand il n'attendait rien, le temps passait à toute allure, si bien qu'il en voulait au temps. Même s'il savait que ce n'était pas sa faute, au temps.

Sasha pensait aussi qu'il pouvait y avoir deux sortes de temps, un qui passe vite et l'autre qui passe lentement. Le temps qui passait lentement était coupable de passer trop lentement. Mais lui seul était coupable, l'autre pas du tout. Sasha n'aimait pas que le temps lent tombe justement quand il attendait quelque chose. Comme pour l'embêter. Et quand il n'attendait rien, on aurait dit que jamais le temps lent ne pointerait le bout de son nez. C'était pareil avec la fumée quand il se tenait près du feu, elle venait toujours vers lui. Et quand il allait de l'autre côté, la fumée venait de nouveau vers lui. C'était exprès pour l'embêter. Pareil avec le temps. Alors Sasha, quand il attendait quelque chose, se mettait en tête de ne plus attendre, pour tromper le temps lent et laisser venir le rapide. Et il n'y arrivait jamais. Mais quand il se persuadait de ne plus attendre, il attendait quand même. Et le temps le sentait bien.

Il n'avait même plus envie de rentrer chez lui. Autant se promener dans le verger. Passer le fossé et, derrière les buissons, trouver un endroit sous un arbre pour y rester. Il serait resté là jusqu'à midi et il aurait réfléchi. S'il le voulait, il pouvait aller dans la forêt. Ou sur les collines, et à midi descendre pour rentrer à la maison. Personne n'aurait su qu'il n'était pas allé à l'école. Car ils ne s'en seraient pas rendu compte. Il aurait balancé son cartable et enlevé ses vêtements de classe.

Il rentra quand même chez lui. C'était déjà bien assez de pas être allé à l'école, il ne manquait plus qu'il mente. Qu'il fasse au moins quelque chose de bien dans sa vie, qu'il rentre chez lui et reconnaisse qu'il n'était pas allé en classe.

Il se dit qu'il allait tout de même faire un tour dans le verger. Il trouva un bout de bois et le fourra dans son cartable. Il se fera un grand moulin à vent qu'il sortira par la vitre du car et qu'il attachera avec du fil de fer. Quand le car démarrerait, le moulin tournerait et ils quitteraient la terre et voleraient très haut. Mais il ne dirait à personne que c'était lui qui avait attaché le tourniquet au car.

31

Gurski Victor.
Reazanova Angela.
Grigorenko Vladimir.
Ciornaia Inga.
Bohantov Roma.
Vakulovski Alexandr…

– Tu t'habilleras, Vakulovski, ne viens pas avec cette chemise crasseuse sur le dos, je ne te recevrai pas ! Bohantov, toi c'est pareil, dis-lui donc, à ta mère, qu'elle le lave, ce pantalon, tu vois pas qu'il tient debout ? On pourrait la racler au couteau, la crasse qui le fait tenir ! Je me demande bien quels pionniers vous ferez ! Et coupe-toi les cheveux, Vakulovski, ne te pointe pas avec cette tignasse ! Oh, j'en ai vraiment ma claque de ces malpropres ! Elles ne voient donc pas, vos mères, dans quel état vous partez ? J'ai bien l'impression que cette crasse, c'est celle qui règne chez vous, vous vivez avec les cochons !

Ils gardaient la tête penchée. Ils se tenaient debout, et n'avaient pas le courage de lever les yeux vers Nadejda Petrovna. Sur certains pupitres, un rai de lumière, traversant le rideau de la fenêtre, se posa. Bohantov se grattait derrière l'oreille, comme quand il ne savait pas sa leçon et se frottait le nez. On entendait les chaises grincer et Inga, qui jouait avec son stylo, le laissa tomber par terre.

Mais que pouvaient leur faire ces vexations, ces paroles si habituelles, à côté de leur joie d'entendre leurs noms sur la liste des candidats au statut de pionnier ? Ils auraient même supporté d'être frappés !

– Vakulovski, te voilà pionnier, toi aussi, alors apprends donc une poésie, une petite, que tu sois capable de retenir. Fais au moins ça. Montre-nous que tu le mérites. C'est que ces derniers temps tu ne t'es pas foulé. Apprends au moins celle-là : "Oui, Lénine aussi fut un enfant / Oui, Lénine aussi fut écolier...", tout le monde la connaît. J'ai décidé de t'inscrire toi aussi sur la liste, qu'on en finisse une bonne fois pour toutes !

Tout sauf rester en classe. Il n'entendait plus rien de ce que disait Nadejda Petrovna. Il ne pouvait plus écrire, il attendait et réfléchissait. Le temps semblait décidé à passer encore plus lentement. Comme si dans le temps lent qui était le sien s'était glissé un temps encore plus lent, si bien qu'en comparaison, le lent d'avant semblait soudain très rapide.

Elle ne passait pas, cette leçon. Il y avait encore l'heure de mathématiques, durant laquelle il ne pouvait pas rester assis sans écrire. Il devait au moins copier ce qui était inscrit au tableau. Il en avait marre, de leurs chiffres ! Il brûlait de sortir. D'aller où bon lui semblait, de se réjouir. De ne dire à personne qu'on avait lu son nom. Que ça se sache plutôt par des voies détournées. Et que tout le monde sache que Sacha allait devenir pionnier. Qu'on le regarde et qu'on lui demande : « Alors, Sacha, j'ai appris que tu vas devenir pionnier ? » Et lui, il éclaterait de joie à l'intérieur. Il garderait son sérieux et ne montrerait rien.

Mais il ne fit rien de tout ça. Personne ne lui demanda rien non plus. Il se rendit derrière l'école et s'assit par terre, sur une brique. Il tira de son cartable sa planche et son couteau et entreprit de finir son moulin à vent. Le car n'arrivait que dans deux heures. Les copeaux volaient, on aurait dit qu'un cerisier s'était ébroué au-dessus de lui. Une tache rouge s'étendit sur le moulin et Sacha entama le bois à cet endroit-là, qu'il redevienne blanc.

Il décida de ne pas sortir le moulin par la fenêtre. Dans le car, il prit son livre et se mit à étudier. Le manuel bondissait sur ses genoux et il se referma même plusieurs fois. Sasha bougeait les lèvres en lisant dans sa tête, une main sur sa tempe. De temps à autre, il fermait les yeux :

Elles reviennent en avril
Par milliers, les hirondelles
En avril, en avril,
Est né Vladimir Ilitch...

Les herbages paraissaient avoir fleuri une deuxième fois. Le jaune et l'orange semblaient encore plus lumineux. Le ciel était bleu et, si vous regardiez longtemps, vous perceviez bien qu'il bougeait très lentement, comme une pièce de toile propre, mise à sécher. Sur ce tissu se précisait un dessin, un dessin si petit pour une toile si vaste qu'ils auraient été les seuls à ne pas voir. Peut-être que s'ils l'avaient vu, le dessin lui aurait plu, à elle. Elle l'aurait découpé et collé sur une feuille de papier. Elle aurait laissé un trou dans le ciel et il aurait attendu leur retour. Mais ce dessin leur sera invisible car il se découpe tout seul, peu à peu, sans laisser de trou, sans perdre le moindre morceau d'épaule ou de chapeau, pas même la moitié d'une sandalette, ce qui serait arrivé si elle l'avait découpé elle-même.

32

Il pansa son doigt le soir même et répéta sa poésie pour la connaître par cœur. Personne ne s'attendait à ce que Sasha puisse réciter la poésie, qui était aussi un chant. Il l'avait entendue à la radio et à la télé et il savait très bien comment la chanter. Il se pourrait même bien qu'il ne la récite pas, mais qu'il la chante, puisque c'était une chanson.

Quand Nadejda Petrovna dira : « Allez, Sacha, dis-nous la poésie qui commence par "Oui, Lénine aussi fut un enfant" », Sasha dira : « Non, Nadejda Petrovna, si vous le permettez, je chanterai une chanson, parce que cette poésie est trop facile. – Quelle chanson connais-tu ? demandera Nadejda Petrovna. – La chanson sur l'anniversaire de Vladimir Ilitch Oulianov Lénine, répondra Sasha. – Attends voir, Vakulovski, dira Nadejda Petrovna, tu n'étais même pas en classe quand nous avons appris ça, il vaut mieux que tu récites la poésie. – Le mieux est de réciter la poésie et de dire la chanson, dira Sasha. – Bon, vas-y, Vakulovski, concédera Nadejda Petrovna, d'accord pour la chanson et pour la poésie », mais dans sa tête, elle pensera : Vakulovski ne peut pas savoir à la fois la chanson et la poésie. Sacha s'éclaircira la voix en toussotant, ôtera les mains de ses poches et regardera droit devant lui :

Elles re-vien-nent en a-a-vril
Par mi-i-lliers, les hi-ron-delles
En avri-il, en avri-il,
Est né-é Vladi-mir I-litch...

Il versa de l'eau dans la bassine posée sur un tabouret et se lava la tête. Il se déshabilla jusqu'à la taille et se lava les bras et le cou. Il chercha la serviette à tâtons et s'essuya. Il ne se peigna pas, ôta son pantalon et se retrouva en slip. Il enleva aussi ses chaussettes. Il posa la bassine par terre et y entra. Il s'assit sur le tabouret mais se releva aussitôt, parce qu'il était humide et qu'il sentit son slip mouillé. Il attrapa le savon, se frotta les jambes bien comme il faut jusqu'à hauteur des genoux puis se sécha. Dans la bassine, il restait quelque chose de blanc, comme s'il avait neigé. Et ça venait de ses jambes à lui. Quand Sasha troubla un peu la surface de l'eau avec le doigt, la neige s'écarta et il vit, en dessous, une eau grise. Sasha se dit qu'il voyait la crasse dont parlait tout le temps Nadejda Petrovna et il voulut en récolter dans le creux de sa main, pour la jeter. Mais ce qui ressemblait tellement à de la neige se dispersa et il ne put rien attraper.

Sasha voulait décrasser l'eau comme si Nadejda Petrovna avait été là, car alors il aurait vraiment eu honte. Pourtant il savait bien que Nadejda Petrovna ne pouvait pas se trouver là et se pencher sur la bassine. Il repoussa la bassine sous la table et gagna son lit sur la pointe des pieds. Il était propre et ses mains sentaient la savonnette. Il s'imagina comment il se peignerait le lendemain matin et enfilerait sa chemise. Il prendrait son cartable et irait jusqu'à l'arrêt du car. Il s'installerait sur une banquette. Il regarderait par la vitre. Il regarderait devant lui...

Il se leva et éteignit la lumière. Il se fourra de nouveau entre les draps. Il se récita une nouvelle fois sa poésie.

Il se réveilla avant la sonnerie. Il bondit de son lit et courut à la fenêtre pour voir s'il faisait jour et si par hasard le temps n'était pas couvert. Puis il revint au cadran du réveil. Il restait une heure entière avant qu'il sonne. Il enfila tout de même son pantalon et ses chaussettes. Il alluma, comme d'habitude, la lumière. Il se mit devant le miroir s'imaginant en train de réciter la poésie. Il avait les mains le long du corps et il se tenait droit. Il se déplaça un peu sur la gauche pour qu'on ne voie pas son doigt bandé, car il ne lui plaisait pas.

Il sortit dans la véranda et décida de faire cuire ses œufs tout seul. Il alluma un feu de la gazinière puis sauta dans les sandales de papa et courut derrière la maison. « Qu'est-ce qu'il t'arrive, Sasha, t'es tombé du lit ? T'as vu l'heure qu'il est ! » À son retour, le gaz était éteint et maman fourrageait à demi endormie dans la véranda. « Va donc te coucher, je te réveillerai quand il faudra, fais pas l'andouille. »

Sasha rentra dans sa chambre et s'arrêta devant le miroir. Il n'avait pas regardé ses cheveux. Ils rebiquaient avec obstination sur un côté de la tête. Il cracha dans ses mains et appuya fort sur les mèches rebelles. Mais les cheveux se redressèrent de plus belle. Il sortit et les mouilla à l'eau froide qu'il prit là où papa se lavait tout le temps, et seulement quand il faisait chaud. Il se peigna et fit les cent pas dans la maison en maintenant ses cheveux aplatis sous ses mains. Il chercha un bonnet dans l'armoire et le mit, parce qu'il était fatigué de garder les mains en l'air.

Il avait à peine eu le temps de se retourner qu'il entendit sa mère l'appeler pour manger. Il jeta le bonnet et se chaussa. Il mangea en vitesse et se tourna vers le miroir, pour en finir avec ses cheveux.

Il arriva le premier à l'arrêt. Il attendit pas mal de temps puis les autres arrivèrent peu à peu. Il s'assit à l'avant du car pour ne pas se salir et, pendant tout le trajet, ne parla avec personne. C'était d'ailleurs pour ça qu'il s'était assis devant, pour qu'une vieille dame vienne s'asseoir à côté de lui et qu'il ne soit pas obligé de parler.

Il se tenait serré contre la vitre et baba Galea, en s'installant, lui dit : « Qu'il est sage ce petit garçon. »

Il supporta durant tout le trajet ses effluves de chaleur et de lait et une image s'imposa, dominant toutes les autres, celle de baba Galea trayant sa vache avant de se rendre à l'arrêt de car. Les vaches étaient propres et Sasha aimait bien le lait. Mais quand l'odeur du lait provenait des vieilles femmes, Sasha en avait l'estomac retourné. Pour rien au monde il n'aurait bu du lait trait par baba Galea.

Il pensa à son foulard dans son cartable et qu'au retour il sortirait la tête par la vitre baissée pour que le tissu rouge flotte au vent. Il l'aurait bien attaché autour de son cou dès maintenant mais il savait qu'il n'avait pas le droit et Nadejda Petrovna avait bien insisté : que les foulards ne soient pas froissés. Il était si joliment plié dans son cahier. Rouge et bien repassé.

La brume se levait sur la plaine. On pouvait voir l'or liquide du soleil s'écouler à la surface de l'étang, entre les saules. Il aperçut aussi Nickifor qui, au bruit du car, tourna la tête, jeta un regard dans leur direction puis lança sa ligne et continua de pêcher.

Elle était si sereine et si belle, sa terre. Le verger de pruniers qui suivait l'étang, la compagnie de tracteurs, l'autre étang. L'élevage de vaches, derrière, tout cela, c'était comme s'il les voyait pour la première fois. On aurait dit que tout ce que son regard embrassait se préparait comme lui à rejoindre les rangs des pionniers. Le soleil baignait les saules, l'étang, les vaches de ses rayons et tout ça était sur son trente et un. Sasha pensa que c'était peut-être pour lui. Tous avaient appris qu'on avait lu son nom qui était enfin sur la liste, alors que lui ne s'était vanté de rien, exactement comme il s'était promis de faire.

Sasha eut un frisson et voulut pleurer car, l'espace d'un instant, il sentit que tout était vrai.

33

À la fin de la quatrième heure, on les a tous rassemblés dans une classe.

« Tous les octobriers qui seront promus pionniers aujourd'hui doivent se rendre salle 22 ! »

Il en avait eu assez d'attendre quatre heures durant mais à présent, en entendant la pionnière-*vojata* les appeler, il aurait bien aimé disposer d'une heure supplémentaire, car ses jambes se mirent à trembler et il lui sembla soudain avoir froid. Il prit son cartable et sortit de la salle.

Des garçons de la IVe E galopaient le long du corridor et l'un d'eux envoya un grand coup de pied dans le derrière d'un garçon. Il l'attrapa et lui asséna encore deux tapes sur la tête plus un autre coup de pied au cul. Du bout du couloir retentit un coup de sifflet et une porte s'ouvrit : « Lozinski, devine qui a sifflé ? Viens donc par ici, mon poulet ! » Puis il entendit Lozinski crier « A-a-ïe ! A-a-ïe ! » et le vit sortir par la même porte, avec les mains serrées sur les joues.

Sasha était déjà dans la salle de biologie, quand le calme revint. C'était un endroit rempli de toute sorte de bocaux contenant des grenouilles disséquées, des souris et des lézards. Il vit aussi des papillons, une multitude d'insectes épinglés par la tête… Sasha n'était jamais entré ici et n'avait jamais vu de telles choses. Il y avait là d'autres octobriers qui longeaient les vitrines en désignant des choses du doigt et en rigolant. Sasha s'arrêta près d'une grenouille éventrée qui avait les boyaux dehors. La grenouille avait les yeux fermés et, avec les mains et les pieds écartés, on aurait dit un homme. Il saisit le bocal et l'agita.

– Bonjour !

La porte s'ouvrit et la chef des études entra, un registre sous le bras.

– On se met en rangs ! Laissez donc ces charognes, allez ! Ce n'est pas pour vous ! Allez, on s'aligne, plus vite que ça !

Elle fit claquer le registre sur la chaire et sortit. La porte se rouvrit et des filles et des garçons plus grands entrèrent.

– Hé ! Bas les pattes ! Allez, alignez-vous ! Qu'est-ce que t'as, Bohantov, t'en veux une ?

Les grands garçons eurent vite fait de déplacer les bancs pour faire de la place au centre pour tout le monde. La porte s'ouvrit à nouveau et la chef des études revint, accompagnée de Nadejda Petrovna, de la pionnière-*vojata* et de deux autres filles.

– Ouvrez donc une fenêtre, ça pue, ici.

Un grand bondit vers une fenêtre et l'ouvrit.

– Bon, c'est un peu mieux. Voyons voir si tout le monde est venu. Vous êtes tous là ?

– Ou-i-i !

– Quoi, "Ou-i-i" ? On va voir, qui n'est pas venu ? Reazanova, elle est là ?

– Oui !

– Grigorenko, il est là ?

– Ou-i-i !

– Ciornaia Inga est là ? Où es-tu, Inga ?

– Ici !

– Bohantov ?

– Ici !

– Vakulovski Alexandr, qui est Alexandr ?

– Moi...

– Ah, c'est toi ? Voyons, on passe à la IIIe E. Matveenko A-nas-tasia ! Anastasia est là ? Elle n'est pas là ? Anastasia ? Alors pourquoi vous dites que vous êtes tous présents ? De la IIIe E, qui est là, encore ?

– Moi !

– Comment tu t'appelles, voyons ça.

– Krulikovski.

– Ou-i, Kru-likovski... va donc chercher cette étourdie de Matveenko et dis-lui de venir.

– On continue... Il n'y a plus personne... Cela veut tout de même dire que la plupart des bons derniers sont à vous, Nadejda Petrovna, regardez-les comme ils sont beaux, tous plus éveillés les uns que les autres !

Entrèrent d'abord Krulikovski essoufflé, remontant son pantalon et il avait les yeux de celui qui voudrait continuer à courir mais n'a plus assez de place, puis Babouchka traînant Matveenko par la main et la gratifiant d'une claque sur la nuque avant de l'envoyer dans le rang et d'aller se mettre à côté de la chef des études et de Nadejda Petrovna.

– Cette grosse nouille ! Elle rentrait chez elle ! Heureusement que Krulikovski l'a rattrapée sinon, cette grosse nouille, elle rentrait chez elle !

– On ne devrait même pas la recevoir chez les pionniers, Parascovia Fomovna, qu'elle aille au diable et qu'elle retourne chez elle puisqu'elle est si pressée !

– C'est ce qu'on devrait faire !

– Matveenko, tu veux qu'on te reçoive chez les pionniers ?

– Oui...

– Alors, pourquoi tu rentrais chez toi ?

– J'avais oublié.

– Trè-ès bien ! Vous entendez ça, Parascovia Fomovna, oublier une chose pareille ! Vous, Parascovia Fomovna, vous avez oublié le jour où vous avez été reçue chez les pionniers, vous êtes rentrée chez vous ?

– Je lui parlerai plus tard, Vera Ivanovna. Je saurai bien de quoi il retourne !

– Commençons, alors.

– Nous commençons, nous n'attendons plus personne. Ils sont tous là, oui ?

– Voilà, les enfants, alignez-vous bien gentiment et écoutez-moi bien. Répétez après moi, mot pour mot. Quand je dirai : « moi », vous répétez tous après moi : « Moi. »

– Moi !
– Moi !
– Maintenant vous dites tous votre nom. On commence par ici.
– Krulikovski Vadim !
– Matveenko Anastasia !
– Vakulovski Alexandr !
– Bohantov Roma !
– Gurski Victor !
– Ciornaia Inga !
– Grigorenko Vladimir !
– Reazanova Angela !
– En entrant dans les rangs !
– En entrant dans les rangs !
– De l'Organisation Unionale des Pionniers !
– De l'Organisation Unionale des Pionniers !
– Vladimir Ilitch Lénine !
– Vladimir Ilitch Lénine !
– Je jure solennellement !
– Je jure solennellement !
– D'aimer ardemment ma Patrie !
– D'aimer ! mer ! aimer ardemment !
– emment !
– ma Patrie !
– trie !

Vera Ivanovna parlait si vite que Sasha n'avait pas le temps de répéter et quand il essayait de retenir les premiers mots, il oubliait les derniers et quand il tenait les derniers, c'étaient les premiers qui s'envolaient. Quand il se ressaisit, personne ne criait plus rien et tous partageaient une tranquillité joyeuse et gênée.

– Alors, maintenant, nouez vos foulards ! Où sont les foulards ? Faites-les passer ! Que les pionniers les plus grands nouent les foulards des petits !

La pionnière-*vojata* saisit le drapeau avec la main gauche, et porta la droite à sa tempe droite, sous son béret rouge aux coins arrondis. Les grands nouèrent les foulards des petits.

C'est un grand de VIe qui noua le foulard de Sasha, il s'appelait Andrei. Cela lui déplut, que ce soit lui. C'est une fille qui aurait dû le faire, pas Andrei. Il y avait pourtant assez de filles sur place. À cause de cet Andrei, c'était comme s'il ne devenait pas vraiment pionnier ! Il lui en voulait vraiment. Il aurait voulu le dire à Vera Ivanovna, mais il n'osait pas.

– Au combat pour la Cause du Parti Communiste de l'Union des Républiques Socialistes Soviétiques, pionniers, soyez prêts ! Allez, les enfants, vous dites quoi ?

– Toujours prêt !

– Comme ça, vous portez tranquillement la main à la tempe et encore une fois : “Pour la Cause du Parti Communiste de l'Union des Républiques Socialistes Soviétiques, pionniers, soyez prêts !”

– Toujours prêt !

– Et maintenant, est-ce que quelqu'un connaît une poésie, un chant sur Lénine ?

– Inga, tu nous dis quelque chose ? C'est à Inga, elle a levé la main la première. Vas-y, Inga.

– Je veux raconter l'histoire d'une simple petite fille d'un village isolé de Russie et comment Vladimir Ilitch Lénine l'a aidée.

– Raconte-nous ça, Inga, c'est très intéressant. Chuuut ! Maintenant on écoute Inga ! Bohantov, si tu as quelque chose à dire, on t'écoute tout de suite après.

– Il y a longtemps, en Russie, vivait une petite fille dans un village isolé de tout. Ses parents étaient pauvres et n'avaient pas d'argent pour lui acheter des vêtements. Mais Tania allait à l'école chaque jour, parce qu'elle voulait étudier, devenir pionnière et doctoresse. Et elle allait à l'école à pied. Elle n'avait qu'une paire de petits chaussons et ses pieds et ses mains étaient glacés, car ses parents n'avaient pas l'argent pour lui acheter de quoi se chausser et se vêtir, parce qu'ils étaient pauvres. Elle allait donc à l'école à pied. Là où vivait Tania se trouvait une voie de chemin de fer et un train passait par là. Mais le train ne s'arrêtait jamais, il allait son chemin. Alors Tania écrivit une lettre à Vladimir Ilitch Lénine pour lui raconter ce qu'était sa vie. Elle dit à Lénine qu'elle avait des parents pauvres, qui n'avaient pas le sou. Alors Lénine dit au train de s'arrêter là où vivait Tania, pour l'amener à l'école. Et depuis, Tania n'alla plus à pied jusqu'à l'école et elle ne souffrit plus du froid sur le trajet. Voilà comment Vladimir Ilitch Lénine a aidé Tania.

– Et toi, Nastia, Vladimir Ilitch t'a aidée en quelque chose ? À ton avis Nastia ?

– Je crois qu'il m'a aidée, parce que nous vivons dans un pays libre et que nous avons des manuels et des médicaments et que nos parents ont de quoi nous habiller. Mais j'aurais quand bien voulu voir Vladimir Ilitch pour qu'il m'aide comme Tania.

– Mais pourquoi ? Il ne t'a pas assez aidée ?

– Mais si, beaucoup, Nadejda Petrovna, c'était juste pour le voir, comme il était si gentil...

– Est-ce que quelqu'un sait une poésie ? Sasha, tu veux en dire une ? *Oui, Lénine aussi fut un enfant...* Allez Sasha, vas-y.

– Je voudrais chanter une chanson...

– Quelle chanson veux-tu chanter ?

– Une sur Lénine...

– Voyons ce que Sasha va nous chanter à propos de Lénine, allez, Sasha, avance et enlève les mains des poches.

Sasha tira sa main droite de sa poche et laissa la gauche qui ne lui plaisait pas à cause du bandage autour de son doigt. Il aurait voulu que Nadejda Petrovna lui demande : « Mais comment as-tu appris ce chant sur Lénine, Sasha ? » et il aurait répondu qu'il l'avait appris tout seul dans un livre et qu'il l'avait entendu à la radio, mais Nadejda Petrovna ne lui demanda rien et il semblait à Sasha que tout passait trop vite et que rien n'était comme il voulait.

– Sors-moi la main de la poche, Vakulovski, tu n'es pas au marché ! Où as-tu vu des pionniers avec les mains dans les poches ? !

Sasha sortit sa main et se déporta un peu sur la gauche, comme il avait fait devant la glace, pour qu'on ne voie pas son doigt.

– Mais qu'as-tu fait à ton doigt, Vakulovski ?

– Je me suis coupé…

– Toi et tes cochons ! Allez, dis-le donc, ce chant, et puis tu retourneras à ta place.

Sasha ne toussota pas comme il avait eu l'intention de le faire, il ne regarda pas non plus devant lui mais posa son regard sur la grenouille dans son bocal, celle avec les boyaux sortis et les yeux fermés, les mains et les jambes écartées.

– Elles reviennent les hiron… delles… Par milliers… en avril…

– Oooh, Seigneur, en a-vril ! Par milliers !

Sasha ne pouvait plus regarder personne mais il entendait tout le monde rire avec des voix aiguës ou graves, comme celles qu'il avait entendues en entrant dans la salle de biologie où tout le monde rigolait des grenouilles éventrées dans les bocaux.

– Dis-nous, Angela, il sonne comment ce chant ? Et toi, retourne à ta place, Vakulovski !

Elles reviennent en avril
Par milliers, les hirondelles
En avril, en avril,
Est né Vladimir Ilitch…

Après, Sasha n'entendait plus rien. Sa tête était pleine de grenouilles découpées et de ces rires qui claquaient comme des gifles et faisaient mal comme des cheveux qu'on vous tire. Il s'imagina qu'il était très rouge et il eut encore plus honte. Il aurait préféré être une grenouille éventrée dans un bocal, parce que même si on se moque d'elles, elles n'ont plus honte, elles. Et elles ne rougissent pas.

34

Il n'en pouvait plus, voulait seulement que tout se termine et qu'il puisse enfin sortir. Ne plus entendre aucune poésie ni une seule voix. Plus de tabliers ni de chaussettes blanches, qu'il puisse se réfugier quelque part à l'écart.

Il n'entendit même pas quand on leur dit : « C'est terminé », et il suivit les autres qui se dirigeaient vers la sortie. En passant devant le bocal avec la grenouille, il se dit qu'il aurait aimé la regarder encore mais il ne put s'arrêter parce que ça poussait derrière et il se retrouva dans la cohue au milieu du corridor. Il se fraya un chemin à travers leur groupe et se perdit au milieu des autres enfants, pour que personne ne le reconnaisse.

Le soleil et le vent chaud balayèrent tous les bocaux de sa tête. Il pensa encore comment avoir chez lui un bocal avec des grenouilles, puis cette pensée s'envola et des milliers d'autres firent leur apparition. Sasha avait tenté à quelques reprises de compter combien de pensées il avait dans la tête, mais elles étaient une telle multitude qu'il fixa leur nombre à un bon millier de trillions et il cessa de les compter. Plusieurs fois, il voulut compter aussi les étoiles et n'y arriva pas davantage, même si certaines nuits les étoiles étaient si rares qu'il n'y avait pas grand-chose à compter. Il y en avait une vingtaine. Il aurait mieux fait de prendre son moulin à vent, il aurait couru devant l'école, puisqu'il faisait beau et chaud. Il alla s'adosser à la clôture, sous un saule.

Il y en avait plusieurs devant l'école, près de la clôture. Sasha s'était même demandé plusieurs fois ce qui avait été là en premier, car les arbres poussaient vraiment très près. Au printemps, à l'époque des premières feuilles, les rameaux fins et serrés pendaient jusqu'à terre et les saules ressemblaient à des maisons. On pouvait s'y abriter de la pluie et arracher de quoi fabriquer un fleuret pour se battre. Sasha a reçu un jour deux bons coups de baguette sur la tête mais il n'a pas pleuré. Mais si un jour il devient grand, alors il les attrapera tous par le col et il leur fera mordre la poussière au pied du mur, jusqu'à leur briser les os.

Le soleil commençait à chauffer et Sasha enleva son blouson et resta en bras de chemise. Le vent soufflait légèrement et les coins de son foulard se soulevèrent. L'un des deux lui passa par-dessus l'épaule. Sasha aurait voulu rester à regarder son foulard ondoyer, mais il se dit qu'il le ferait une autre fois, quand il serait seul. À présent, il fixait son regard droit devant, un bras posé sur le dos du mur, comme se tiennent deux camarades. Il souleva son cartable et le mit sur son dos. Il arrangea son blouson sur son avant-bras gauche et partit.

Une fois passé le coin de l'école et hors de vue du bureau des professeurs et des salles de classe, il ôta son foulard et le fourra dans sa poche. Il jeta son cartable par terre et s'adossa à un tronc d'arbre. Il allait rester là jusqu'à ce qu'elle passe. Il se pourrait qu'elle ait encore des cours, parce qu'elle est plus grande et qu'elle doit bien avoir plus d'heures de cours. Il l'attendra jusqu'à ce qu'elle passe.

Puis il en eut marre d'attendre tout seul près de l'arbre. La cloche avait sonné et il n'y avait plus personne dehors. Ceux qui avaient fini, comme lui, étaient rentrés chez eux, et ceux qui étaient plus grands et avaient plus d'heures étaient en classe.

Il alla voir ce qui se passait sur le terrain de sport, car il entendait taper dans un ballon. Il prit son cartable et gravit la petite colline. Elle était petite et il grimpa vite. Il ne resta pas longtemps, parce qu'il était pressé. Il s'assit sur son cartable près des buts et rapporta le ballon à deux reprises. Il le frappa du bout du pied et vit qu'il rebondissait bien. Ensuite, il attrapa son cartable et retourna au pied de l'arbre.

Il ne voulait pas jouer au foot, parce qu'il ne savait pas marquer. Pourquoi s'embêter et ne pas marquer de but ? Le mieux sera de s'acheter un ballon et shooter dedans tellement fort qu'il s'envolera plus haut que les arbres ! Ensuite il pourra jouer au football et marquer enfin tous les buts qu'il avait en retard. Il a vu dans le magasin une vingtaine de ballons. Et si cet hiver papa lui permet d'aller porter les vœux de fin d'année de porte en porte, il s'en achètera un avec les sous qu'on lui donnera et il le gonflera. Alors il les verra, les garçons, lui demander à genoux de leur prêter son ballon.

Il jeta son cartable et s'assit dessus. D'où il se tenait, il voyait le coin de l'école, un grand morceau de clôture et deux saules. L'angle du bâtiment jetait une ombre bleue qui enveloppait aussi Sasha. Au-delà, il y avait du soleil et la terre était sèche, alors qu'au pied de la clôture avait poussé une herbe verte que personne n'avait encore foulée. Sous l'arbre aussi, il y avait un peu d'herbe, mais bien plus courte, car le sentier menant au terrain de sport passait par là et l'herbe était rare à cet endroit.

Sasha se leva et se rendit au coin de l'école baigné de soleil, pour se réchauffer. Il le recevait en pleine figure, ce qui l'obligeait à cligner des yeux. De temps en temps quelqu'un passait dans la rue. On n'entendait que le gazouillis des oiseaux et le ballon qui rebondissait, là-haut, sur le terrain de sport. Puis une sonnerie retentit, le tira de sa langueur et, de l'autre côté des vitres, le chahut commença. On entendait les chaises bruyamment retournées sur les tables. En quelques instants la cour résonna du galop de garçons qui se fichaient des coups de pied et se balançaient des claques sur la nuque. Puis les filles commencèrent à sortir et Sasha courut récupérer son cartable.

Il la vit se pencher pour remonter ses chaussettes blanches. Elle repoussa ses cheveux en arrière et arrangea son sac sur l'épaule. Le cœur de Sasha bondit et il eut l'impression qu'il lui faudrait bien s'asseoir. Son cartable lui parut très lourd et il sentit des papillons dans l'estomac. Il se mêla à d'autres garçons et rejoignit l'arbre. Il décida de l'attendre là. Quand il la vit apparaître au coin de l'école, Sasha tira son foulard de sa poche et l'attendit. Quand elle fut tout près, Sasha sentit quelque chose dans sa gorge, comme quand il avait envie de pleurer et qu'on le forçait à manger. Sonia passa si près qu'elle faillit le toucher avec son sac.

– Sonia !

Elle tourna la tête et aperçut Sasha. Sonia marchait si lentement que Sasha ne put se rendre compte si elle s'était arrêtée ou bien si elle continuait à avancer lentement. Il eut soudain peur et honte et regretta de l'avoir appelée.

– Qu'est-ce que tu veux ?

– Je veux que tu m'attaches mon foulard.

– Pourquoi ? Tu ne sais pas le faire tout seul ?

– Non. Mais je veux que ça soit toi.

La main de Sasha pendait le long de son pantalon et, peut-être que s'il en avait eu la force, il aurait plié le foulard pour le glisser de nouveau dans sa poche. Mais son bras pendait sans force, il continua de pendre immobile, laissant traîner près du sol un pan de foulard, même quand Sasha se rendit compte qu'en plus c'était la main gauche et qu'on voyait son doigt bandé dont il avait tellement honte.

– Bon, passe-le-moi, je vais te montrer comment l'attacher.

Sasha sentit les mains de Sonia soulever le col de sa chemise et lui passer le foulard autour du cou. Il respira le parfum de la petite bouteille allongée comme un petit épi de maïs et il eut l'impression que son nez avait effleuré son tablier blanc tandis qu'elle se penchait vers lui pour replier le col sur le tissu rouge.

– Ça y est.

Sasha n'a vu chez personne d'autre un si joli nœud ! Après l'avoir formé, elle a appuyé dessus avec le doigt. Sasha serait bien resté pour la voir partir, mais il avait honte. Qu'aurait-elle dit si elle l'avait vu ? En plus, il y avait d'autres enfants qui passaient par là. Il prit son cartable et tourna le coin de l'école.

Il voulait se promener. Sentir les rayons du soleil et le souffle du vent. Les pans de son foulard flottaient sur son torse et il sentait aussi ses cheveux s'envoler. Ce soir, quand il ôtera son foulard, il le posera sur l'oreiller et l'oreiller sentira lui aussi la petite bouteille avec des picots dessus, comme un petit épi de maïs en verre.

Personne n'avait un foulard parfumé comme ça. Il sait bien comment ça sent, un foulard. Il partit en ville. Pour passer par le marché et voir les magasins.

35

Il vit là-bas des ballons jaunes et rouges, qu'il prit dans la main, les soupesant pour se rendre compte s'ils étaient lourds. Il vit des tennis et des tenues que portent les sportifs et une paire de souliers super grande qui était du 48, je crois. Qui pouvait avoir un si grand pied ? Personne, je crois, puisque personne ne les achetait, ils étaient là depuis sa première année d'école. Il n'a jamais vu quelqu'un les acheter.

Il s'amusa avec une pompe pour gonfler les ballons. Il déplia un maillot rouge avec un numéro.

– Va-t'en de là ! Allez, ouste, t'as de quoi acheter ?

– Je regarde...

– Eh ben tu regardes plus, allez, repose ça et dehors !

La vendeuse portait un gros chapeau roux et une blouse bleue. Elle tenait à la main une règle qu'elle posait entre deux tables, quand elle en avait assez des gens et ne voulait plus les laisser entrer. Au moment où Sasha passait, la vendeuse lui en donna un coup sur les mollets et lui dit qu'elle ne l'y reprenne plus.

Il se rendit sur le marché. Là, au moins, personne ne lui criait après. Il s'acheta avec vingt kopecks un gobelet de graines de tournesol et les versa dans sa poche.

Il posa la main sur des voitures, des palissades et des murs. Près des WC publics à côté du marché, il vit un chien et voulut lui lancer une pierre à la tête, mais il se ravisa. Le chien aurait hurlé et quelqu'un serait sorti pour lui tirer les oreilles. Le chien le regarda puis partit. Il eut alors un sentiment de pitié à son égard.

À l'arrêt, un désert. Il y passa tout de même pour voir. Il prit lentement la route, à pied. Il n'avait aucune raison d'être furieux. Il faisait beau et chaud, il pouvait bien marcher.

Peut-être que cette journée avait quelque chose de spécial, peut-être qu'il s'était trop reposé, mais il n'avait plus la flemme de marcher. Il n'avait plus la flemme de rien et plus peur non plus. Il pouvait marcher pendant des jours. Il pouvait rester nu dans la neige. Rien ne l'effrayait. Il aurait pu soulever de terre une énorme pierre. C'était peut-être aussi parce qu'il y avait du soleil et qu'il faisait beau et que le printemps était là et que cela lui donnait une sorte de force et de joie. Le printemps arrivait depuis tant d'années, mais comme ce jour-là, jamais.

Il se sentait capable de plonger dans l'étang et de nager tout habillé. Il pouvait combattre un Allemand et supporter des aiguilles sous les ongles. Il lui semblait entendre, dans le verger de pruniers et d'en haut, de la forêt, des partisans et des tanks au bruit métallique. Dans le champ de betteraves et sur son chemin se trouvaient des mines et des bombes. Il n'avait pas peur de poser le pied. Il n'avait peur de rien. Si les partisans étaient arrivés, ils lui auraient donné à lui aussi une arme automatique, ils l'auraient fait partisan et l'auraient emmené dans la forêt pour tuer des Allemands. Quand les Allemands seraient passés par là, il aurait grimpé dans un arbre pour leur jeter une grosse pierre sur la tête. Il aurait attaché la grosse pierre à une corde et il l'aurait ramenée vers lui pour la jeter sur la tête d'autres Allemands, comme ça il n'aurait pas eu besoin de transporter un gros sac de cailloux. Ensuite il leur aurait pris leurs armes et leurs blindés. Il aurait grimpé sur un tank et serait allé à la recherche des autres partisans. Il leur aurait distribué des armes et des blindés et ils auraient tué tous les Allemands.

– Lève-toi !

– Ôtez-lui ses vêtements et ce qu'il a aux pieds !

– Avance donc, partisan !

– Un seau d'eau glacée, s'il ne veut pas parler !

– On va le cramer au fer rouge !

– Il ne veut rien lâcher !

– Hitler ne lui fait donc pas peur ?

– Emmenez-le pieds nus dans la neige et qu'on le laisse se geler toute la nuit, ensuite on lui arrachera les ongles !

– On va l'écorcher vif et le barbouiller de sel !

– Donne-lui un coup de mitraillette sur la tête !

– Pourquoi il pleure pas ?

– Peu importe si c'est un gosse, c'est toujours un partisan, pendaison !

– Oh là là ! mais j'ai froid même dans mon manteau en fourrure !

– Regardez-le, il ne tremble même pas ! Déshabillez-le entièrement et allez-y avec l'eau glacée, fourrez-lui la tronche dans la neige !

– Présentez-le à Hitler !

– Il décidera ce qu'on doit faire !

– Hitler, je vous ai amené le partisan, qu'est-ce qu'on en fait ? Il ne veut rien dire, on l'a aspergé d'eau froide mais rien ne lui fait peur.

– Qui donc, cet enfant-là ? Il ne tremble pas devant l'armée allemande ?

– C'est un partisan. Ceux-là n'ont peur de rien.

– Dans la neige, exécutez-le !

– Avance !

– Lève-toi !

– Un coup de mitraillette et ça saigne de la bouche !

– Ici, le fossé est plus profond !

– Soldats, prêts !

– Où se cachent les autres partisans, parle !

– On te donnera des bonbons et des noix !

– Du gâteau et du sirop !

– Une louche de miel et des biscuits !

– Tu mourras donc comme les autres !

– Bandez-lui les yeux !

– Soldats, en joue !

– Feu !

– Soldat, recouvre le corps de deux pelletées de neige.

– Mais toute la neige est salie de sang, partout.

– Elle n'est pas sale, elle est rouge comme l'armée soviétique arrivant sur nous.

– Laissez-la donc venir, on les aura tous les uns après les autres, comme on a eu celui-là.

– On en a exécuté un mais on ne pourra pas faire pareil avec tous.

– Vous avez peur, Führer ?

– Cet enfant ne me sort pas de la tête.

Il saisit une pierre et la lança dans l'étang. L'eau jaillit puis se transforma en un rond qui s'étalait. Il prit une autre pierre et la lança au même endroit. Il se représenta la pierre coulant au fond, les poissons d'abord effrayés puis qui reviennent, s'approchent d'elle et la contemplent. Il descendit sur la rive à la recherche d'une grenouille.

36

Il poussa le portail avec le pied, shoota dans la gamelle du chien, contourna la bassine posée devant la porte et, sans poser son cartable, il se planta devant la glace. Il ajusta son blouson et s'étudia. Il était un vrai pionnier. S'il se peignait un peu mieux et si on ne savait pas qui il était, il pourrait bien être pris en photo et collé sur le mur. Si on l'appelait, il irait à la guerre.

Il sortit pour voir s'il y avait quelqu'un dans le jardin. Dans le jardin pas plus que derrière la maison, personne. Il aurait tant voulu qu'on le voie habillé comme ça. Grâce au foulard, même la chemise et le blouson semblaient plus neufs et ne paraissaient plus aussi poussiéreux.

Il se pencha et secoua son pantalon puis le lissa. Il avança lentement dans le jardin, sous les arbres, et après avoir passé la clôture, il continua tranquillement jusqu'en haut de la colline. Là où le ciel semblait si près de la terre qu'on aurait pu l'atteindre avec un grand bâton.

Il s'assit près d'un buisson, sur la souche d'un ancien noyer. L'arbre avait été abattu depuis de nombreuses années et Sasha ne l'avait pas connu. Comme s'il n'y avait jamais eu d'arbre à cet endroit et rien qu'une souche marron. C'était aussi bien qu'il n'y ait pas d'arbre. Qu'est-ce qu'il aurait vu, si au lieu de s'asseoir là, il avait grimpé dans l'arbre ? Peut-être qu'il n'aurait pas aussi bien vu le ciel, les maisons et la colline. Alors que de là, il les voyait comme il les avait toujours vus, du haut de cette souche.

Sasha posa ses coudes sur ses genoux et resta comme ça longtemps, puis il posa une main sur le sol et constata que la terre était humide. Il commençait à ne plus faire aussi chaud. Le soleil de l'après-midi semblait avoir faibli et le vent, qui tout à l'heure paraissait chaud, faisait à présent frissonner. Mais il faisait beau et clair. Un gros nuage se défaisait au-dessus de lui. Ailleurs, le ciel était bleu, et au-dessus de l'autre colline on voyait des nuages plus petits. En bas dans le village, baba Hania bêchait son lopin de terre. Dans quelques jardins brûlaient des feux de feuilles et d'herbe ratissée. Même s'il ne voyait pas les feux, Sasha savait qu'ils brûlaient. La fumée s'élevait entre les arbres et, en l'absence de vent, montait plus haut que les jardins et même plus haut que la colline, jusqu'aux nuages. Peut-être que si Sonia avait été là, elle se serait assise avec lui sur la souche. Et s'ils n'avaient pas eu la place, ils se seraient assis sur l'herbe. Même si elle avait été humide et froide, ils seraient restés tous les deux et auraient réfléchi à des choses.

– Pourquoi est-ce que les gens brûlent les feuilles mortes et l'herbe au lieu de les laisser dans le jardin ?

– Parce que dans le jardin il y a aussi des cailloux et des bâtons et qu'on tombe dessus quand on bêche.

– Alors pourquoi on doit brûler les feuilles ?

– Parce que les cailloux et les bâtons sont cachés dessous et que sinon on ne les voit pas.

– Les bâtons brûlent, mais pas les cailloux et pourtant ils abîment aussi la bêche.

– Tu les prends avec la main et tu les jettes.

– Tu as déjà bêché le jardin ?

– Plusieurs fois.

– Et ce n'est pas difficile ?

– Pourquoi ça serait difficile ? Tu plantes la bêche et tu appuies avec le pied. Moi j'y vais avec le gauche.

– Et c'est plus facile avec le gauche ?

– Avec le pied gauche, c'est plus difficile qu'avec le droit. Mais moi, avec le droit, je n'y arrive pas. Et la bêche tombe par terre.

– Et tu as bêché combien ?

– Dix mètres environ.

– Tu dois être fatigué.

– Je ne me fatigue pas tant que ça, je peux bêcher cent mètres si je veux. Mais l'herbe, ça te gêne, ça se prend dans la bêche.

– Alors toi aussi tu as fait brûler de l'herbe ?

– J'ai fait brûler de tout, même des tas de bois !

– Et si la forêt prend feu ?

– Je l'éteins.

– Et tu n'as pas peur d'éteindre la forêt ?

– Pourquoi j'aurais peur ? Je l'arrose avec de l'eau !

– Tu as déjà éteint une forêt ?

– Non, mais j'ai éteint de l'herbe. Et si la forêt prenait feu, je l'éteindrais elle aussi, je jetterais de la terre et je taperais avec ma chemise. La forêt, c'est comme l'herbe, mais en plus grand.

– Mais tu es allé dans la forêt ?

– Si tu veux, je t'emmènerai en forêt, je connais tellement de beaux endroits ! Je sais où on trouve le plus de muguet, je connais aussi un coin à champignons et un arbre vraiment énorme. Si tu viens avec moi jusqu'aux pins, je te montrerai où dorment les sangliers, bien que je ne les aie jamais vus. C'est par là que passent les biches et puis les écureuils viennent ronger les petits fruits qui tombent des pins. Tu as déjà vu des pommes de pins ?

– Oui, en dessin.

– Si tu veux, on pourra en ramasser un sac entier. Ça attire les écureuils. Si on a un autre sac avec nous, on pourra l'attraper au moment où il saute. J'ai souvent vu des écureuils, mais dès que je grimpais dans l'arbre, ils bondissaient vers un autre et moi, le temps que je descende pour courir après, ils allaient de branche en branche et c'est ainsi que je n'en ai jamais attrapé un seul. Ils ont eu de la chance, parce que j'oubliais toujours mon lance-pierre à la maison.

Chez le père Nickifor, le chien se mit à aboyer et le portail grinça. Sasha se leva. Il épousseta son pantalon avec quelques tapes vigoureuses et entreprit de redescendre. Il atterrit sur la rive et courut un peu pour ne pas tomber.

– Il faut que tu m'aides, je n'arriverai pas à sauter.

– Tends les mains, je t'attrape !

– Tu ne pourras pas !

– Saute, je te rattrape !

Elle ne pèse pas lourd du tout. Elle a beau être en VIe, il arrive à la soulever. Il la porte encore quelques mètres entre ses bras. Elle est juste un peu trop grande et ses pieds traînent par terre. Mais elle n'est pas si lourde, à condition qu'elle les relève.

Il n'ôta que son blouson et son pantalon. Le foulard, il le laissa en place, enfila un chandail vert et fit ressortir les pans de tissu rouge. Il posa le pantalon et le blouson sur le dossier de la chaise et, après avoir jeté encore un coup d'œil au miroir, il souleva le seau de restes qui se trouvait près de la porte d'entrée et en route pour la porcherie.

– Tu es capable de porter un seau aussi lourd ?

– Je peux en porter même deux, s'il le faut.

– Et ce n'est pas trop dur ?

– Un peu, mais j'y arrive.

– Et tu ne t'en mets pas plein ton pantalon ?

– Non, parce que je le soulève bien haut.

– Et tu portes ça à la truie ?

Sasha rougit et prit le seau en fer dans l'autre main. Il sentit entre ses doigts la farine de maïs, humide et granuleuse, et tenta de dissimuler sa main.

Il voulut l'essuyer contre son pantalon. De toute façon, il se salirait de nouveau. Si au moins il pensait à autre chose. S'il attrapait une grenouille, il lui ouvrirait le ventre, il la mettrait dans un bocal ? Il a trouvé un jour une souris morte. Et s'il se faisait une balançoire dans le jardin ? Et s'il coupait un arbre, un très grand ? Il prit le seau à deux mains et le souleva.

Il s'arrêta près de la porcherie pour reprendre son souffle. Il l'entendit grogner, piétiner, vasouiller. Gémir et couiner. Il se saisit d'un bâton, un ou deux coups sur le groin. Elle couina de plus belle. La pelle, un coup sur la tête, un autre sur l'échine et les pattes, jusqu'à ce qu'elle se terre dans un coin et ferme son groin. Il souleva le seau bien haut pour le verser dans l'auge. Elle grogna de nouveau, se plongea dans les lavures, secoua la tête et l'éclaboussa. Il posa le seau à terre et reprit la pelle pour lui en flanquer une bonne. Elle retourna dans son coin. Il souleva de nouveau le seau. La truie passait d'un coin à l'autre en grognant. Elle revint à l'auge. Il lui donna un coup avec le fond du seau. On entendait le bruit collant de la boue et des gargouillis. Elle portait sur le dos quelques taches violettes, et sur le groin, juste sous l'œil, une écorchure qui saignait. De l'auge s'élevaient des vapeurs et ça sentait mauvais. Elle grognait doucement, gémissait et gargouillait. De temps à autre, elle relevait la tête et la secouait.

37

– Croyez-vous que tant de champignons puissent pousser ici, dans notre forêt ?

– Des champignons et des muscadiers, des noisetiers, de tout !

– Et les écureuils et les mulots, ils ne les mangent pas ? Ces bêtes-là, ça vous rongerait toute une maison !

– Si les champignons poussent bien, on n'aura même plus besoin d'arbres.

– Pour faire de la place aux champignons ?

– Bien sûr, si les champignons poussent très haut, il faudra couper les arbres, pour leur laisser de la place, pour qu'ils ne végètent pas.

– Il y a des champignons rouges, d'autres jaunes.

– On a juste à les arroser et à les surveiller.

– On passera de la ficelle autour des champignons et, quand un lapin se pointera pour les ronger, hop ! on l'attachera avec !

– Si on fait ça, on arrivera à capturer tous les lapins ! On les attache ensemble avec du fil et on les garde dans un trou !

– Mais on ne jettera pas de la terre dans le trou, on y mettra juste des feuilles mortes et des branchages !

– On remplit le trou de lapins, comme ça, ils ne s'échapperont pas !

– Les champignons pousseront tranquillement !

– Ensuite, on mettra du fil aussi pour attraper les mulots !

– Oui ! On doit creuser un autre trou !

– On remplit le deuxième trou avec les mulots et on rajoute des feuilles mortes !

– Oui ! et on fait deux trous, un pour les lapins, l'autre pour les mulots !

– Ensuite on récolte les champignons et on les fait cuire !

– On fait une omelette, avec des champignons et de l'ail ! On rajoute aussi du lapin, puisqu'on en a !

– Les mulots, ça se mange ?

– On peut en faire des gants et les vendre. Si on faisait mille paires de gants ? Des petits gants ?

– À disons trois roubles la paire, si on les réussit bien ?

– Mille paires à trois roubles, trois mille roubles. Mais si on en fait des plus petits, on aura plus.

– Oui, surtout quand on fait du chemin, l'hiver, quand il neige.

– Quels beaux arbres !

– J'ai ratissé toute la forêt, elle est très propre !

– Oui, et je vois que les fagots sont déposés en bordure, c'est très bien.

– Je les ai enlevés des sous-bois, pour que ça ne fasse pas sale, la forêt est une richesse de la nature !

– C'est bien que ce soit vous qui preniez soin de la forêt.

– La forêt est un lieu de verdure et d'air pur, à présent vous savez je crois que la forêt produit de l'oxygène.

– L'air doit être propre, mon cher. C'est ainsi que nous porterons à maturité une génération d'hommes sains. À propos, comment va Nadenka ?

– Toujours avec les enfants, Vladimir Ilitch, et ils deviennent durs ! Oh, sacrés gosses !

– On a besoin d'eux, Edmundîci !

– Comme l'acier ! Nadejda est *maladet*[1] !

– Je crois qu'elle a aussi beaucoup à faire, mais Nadenka est une fille vaillante, je ne crois pas qu'elle se soit jamais plainte de quoi que ce soit. Et elle aime ça, Edmundîci, elle aime ça !

– Je me demande, Vladimir Ilitch, si j'étais à sa place, si je me débrouillerais comme elle ?

– Il faut avoir la vocation pour ça, Edmundîci ! Il n'est pas suffisant de vouloir, il faut aussi sentir, et pour cela, il faut avoir la vocation ! Rien que la vocation, Edmundîci ! La vocation et la puissance de travail ! Voilà ce qu'a Nadenka et que nous n'avons pas !

– Vous dites que la forêt est belle, elle vous plaît ?

– Oui, c'est du très bon travail.

– Chacun devrait faire de même, faire de l'ordre sur son lieu de travail. N'oublions pas, la forêt produit de l'oxygène.

---

1. En russe, « bravo », ici dans le sens de « brave, au point ». *(N.d.l.T.)*

– Chacun, oui, Edmundîci, mais nous avons encore besoin de temps. Le temps est la clé de tout. Je suis certain que viendra le jour où ces problèmes appartiendront au passé.

– Ne nous précipitons pas Edmundîci, il ne faut jamais se précipiter. Comme on dit, tourne sept fois ta langue dans ta bouche avant de parler.

Deux bonnes heures plus tard, ils rentrèrent à leur tour. Il faisait sombre à présent et la lumière était allumée dans la maison. Maman entra la première, il entendit la porte grincer, mais doucement, et vit la lumière s'allumer dans la véranda. Il entendit les aboiements du chien, papa lui parla et le renvoya à sa place. Sasha était à table et regardait un livre. Devant lui, cahiers et crayons, et son cartable, ouvert. « Comment ça va, Sasha, tu as donné à manger à la truie ? – Oui. – Tu as trouvé le seau près de la porte ? – Oui, je le lui ai porté et je lui ai aussi donné de l'eau. – Comment tu t'es débrouillé pour rater le car ? – Je suis allé en ville. – Et tu es rentré à pied ? Il n'y a pas eu de car entretemps ? – Qu'est-ce que ça fait si je suis rentré à pied ? – Rien du tout. Tu as mangé quelque chose ? – J'ai fait des œufs. – Et comment ça a été, tu es passé pionnier ? – Ouais ! – Retourne-toi un peu, que je voie ton foulard. – Il a donné à manger à la truie ? – Il l'a fait, oui. – Tu as trouvé le seau près de la porte ? – Je lui ai tout donné et aussi à boire. – Et alors ? Ils t'ont reçu chez les pionniers ? – Ils m'ont pris. – Fais voir un peu, que je voie ton foulard, enlève donc ton sweat. – Oho, faut pas l'enlever, faut dormir avec cette nuit, rigola papa. Et tu es rentré à pied, si j'ai bien compris que tu as raté le car. – J'ai été en ville. – Et il n'y a pas eu de car entre-temps ? – Non, mais qu'est-ce que ça fait ? – Ça fait rien, ça t'a fait faire du sport. Tu as mangé quelque chose ? – J'ai fait cuire des œufs au plat. – Demain tu vas quelque part ou tu restes à la maison ? Si tu sors, donne à manger à la truie avant de partir, ensuite tu pourras y aller, et fais attention, après-demain il y a école. – Si ils avaient pas exécuté Lénine, il aurait vécu encore longtemps ? demanda Sasha. – Une bonne vingtaine d'années, dit papa. – Pas assez pour que je puisse le connaître, répondit Sasha. – Même moi, je l'aurais certainement pas connu, ajouta papa. – Pourquoi ils l'ont tué ? poursuivit Sasha. – Parce qu'ils étaient méchants, dit papa. – C'étaient des capitalistes ? – Des capitalistes et des gros paysans, c'est eux qui l'ont tué. – Moi, si j'avais un pistolet, je les tuerais tous, répliqua Sasha, c'est vrai que les partisans n'ont peur de rien ? – Comment auraient-ils peur ? Les partisans n'ont jamais peur. – Moi aussi je serais devenu un partisan, affirma Sasha. – Tu as mangé ? – J'ai mangé des œufs. – Tu sors quelque part ? – Non. » Puis Sasha demanda : « C'est quoi comme prénom, Sonia ? – Sonia ? Ça vient de Sofia, répondit papa. – Je vais plus nulle part, je vais au lit, dit Sasha. – Alors couche-toi et dors », dit papa.

Il restait si peu de temps jusqu'à la parade. Lundi il apporterait les sous pour les ballons. Il devait aussi se préparer. Casser des bouteilles en verre, ramasser des petits cailloux.

38

De l'autre côté se trouvaient les forêts et l'eau, qu'on ne voyait pas, il y avait aussi les oiseaux noirs et la neige. Les feuilles tombaient et l'herbe verdissait, les champignons poussaient, rouges, pareils à des moitiés de cerises, la mousse s'agrippait et les taches de moisi s'étalaient. Le givre et la sécheresse s'accrochaient aux arbres. Il y avait des animaux qui devenaient vos amis, des clôtures et des nuages qui s'éloignaient. Le père la souleva et la prit sur ses épaules. La fatigue s'écoula goutte à goutte, comme le sang quand il coule dans l'herbe, rouge, de la gueule d'un agneau. Elle s'agglutina contre une ronce desséchée, par terre, à ses pieds, près d'un chardon.

Ses jambes se vidèrent de tout ce qui était mal. Avec la fatigue pâlissaient, diminuaient, s'en allaient toutes les douleurs fulgurantes et le mécontentement. Autour de la cheville, les lanières se relâchaient, l'attache ne la serrait plus. Elle leva une main et arracha un grand pétale orange, le porta à sa bouche et le colla contre ses lèvres. Elle souffla d'un coup et le vit virevolter, rond, au-dessus des champs.

Dans la foule, leurs pas se télescopaient, les rangs se mêlaient les uns aux autres, tout se défaisait et se recomposait dans un grand corps voyageur qui s'écoulait telle une lave dans les rues et roulait comme la neige au bas des pentes. On aurait dit des mèches de cheveux qui se croisaient et qui poussaient ensemble. On aurait dit que quelqu'un avait étendu une grande peau de mouton. Au-dessus flottaient les ballons et les pancartes, des mots qui se mélangeaient, des mots chuchotés, des mots parlés, des mots criés. Tout ensemble et au même endroit. Des octobriers, petits et grands. Des petits pionniers, des grands pionniers, des komsomols, des pancartes, des voix venant de nulle part, des mégaphones. Il leva de nouveau la main et poussa. Le ballon semblait beau et orange, un vrai ballon.

Il reprit ses promenades en forêt. Il gravissait la colline, dépassait le petit bois, pénétrait dans les labours. Il ne trouva aucun sentier dans les blés et décida d'en tracer un. Il piétina les épis, s'ouvrit un chemin. Il se traçait un nouveau sentier chaque année car, si durant l'automne le sentier restait visible, il disparaissait en hiver. Quand la neige tombait, tout devenait parfaitement blanc jusqu'au printemps, jusqu'à la sortie de terre du blé nouveau, lorsque tout reverdissait. Sasha devait passer par là pour transporter les fumeterres ou cueillir des violettes, admirer les arbres et guetter les biches. Il avait besoin de ce sentier pour ne pas se prendre les pieds dans les tiges du blé ni se mouiller les sandales et le pantalon, quand les épis étaient lourds de rosée. Il traça un trait sur une vingtaine de mètres, puis s'arrêta en pensant que cela serait plus facile au retour, en traînant le sac derrière lui. La terre était sèche et le sac se serait juste verdi, comme cela arrivait à ses pantalons quand il se battait dans l'herbe ou qu'il s'y jetait.

Dans la noiseraie, il fit une halte et posa le sac par terre. Il jeta d'abord son dévolu sur un jeune noyer dont il s'approcha et qu'il saisit à pleines mains. Un an était passé. Lui aussi avait grandi, il se sentait beaucoup plus grand et plus fort, il aurait pu le déterrer, c'était un si petit noyer. À la racine de l'arbrisseau poussait une touffe d'herbe qu'il arracha pour se faire de la place. Il voulut d'abord se reposer et bien regarder ce noyer. Il s'assit sur le sac et se perdit dans ses pensées. Il ne lui aurait servi à rien de se retrouver avec un tronc si court et si fin, mais il aurait pu le déterrer d'une seule main, le saisir et le déraciner ! Il voyait déjà la terre se fendiller au pied de l'arbre à mesure qu'il tirerait dessus et que les racines se détacheraient.

Il se tenait en plein soleil et il sentait la force qu'il lui insufflait. L'écorce verdâtre de l'arbre était fendillée en plusieurs endroits et il paraissait d'autant plus facile à déterrer. Sasha savait qu'il n'est pas bien d'arracher les arbres et qu'un vrai pionnier n'aurait jamais fait ça, mais il avait trop envie d'arracher un arbre, en ce moment où il se sentait si fort. Il voulait savoir si ce qu'on disait des pionniers était vrai. S'ils ont pu vaincre les armées du Reich, ça veut dire qu'ils pouvaient bien arracher une centaine d'arbres !

Ensuite, il l'aurait replanté, il aurait recouvert les racines et il aurait tassé avec les pieds. Juste l'arracher, et puis il l'aurait remis en place. L'arbre aurait pris, parce que c'est le printemps et qu'il l'aurait arrosé si besoin, mais il voulait juste l'arracher.

Il se sentait si fort qu'il aurait pu arracher toute une forêt. Sa force lui battait dans les mains et dans la tête et il mit sa main sous son bras pour la sentir palpiter. Un vent léger se leva, les branches du noyer frémirent et il parut encore plus facile à arracher. Mais finalement Sasha se dit qu'il était beaucoup trop petit pour mériter d'être arraché par lui, cela ne servait à rien de gâcher un noyer, il ferait mieux d'entrer dans la forêt et de choisir un arbre plus gros.

Il prit le sac et s'arrêta à la lisière du bois, près d'un charme bien grand. Il le frappa deux fois du plat de la main et balaya les feuilles mortes avec ses pieds. S'il arrache un arbre tel que celui-là, c'est qu'il est grand. Il peut aller à la guerre. Il imagina l'arbre couché, les racines à l'air, à l'orée du bois. Une compagnie de moineaux prend peur et s'égaille, puis les oiseaux reviennent et se posent sur le tronc allongé. Il pensa qu'il lui faudra appeler quelqu'un pour voir ça, afin que tout le monde sache que Sasha fait tomber les arbres. S'il l'arrache sans appeler personne, on lui dira : « Tu parles ! Tu n'as rien arraché du tout, l'arbre était déjà arraché, quelqu'un a tiré dessus avec un tracteur. » Personne ne le croira. On lui dira : « Tu parles ! » Et s'il essayait d'arracher un autre arbre, peut-être qu'il n'y arrivera pas, que, juste pour l'embêter, l'arbre ne se laissera pas faire. Il valait mieux appeler quelqu'un et arracher cet arbre-ci. Il se sentait si fort à ce moment précis qu'il pouvait l'arracher.

Il voyait devant ses yeux l'arbre avec les racines à l'air et les oiseaux qui volaient puis revenaient se poser sur le tronc. Pourquoi est-ce qu'ils ne l'auraient pas cru ? Il valait peut-être mieux les appeler.

Il saisit l'arbre entre ses deux mains et tira. L'arbre ne bougea pas d'un pouce. Sauf peut-être un peu tout là-haut, là où le vent souffle. Il s'arc-bouta et tira plus fort. Il tira de toutes ses forces. L'arbre ne bougea pas d'un pouce. Il demeura immobile entre les mains de Sasha. Où est sa force ? Il était si impuissant ! Il n'avait pas une once de force. Il ne pouvait rien arracher. Il s'écroula et demeura sans bouger sur le sac. Il n'était pas un vrai pionnier.

– Mais si, tu as de la force.

– Je n'ai aucune force, j'ai bien vu.

– Il n'y a que les tracteurs qui arrachent les arbres, les hommes ne les arrachent pas.

– Fous-moi la paix avec tes tracteurs.

– C'est le tracteur qui arrache les arbres, je te le dis.

Il entendit un froissement puis il vit un petit oiseau s'envoler du buisson. Il se leva et écarta les feuilles. Il frappa la branche avec le pied, plusieurs fois, mais plus aucun oiseau ne s'envola. Il prit le sac sous le bras et s'enfonça dans la forêt.

39

Nikolai Arsenievici s'acheta une paire de lapins et les plaça dans la cage qu'il avait derrière la maison. De bon matin, il alla faire de l'herbe, un plein sac qu'il déposa à côté de la cage, sous l'avant-toit. Il remplit la moitié de la cage d'herbe et laissa l'autre partie libre. Il vérifia s'ils mangeaient puis entra chez lui se verser un verre de vin.

Plusieurs fois par jour, il sortait, pas au bon moment à son avis, puis il allait espionner les lapins, pour les surprendre. Il s'était même caché derrière deux caisses qu'il avait déplacées à cet effet et avait passé quelques heures aux aguets, sans rien découvrir. Au bout d'une semaine d'incertitude, il décida de consulter un spécialiste et alla voir Kirousha.

Nikolai Arsenievici marchait très près de Kirousha en agitant les bras et les mains. Trop près, même, car Kirousha se cogna à lui plusieurs fois, mais celui-ci continuait de marcher sans y faire attention.

– Tu crois que c'est pour ça, Kirousha, parce qu'il est blanc ? Mais qu'est-ce qu'ils ont, les blancs ?

Je me pose des questions, on dirait pas des lapins, va savoir ce que c'est cet animal !

– Sont grands ?

– Ben plutôt. Je sais pas quoi dire.

– Moi non plus, faut que je les voie avant.

Kirousha serra les lèvres, ralentit un peu, fit un mouvement avec l'épaule et poursuivit son chemin aux côtés de Nikolai Arsenievici.

À chaque printemps, quelques journées devenaient des *subbotnik*. Ça pouvait être des samedis comme leur nom de *subbotnik* l'indiquait, ou des dimanches ou d'autres jours de la semaine, à condition que ce soient des jours fériés et qu'ils apparaissent en rouge sur le calendrier. Mais la journée la plus importante était une journée de la nature consacrée à la plantation d'arbrisseaux et de fleurs. En ce jour printanier, chacun sortait de chez lui une bêche à la main – ceux qui n'avaient pas de bêche se munissaient d'un balai – et le car qu'empruntait Sasha se hérissait de râteaux, de pelles et de brosses car ceux de la ville n'étaient pas équipés et c'était le car – c'est-à-dire ceux de la campagne – qui apportait le nécessaire pour tout le monde. Ils fournissaient aussi les jeunes arbres avec leurs racines enveloppées dans des journaux, les graines de fleurs et un grand arrosoir en zinc, fourni comme chaque année par le père Nickifor.

– Qui peut venir avec une bêche, une binette ? Tiens, Vakulovski, ou qui d'autre qui vient de la campagne ? Des râteaux pour nettoyer le petit jardin, de quoi retourner la terre. Qui sait retourner la terre ? On va semer des fleurs. L'un de vous a-t-il des graines à la maison ? Demandez à vos mamans. Nous devons tout bien nettoyer, ramasser les papiers, il nous faut des balais de branches... On va planter des petits arbres ! Nous devons protéger la nature, que chacun retourne un morceau de terre et prenne soin de la nature !

Devant les yeux de Sasha défilèrent toutes les branches qu'il avait cassées dans sa vie, toutes les fleurs écrasées, sans compter le sentier dans le champ de blé piétiné. Il ne se fera plus d'appeau en bois de tilleul et il ne cueillera plus de fleurs. Il s'achètera un sifflet en plastique ou en zinc, il ne coupera plus de branches et ne taillera plus de moulins à vent. Il ne marchera qu'en forêt et il ne piétinera plus le blé. Il n'arrachera plus de noyer et ne lancera plus son couteau dans le tronc des arbres. Il jettera le couteau dans le lac ou dans un buisson, pour ne plus jamais le voir.

En cours, la maîtresse a convié le père Costea à venir raconter la guerre. Parce qu'on était proche du 9 Mai, quand on a vaincu les fascistes et qu'on a conquis Berlin. Le père Costea, avec ses médailles sur la poitrine, était assis devant toute la classe et racontait.

– Comment c'était, la guerre, dites-nous, père Costea, dit Nadejda Petrovna.

– Hé hé, la guerre, ça a été difficile, répondit le père Costea. Nous, on nous a menés au *Ucrainskii front* pour suivre nos blindés. Alors les boches ont eu peur et se sont enfuis. Je me souviens d'un type, Alexandr, on l'appelait Sasha, il était de Biélorussie. Eh eh, çui-là, quand y vous mettait la main sur une grenade, c'était pas pour faire semblant ! Y la lançait drôlement bien, sa grenade, ce Sasha ! Mais il est mort. Trop tôt pour voir Berlin.

– Oui, racontez-nous, Constantin Demianovici, comment ils brûlaient les gens, et même les enfants, et comment ils les arrosaient d'eau glacée en plein hiver, dans la neige ?

– Hé hé, mes chers enfants, y n'y allaient pas de main morte. Ces gens-là sont plus hargneux que des démons. Y faisaient sortir les enfants dans la neige et ils les arrosaient d'eau froide pour qu'y disent où elles étaient, les divisions armées. Mais eux, rien du tout, y disaient rien. C'étaient des partisans. Petits par la taille, mais grands par le courage ! Vous êtes grands, les enfants, vous connaissez l'histoire avec Malcis Plohis et Malcis Chibalcis. Que Malcis Chibalcis était un bon garçon qui n'a jamais rien dit aux Allemands même sous la torture. Et que Malcis Plohis, il a tout dit en échange d'un pot de confiture et d'une panière de *pitchene*, des biscuits. Il s'est retrouvé à manger de la marmelade sur des biscuits parce qu'il était passé du côté des Allemands. Mais le Malcis Chibalcis, il a rien lâché jusqu'à la fin ! Même si finalement, ils l'ont tué. Il a pas eu peur. Après qu'ils ont pendu tous ceux qui se taisaient, eh bien, ils leur pendaient un *natpisi* autour du cou. Un écriteau où c'était écrit : « Voilà ce qui arrivera à tous ceux qui luttent contre le Reich et refusent de se soumettre. » Ils en pendaient à tour de bras. Mais les prisonniers, ils les emmenaient chez eux, dans l'Allemagne, et là-bas ils leur mettaient le feu. Les femmes, les enfants, tous. Pas de pitié. Tous dans les camps. Dans les *kontzlagar*, les juifs surtout. Mais s'ils tombaient sur des balances, comme Malcis Plohis, eh ben avec eux, ils en terminaient encore plus vite. Et pis ça me fait penser à ces peureux, qui voulaient pas aller à l'attaque. Alors eux y leur foutaient un coup de crosse ici derrière la tête histoire de pas gaspiller des balles. Ça traînait pas, avec eux, *rezbire*, expliquer, ça prenait trop de temps. Mais nous, quand on en prenait des leurs, on les tourmentait pas comme ça, on les fusillait direct, on les faisait pas souffrir. Mais ça nous faisait drôlement mal au cœur. Mais bon, c'est drôlement heureux qu'on les ait battus finalement ces satanés-là. Y z'ont cru qu'y pouvaient se moquer de l'Armée Soviétique. Personne peut battre l'Armée Soviétique !

– Voilà donc, les enfants, par quoi il a fallu passer pour que vous viviez en paix aujourd'hui. Mais vous n'en tenez pas assez compte, vous n'avez pas de si bonnes notes à l'école. N'est-ce pas, Constantin Demianovici ?

– C'est vrai, qu'autre chose, on leur demande pas, juste bien apprendre à l'école et écouter leurs parents et leurs aînés. Dans les camps, c'était autrement difficile. Il faisait grand faim et si quelqu'un avait une patate crue, eh ben, il la mangeait comme ça, mais même de ça, ils n'en avaient pas, et les mamans donnaient tout à leurs enfants, qui mouraient de faim. Mais eux, aujourd'hui, ils savent pas ce que c'est que la vie dure, c'est comme ça. Quand j'avais leur âge, j'allais pas à l'école, je n'avais pas les moyens d'aller à l'école. Il n'y avait que les enfants des boyards pour aller à l'école et papa n'avait pas de sous. Moi, j'allais gagner ma croûte comme journalier, et encore, j'arrivais pas toujours à manger à ma faim. Ça n'existait pas qu'on t'envoie à l'école et que tu y ailles à reculons. Depuis, après la guerre, j'ai pu aller moi aussi à l'école pour la terminer, parce que le pouvoir soviétique s'est installé et il a tout donné à tous. Mais avant, rien du tout, rien que les richards pour aller aux écoles.

– Vous avez entendu, les enfants ?

– Oui, c'était vraiment comme ça. On n'allait pas à l'école par manque d'argent. L'argent, il était dans la poche des riches. Les pauvres, eux, y trimaient du matin au soir...

– Prenez-en de la graine, les enfants ! Mais voyons où vous en êtes, vous les avez formées, vos équipes de timourovistes [1] ? Voyons, comment vous vous êtes répartis ? Aliona, tu es dans quelle équipe ?

– Moi, Nadejda Petrovna, je suis dans l'équipe de Stela. Nous aidons un vétéran qui habite près de chez nous. On s'est réparti les tâches, j'irai acheter

---

1. Les timourovistes étaient des groupes de pionniers qui aidaient les personnes âgées et les pauvres en secret. Ils tiraient leur nom du héros du livre d'Arkadi Gaidar, *Timour et son équipe*. *(N.d.l.T.)*

du lait, c'est moi qui irai au magasin. Ensuite, avec les filles, on nettoiera le jardin et on ratissera.

– Très bien d'avoir pensé à ça aussi. Parce que voilà, le printemps arrive et nous devons aider les plus âgés à bêcher, à planter, on peut leur apporter de l'eau, aussi... Ils sont vieux, maintenant, et tout cela leur semble plus difficile désormais. Très bien Aliona. Mais quel garçon se trouve dans votre équipe, vous avez un garçon chez vous ?

– Non, Nadejda Petrovna, pas besoin. Les garçons, ils font que des bêtises.

– Qui fait des bêtises ? Qui ? Montrez-le-moi, que je lui torde le cou. Prenez donc Vitea avec vous, qu'il vous aide pour retourner la terre...

– Mais moi je suis déjà dans une autre équipe, Nadejda Petrovna. Je vais chez mon voisin, *deadea*[1] Petea, qui est aussi un vétéran.

– Bien. Mais quel garçon ne fait encore partie d'aucune équipe ? Les garçons sont tous pris ? Très bien. Voyons, Roma, tu es avec qui, toi ?

– Dans l'équipe de Vitea, on aide tous les deux *deadea* Petea...

– Comment ça, Vitea ne peut pas y aller seul ?

– Non, parce qu'il y a beaucoup de travail. Il faut tirer de l'eau, retourner la terre, couper du bois...

– Mais pourquoi il a besoin de bois, *deadea* Petea, avec cette chaleur ?

– Il en a besoin, je sais pas pourquoi... Mais chez lui aussi le puits est drôlement loin et c'est difficile de lui porter de l'eau.

---

1. Père Petea. *(N.d.l.T.)*

– Et toi, Vakulovski, tu as quelqu'un ?
– J'ai le père Vasile.
– Lui, c'est quoi, un vétéran ?
– Oui, il lui manque une jambe.
– Et tu l'as aidé pour quoi ?
– Je ne l'ai pas encore aidé, mais je vais le faire.
– Alors tu dois y aller, ça t'évitera de traîner en forêt. Très bien, les enfants. Je vois que vous vous êtes organisés. Mais voyons, pourquoi nous faisons ces équipes de timourovistes ? Voyons, qui était Timour ? Natasha, tu peux nous dire ?
– Oui. *Timour et son équipe*, c'est un livre qui a été écrit par le romancier Arkadi Gaidar. On y raconte l'histoire de pionniers qui aidaient des personnes âgées. Par exemple, ils profitaient du moment où grand-mère était sortie pour lui remplir son tonneau avec de l'eau. Quand elle rentrait, elle voulait remplir le réservoir pour laver du linge. Elle versait son seau dans le tonneau et, comme il était déjà plein, ça débordait sur ses pieds et la mouillait. Et elle, elle était contente que le tonneau soit plein et qu'elle n'ait plus besoin de rapporter de l'eau. Parce qu'elle était vieille et qu'elle avait mal aux mains. Mais elle ne savait toujours pas qui avait rempli le tonneau, parce que les pionniers ne se vantaient pas et ils se cachaient dans le grenier. C'est ce que Timour leur disait de faire, parce qu'il était leur chef.
– Mais qui aide Constantin Demianovici, est-ce que quelqu'un l'aide ? Voyons, qui a choisi Constantin Demianovici ?

– Pas la peine, Nadejda Petrovna, chez moi, y a des gars, déjà. Ils habitent pas loin de chez moi et ils me rendent des services. Laissez-les plutôt aider d'autres vieux, chez moi, y a ce qu'y faut.

La cloche sonna mais le père Costea et Nadejda Petrovna continuaient leur discussion. Le père Costea se mettait à raconter sa course entre les trous d'obus et son travail de sape. Il possédait une petite bêche qui lui servait à creuser des tranchées pour se cacher. Au passage des blindés, le père Costea se cachait dans une tranchée puis en ressortait après le passage de l'engin. Alors, il lançait sa grenade. Mais attention, quand y a une bombe qui explose, il faut penser à ouvrir la bouche, sinon, on devient sourd.

40

– Voyons maintenant, qui nous dit, puisqu'on est en cours des sciences de la nature, pourquoi nous avons besoin de fleurs et d'arbres ? Quelqu'un sait ? On essaie, Stela, vas-y.

– Pour que les arbres et les fleurs produisent l'oxygène que les hommes respirent, parce que sans oxygène, la vie n'existe pas et sans air non plus.

– Bien, Stela. Pour que tout le monde ait de l'oxygène. Mais est-ce que les hommes sont les seuls à respirer de l'oxygène ou bien les animaux aussi ?

– Les animaux aussi respirent de l'oxygène, parce que sans oxygène les animaux n'existeraient pas.

– Mais à quoi nous servent les animaux ?

– Pour la viande et les gants, et aussi les bonnets en peau de lapin pour avoir chaud l'hiver, quand on va à l'école.

– Très bien. Mais les œufs et le beurre, d'où viennent-ils ?

– Nous avons les œufs des poules quand elles pondent, et le beurre se fait avec le lait de la vache et la crème.

– Mais si nous n'avions pas d'oxygène, est-ce que nous aurions du beurre sur la table du petit déjeuner ?

– Ni du beurre ni des œufs, parce que toutes les poules mourraient, et tous les hommes aussi.

– Voyons encore, les enfants capitalistes ont-ils de quoi manger le matin ?

– No-o-on. Et ils ne vont pas à l'école non plus, parce que leurs parents sont très pauvres et qu'ils les gardent dans leur sous-sol.

– Mais dans notre pays, les enfants vont à l'école ou non ?

– Les enfants de notre pays vont chaque jour à l'école et ils mangent du beurre, parce que chez nous la Grande Révolution d'Octobre a vaincu et que nous sommes en paix. Chez nous les hôpitaux sont gratuits et les écoles aussi, et nos enfants vont à la maternelle.

– Mais les capitalistes prennent-ils soin de la nature ?

– Ils ne prennent pas soin de la nature.

– Mais les pionniers, comment à ton avis ils la protègent, Stela ? Ou bien ils se promènent dans la rue, et cassent des branches ?

– Je pense que les pionniers prennent soin de la nature. Mais il existe aussi certains garçons qui brisent les branches des arbres. Les pionniers en revanche ne font jamais ça.

– Qu'en penses-tu, Stela, Lénine a cassé des branches quand il était enfant ?

– Lénine n'a jamais cassé de branches.

– Tu as entendu ça, Bohantov ? Lénine n'a jamais cassé la moindre branche !

– Il a planté des arbrisseaux et il a dit à un forestier de ne plus couper les arbres.

– Alors demain, chacun vient avec une bêche, un râteau et des graines pour qu'il y ait beaucoup d'oxygène et de beurre ! Oui. Et que je ne vous y reprenne plus à briser les branches des arbres ! Bohantov, Gurski et tous les autres ! Que je ne vous y revoie pas, sinon je vous coupe les mains ! Comment non, Bohantov ? Mais les saules près de la clôture, qui c'est qui les abîme ? ! Que je ne vous y reprenne plus parce que je vous taperai sur la tête avec ces fichues branches de saule, jusqu'au sang ! Ça giclera jusqu'au grenier, Bohantov ! Ne brisez plus jamais les branches des arbres ! Comment non ? Mon garçon ! Non ? ! Non ? ! Viens donc voir ce que tu dis maintenant ? Non ? ! Non ? ! Je vais t'apprendre à ne plus abîmer les arbres ! Non ? ! Tu ne sais pas ? Je vais t'apprendre à en dire, des mensonges ! Non ? ! Quoi, non ? Puanteur et bourrique que tu es ! Tu as intérêt à venir demain avec une bêche, ou c'est moi qui vais te transformer en bêche ! On verra bien qui aura le dernier mot !

41

Après la classe, tout le monde descendit dans la cour et dans les petits jardins. Chacun avait quelque chose à faire. Et parce que tout le monde savait ramasser les papiers et que seuls Bohantov et Sasha savaient bêcher, les autres ramassèrent les papiers, tandis que Bohantov et Sasha retournaient la terre. Ceux des papiers se chamaillaient, se donnaient à cœur joie des coups de pied aux fesses.

Ce jour-là, Vera Ivanovna, Nadejda Petrovna, Parascovia Fomovna, le prof d'éducation physique Vasili Vasilievici et même le directeur se rendirent dans les jardinets. Vera Ivanovna fut la première à descendre les escaliers, puis venaient Nadejda Petrovna et Parascovia Fomovna. Quelques minutes plus tard le directeur descendit à son tour en glissant dans la poche de poitrine de sa veste son bic à mine épaisse. Un stylo comme ça coûtait deux roubles trente et se vendait au deuxième étage de l'Univermag. C'est là aussi qu'on trouvait les montres, les bagues en or et les boucles d'oreilles, les bougies colorées en forme de chaussons, les souvenirs pour les touristes. Profir Matveevici s'arrêta et dit :

– Un peu d'attention !

– Un peu d'attention ! criait Nadejda Petrovna.

– Un peu de calme, on vous dit !

– Pose-moi ce râteau par terre, triple buse !

– Écoutez-moi !

– Chuut ! Assez, on ferme son bec !

– Écoutez-moi un peu, élèves de IIIe B, vous pourrez après retourner à votre travail ! Allez, on se met en rang, on fait un carré ! Allez, vous travaillerez après !

– Alignement en carré !

– Plus vite, alignement en carré !

– Mais fiche-moi ce râteau par terre, animal que tu es !

– Allez, écoutez-moi, ça y est, on se tait ! La IIIe G ! Mon garçon, viens donc ici ! Viens, viens, je te dis !

– Aïe ! Aïe !

– Maintenant retourne à ta place et que je ne t'entende plus, ouste ! Là-bas, ça continue, la IIe B ? Ma fille, t'en veux aussi ?

– Chuuuuuut !

– Chuuut !

– Chut !

Profir Matveevici tira une feuille de sa poche de poitrine et la déplia.

– Le premier *subbotnik* a été organisé par Vladimir Ilitch Lénine il y a plusieurs années. Nous avons tous vu sur des tableaux Vladimir Ilitch transporter une poutre et plaisanter. C'est qu'il était petit et deux ouvriers, plus grands que lui, lui ont demandé de porter la poutre par le milieu mais Lénine n'arrivait même pas à l'attraper. Ils voulaient faciliter les choses à Lénine. Mais cela se passait il y a longtemps et nous devons poursuivre ce que Lénine a commencé. J'ai trouvé un article très intéressant, dans une revue pour la jeunesse (Profir Matveevici leur montra la page) que vous devriez lire, vous, plutôt que moi. Mais parce que vous ne lisez pas beaucoup et préférez perdre votre temps, je préfère vous le lire... La IIe G ! Assez de raffut ! "Jeunes amis, les pensées orientées vers la nature sont des pensées d'avenir[1]..." C'est quoi encore ce raffut ! J'ai le nez sur ma feuille mais ça ne veut pas dire que je n'ai plus d'yeux ni d'oreilles pour voir et entendre ce que vous faites là-bas !

– Ch-u-u-t !

– "... Vous avez encore de nombreuses années à vivre dans ce merveilleux pays. Nos contrées sont riches et immenses, mais cela n'a pas toujours été le cas. Tout ce dont nos yeux se réjouissent est le fruit du travail obstiné de nos devanciers. Le progrès est fondé sur la patience. Pour arriver à produire un simple clou, il aura fallu le travail de générations et de générations... Toutes les personnalités célèbres dont les portraits embellissent les murs de vos écoles ont vécu la privation et ils ont

1. Le passage est authentique, il est traduit de la revue *Tinarul naturalist* (Le Jeune Naturaliste). *(N.d.A.)*

fait l'expérience de la vie dure dans les sous-sols, et obéi aux ordres rudes proférés par leurs maîtres. Ils trimaient aux côtés de leurs pères et connaissaient le poids de larmes que coûtait un quignon de pain, du temps de leur enfance inconsolée. Ils n'ont connu ni les cercles de pionniers, ni les stades, ni Artek[1]... Le pouvoir soviétique vous a affranchi de la pauvreté, des sous-sols et des insupportables humiliations sociales. Pas une décision de nos dirigeants n'est prise sans tenir compte de ses conséquences sur vous et sur les futurs enfants de vos propres enfants. Le sourire des enfants est au centre des préoccupations de notre État. On n'attend de vous que de bien apprendre en classe et d'accorder une attention aimante au bien public, au moins à ce qui vous entoure. Il existe un proverbe oriental dont il faut faire un commandement : « Tout homme devrait, dans sa vie, planter un arbre, construire une maison, élever un enfant. » Vous pouvez d'ores et déjà mettre en pratique les premiers mots de ce sage programme de l'activité humaine en plantant un arbre dans la cour de l'école. Faites cela au printemps, dans le calme, pour l'éternité. Leonid Leonov." Eh bien voilà ! Empoignez vos râteaux et vos bêches, que je vous voie à l'œuvre ! Comme c'est bien écrit, mais vous, vous ne lisez pas !

Profir Matveevici replia sa feuille et la remit dans sa poche.

---

1. Artek : le plus connu des camps « internationaux » de pionniers. *(N.d.l.T.)*

– C'est tout de même pour vous que c'est écrit, pas pour moi ! Assez à présent ! Au travail ! La IIIe B, vous savez ce que vous avez à faire, je veux voir comment vous travaillez !

Ensuite, Profir Matveevici se pencha pour ramasser un papier. Il revint sur ses pas et le jeta dans une poubelle.

– Tout le monde au travail ! dit Nadejda Petrovna qui tenait un râteau à la main.

Leur ayant montré comment le tenir, Nadejda Petrovna flanqua deux gifles à Gurski en lui ordonnant de ne plus rester à bayer aux corneilles. Vêtu d'un costume bleu à fines rayures blanches, le professeur d'éducation physique allait et venait dans le petit jardin en montrant du doigt ce qu'il fallait faire, sans oublier de tirer les cheveux des garçons.

Sasha aussi bien que Bohantov bêchaient trop vite. La terre était meuble et le bêchage lui-même n'en était pas un vrai, ils ne plantaient la bêche qu'à moitié, exactement comme on fait quand on rêve d'aller jouer. Il leur fallait ne pas trop se presser, parce que s'ils finissaient trop vite, tant pis pour eux, on les enverrait ramasser les papiers. Conclusion, ils auraient fait les deux, retourner la terre et ramasser les papiers. Pas question. Il valait mieux bêcher plus lentement, au moins, ils échappaient au ramassage des papiers.

À chaque coup de bêche, Sasha entendait déjà son nom et voyait déjà le « Conduite exemplaire » écrit au bas de la feuille du cahier d'appel et de notes, là où Nadejda Petrovna faisait le bilan de la semaine, suivi de sa signature compliquée. Bohantov ne voyait rien du tout, et c'est pour ça qu'il se pressait tellement.

– Moins vite.

– Pourquoi ? C'est difficile ? Si c'était à la maison, ça serait autre chose. Mais là, hop, hop et c'est fait !

– Moins vite, espèce d'andouille, moins vite.

– Andouille toi-même ! Traite pas les autres comme ça !

– Alors vas-y, démène-toi, si tu veux aller ramasser les papiers.

– Ben quoi, on n'est pas là pour bêcher ? Tu voudrais qu'on ramasse aussi les saletés ?

– Ben qu'est-ce que tu crois, qu'on va nous laisser partir ?

– Ah ha ! Alors c'est autre chose, on ralentit, mon gars !

Bohantov, non content de cesser son travail de bêchage, piétina la partie de terre qu'il estimait avoir trop vite retournée. Ils se mirent à bêcher tous les deux très lentement. Bohantov une moitié du petit jardin, Sasha l'autre. Personne à part eux ne savait qu'ils bêchaient à petite allure. Au regard des autres, Sasha et Bohantov bêchaient purement et simplement leur partie de jardin.

Ils étaient sages et appliqués, et le bas de la page était tout éclairé, près de la signature en rouge dans la colonne « Conduite », par un mot écrit en petites lettres inclinées, le mot « exemplaire », et cela ne leur arrivait qu'au printemps. Car seule Stela était tout le temps exemplaire.

On pouvait comprendre pourquoi Sasha aurait voulu se presser, s'il s'était pressé, mais pourquoi Bohantov avait foncé comme ça, ça, Sasha ne parvenait pas à le saisir. Si Sasha s'était dépêché de finir aussi vite que possible, ça aurait été pour s'éclipser de l'autre côté de l'école, là où, certainement, se trouvait la partie de jardin de la classe de Sonia. Il aurait fait celui qui n'avait rien à faire là, puis il aurait vu Sonia en train de manier un balai ou un râteau. Puis il serait allé la voir et il lui aurait dit :

– Donne-moi le râteau.

– Mais quoi, je ne sais pas ratisser ? aurait répondu Sonia.

– Oui, mais tu es une fille, aurait dit Sasha. Donne-le-moi, je sais comment ratisser.

Seulement voilà, s'il terminait, eh bien on lui ferait ramasser les papiers, ce qu'il pourrait également faire très rapidement, mais alors on lui aurait trouvé autre chose à faire et puis encore autre chose et ça n'aurait jamais fini. Alors il valait mieux bêcher tranquillement.

Mais Bohantov, pourquoi aurait-il forcé le rythme ? Lui, il voulait bâcler la chose pour rentrer chez lui. Pour changer de pantalon et aller jouer dehors. Mais ça, ça ne méritait pas qu'on se presse.

Quand Nikolai Arsenievici apprit que les deux animaux rapportés chez lui n'étaient pas un mâle et une femelle, comme il l'avait cru, mais bel et bien deux lapines, il resta pensif : Oui, *iolki palki* [1] ! je savais bien qu'y avait un truc qui clochait, se dit-il.

Kirousha lui donna un très bon conseil, celui de chercher un mâle gris, parce que les lapins gris sont les meilleurs – et en disant ça à Arsenievici, il savait déjà chez qui il le trouverait. Les lapins gris ont toujours été plus gros et plus sains que les lapins blancs. Il se pourrait bien que les lapines lui fassent rien que des petits de couleur grise, et alors Nikolai Arsenievici se serait retrouvé d'un coup en possession de vingt-quatre lapereaux gris, si chacune des deux lapines avait mis bas douze petits – conformément à ce qu'il connaissait de cette race d'animaux. Il se rendait alors bien compte qu'une telle quantité de rongeurs ne tiendrait pas dans la malheureuse cage qu'il avait derrière sa maison. Cette pensée le troubla un instant, mais dès qu'il s'éveilla à la réalité, il claqua des doigts comme dans les films sur les capitalistes (comme quand un capitaliste se trouve dans un restaurant avec de la musique capitaliste et qu'il claque des doigts pour qu'une dévergondée lui apporte à manger) et il s'exclama :

– Je l'aurais juré, que c'étaient deux femelles !

Kirousha le crut sur parole, puis ils descendirent ensemble dans la cave et n'en ressortirent que très tard.

---

1. Expression russe tenant lieu de juron, sorte de « bon sang de bois ! » *(N.d.l.T).*

42

C'est quoi, cette Terre, et pourquoi elle tourne ? Sasha savait que la Terre est une planète, parce qu'il avait vu des photos dans un livre, et que toutes les planètes restent en l'air. Et comment elles tiennent en l'air, ça non plus, Sasha ne le comprenait pas ; elles auraient pu tomber n'importe quand. Et même l'une d'elles aurait pu tomber pile sur la Terre, qui aurait été couverte de planètes et on n'aurait plus su où poser les pieds.

Qui les tenait en l'air pour qu'elles ne tombent pas ? C'est que même une plume ça ne tenait pas longtemps en l'air et les planètes, on voyait bien qu'elles étaient lourdes et qu'elles étaient rondes comme la Terre, sauf qu'elles n'étaient pas faites en terre. On ne sait même pas de quoi elles sont faites pour tenir si bien en l'air...

– C'est quoi une comète ? demanda Sasha.

– Une comète est un morceau de planète qui se détache et qui tombe et qui, au moment où elle se frotte à l'air, s'allume et ressemble à une étoile.

Pourquoi elle s'allume en se frottant à l'air, pensait Sasha, alors que si on agite une allumette après l'avoir faite craquer, elle s'éteint ? Sasha a vu que la plupart des fumeurs, y compris Ierofei Vasilievici et Nickifor, quand ils veulent éteindre leur allumette, ils ne prennent pas la peine de souffler dessus et préfèrent l'agiter en l'air pour qu'elle s'éteigne toute seule. Alors comment la comète peut-elle s'allumer en l'air, alors que l'air éteint ? Et que ça marche aussi quand on souffle au lieu d'agiter la flamme.

L'air est fait pour éteindre et pour refroidir, pas pour allumer. L'air ne peut pas allumer. Alors pourquoi la comète ne s'éteint-elle pas en l'air ? De quelle sorte de feu est-elle faite ? Sasha se dit aussi que si une comète tombe parce qu'elle s'est détachée d'une planète, pourquoi ce n'est pas toute la planète qui tombe ? Pourquoi le morceau entame-t-il une telle chute et pas toute la planète ?

Il n'y avait rien de bien clair dans cette histoire de morceaux qui chutent et de planètes qui restent en l'air, comme si les morceaux ne leur avaient jamais appartenu. Et comment se faisait-il que la planète tienne toute seule sans jamais brûler et sans qu'on la voie, alors que si on en cassait un morceau et qu'on le frottait en l'air, il s'allumait pour brûler comme une étoile ? Rien de tout ça n'était très facile à comprendre.

Combien de fois Sasha avait-il couru jusqu'à l'endroit où les morceaux de planète tombaient, la nuit, mais sans jamais rien trouver ? Un jour, il a récupéré un morceau de textolite provenant d'une fusée, de celles qu'on envoie dans les nuages pour éloigner la grêle, mais une comète, jamais. Il ne pouvait rien faire avec un si petit morceau de fusée. À moins de le poser sur un arbre, dans le jardin, pour qu'un étourneau y fasse son nid, ou de s'en servir comme il a vu faire chez le père Vanea, pour boucher le trou, dans la clôture du jardin, pour que les poules ne sortent pas de la basse-cour.

Mais comment la Terre tourne-t-elle, alors qu'elle se tient en l'air, qu'elle est toute ronde et qu'aucun vent permanent, en ce monde, ne souffle pour la faire pivoter ? Ne devrait-elle pas s'arrêter ? Et même si le vent soufflait tout le temps, il soufflerait quand dans une direction, quand dans l'autre, ce qui orienterait la Terre une fois par ici, une fois par là et elle n'aurait plus le loisir de tourner seulement autour de son axe, mais dans tous les sens, exactement comme la fumée qui vous poursuit pour vous piquer les yeux, exprès pour vous embêter.

Voilà, la Terre tournerait dans tous les sens. Sans parler du vent qui ne souffle pas tout le temps. Alors qui fait tourner la Terre ? Car la Terre doit tourner. C'est ce qu'a dit un monsieur que les capitalistes ont brûlé vif. Il a dit que la Terre tourne et alors les capitalistes lui ont demandé d'avouer que non, alors lui il n'a pas voulu et les capitalistes ont allumé un grand feu et ils l'ont brûlé. Ça veut bien dire que c'est une grande chose, que la Terre tourne, puisque ça ne plaît pas aux capitalistes, au point qu'ils ont brûlé un homme qui disait que oui, elle tourne.

S'il avait été là, il les aurait bien tous fait brûler, les capitalistes, qu'ils ne s'en prennent pas à cet homme. Il faut que les capitalistes soient méchants pour brûler les gens comme ça. Il se serait battu contre eux, il l'aurait sauvé et ils se seraient enfuis ensemble en Union Soviétique, où il n'y a plus de capitalistes pour vous mettre le feu et qu'après vous brûlez vif.

Un froissement – Sasha tourna la tête. Il ne vit rien mais fixa les feuillages bas. Les branches avaient bougé parce qu'un oiseau venait de prendre son envol, où simplement parce qu'il venait de passer par ici, et savoir ça, c'était mieux que de ne rien savoir du tout.

Il ne vit pas une seule feuille se balancer, pas un brin d'herbe osciller, comme si rien n'avait jamais volé nulle part et comme s'il n'avait jamais rien entendu. Mais quelque chose s'était envolé, c'était sûr. Cela arrive souvent en forêt. C'était pas une impression. Et Sasha savait que ce n'était jamais le fruit d'une impression. S'il avait entendu un oiseau s'envoler, c'était qu'un oiseau s'était réellement envolé.

Mais cela pouvait aussi être une souris. Une souris, quand elle trotte au pied des fumeterres, elle passe inaperçue. On n'entend qu'un bruissement et tout ce qu'on peut faire, c'est l'imaginer dans sa course. Mais pour la voir, c'est une autre histoire, car elle est petite et grise comme les feuilles et qu'elle peut se glisser dans un petit trou ou sous une racine et même se tapir sous les feuilles et dans ce cas, on ne la trouve pas, même en la cherchant longtemps.

Sasha penchait plutôt pour un oiseau, car c'était moins décevant que de rater une souris, d'ailleurs s'il en avait entendu une, il aurait jeté le sac dessus, elle serait peut-être rentrée dedans et il l'aurait ramenée à la maison. Il valait mieux que ce soit un oiseau. Un oiseau, il n'aurait pas pu le prendre. L'oiseau vole et on ne parvient jamais à le saisir. Il passe entre les arbres et traverse les feuillages et personne ne peut l'attraper.

Il se releva et prit le sac. Comme elle avait vieilli, l'échelle. Le bois avait noirci et s'était desséché, par endroits il était fendu et couvert de moisissure blanche. Sous l'écorce gonflée, il vit des insectes aussi petits que des fourmis, qui entraient et sortaient du bois. Sasha vit aussi des champignons minuscules qui commençaient à pousser dessous. Je crois que Dieu devra s'en faire une autre, car son échelle ne peut pas être couverte de champignons. À quoi ça ressemble ? Il lui en faut une nouvelle, toute belle. En plus, celle-là est humide et lourde parce qu'elle a passé l'hiver dans la neige. Bientôt elle sera entièrement pourrie et plus bonne à rien du tout.

Sasha fourra ses doigts sous l'écorce et en cassa un morceau. Il tomba sur un perce-oreille qui tentait de fuir. Sasha lui arracha les pinces. Puis il le reposa sur le bois marron et se mit à le hacher menu avec le bout d'écorce jusqu'à ce qu'il n'en reste plus rien.

43

– Pourquoi, Edmundîci, Alexandr Timofeevici n'a pas tenu parole ?

– Je suis désolé, mais Alexandr Timofeevici est Alexandr Timofeevici. Vous savez comment il est.

– J'ai le sentiment de n'avoir pas été suffisamment explicite dans ma façon de m'exprimer. D'après ce que je sais, Alexandr Timofeevici n'a pas respecté une des exigences susmentionnées. Je crains qu'un tel personnage ne puisse rester à ce poste à responsabilité. Mon intuition a été inhumainement trompée.

– Oh oui ! Alexandr Timofeevici est une bête sauvage. Il trompe toutes les consciences !

– Faites, je vous prie, une liste de toutes les consciences en cause et que la bête vienne rendre compte devant l'intuition, et sans ruser ! Vous connaissez désormais Alexandr Timofeevici. Cette personne, Alexandr Timofeevici, vous est connue, il me semble…

– Cet homme n'a rempli aucune des obligations sus-énumérées. Je crains qu'il ne faille convoquer le conseil immédiatement, sans tergiverser.

– Je voulais vous le suggérer depuis un moment, mais vous connaissez désormais Alexandr Timofeevici, je n'ai pas osé.

– La vérité éclate toujours au grand jour. Retenez ça, Edmundîci, tôt ou tard, la vérité sortira au grand jour.

– Ainsi donc, qu'avez-vous à dire au sujet du problème en cause, Alexandr Timofeevici ? Vous avez, ou pas, quelque chose à dire ?

– Par rapport à votre destitution, je veux que vous compreniez, de votre fonction, qu'avez-vous à dire ? Vous avez ou non quelque chose à dire, Alexandr Timofeevici ?

– Nous qui sommes ici réunis, et pas seulement nous, je veux dire, tous ceux qui ont eu affaire, si je puis m'exprimer ainsi, c'est-à-dire, directement ou plus indirectement, en quelque sorte, nous, les gens, finalement, nous qui, d'une manière ou d'une autre, je souhaite que vous me compreniez bien, Alexandr Timofeevici, avons dépendu dans un sens ou dans un autre, des décisions que vous avez prises, Alexandr Timofeevici, nous, finalement, en tant que simples citoyens soviétiques, des gens, quoi ! je veux que vous compreniez bien, Alexandr Timofeevici, nous avons été, si je puis m'exprimer ainsi, cruellement trompés par votre personne, Alexandr Timofeevici. Une personne correcte et même exemplaire au début, n'est-ce pas, camarade ? Mais se révélant être à la fin vorace et cupide. Voilà ce que nous, qui sommes ici, ne comprenons pas, Alexandr Timofeevici, et nous voudrions, si en vous subsiste un minimum de dignité personnelle et d'amour de la vérité et si tout n'est pas encore perdu en vous, nous voudrions que vous nous disiez, pour qu'on puisse comprendre, Alexandr Timofeevici, comment un homme droit et honnête comme vous, comment a-t-il été possible qu'un tel homme se transforme en une personne cupide et vorace ? Si en vous brûle encore la flamme de la vérité, si elle ne s'est pas encore muée en une cendre froide et insensible, alors dites-nous, Alexandr Timofeevici, dites-nous...

– Et je veux dire, chers camarades, que ce ne sont pas seulement des bassines qui manquent, mais aussi quelques bons sacs de farine de qualité supérieure. Tout s'est passé en pleine journée, pour que personne ne puisse se rendre compte qu'Alexandr Timofeevici ne transportait pas officiellement des sacs de farine de qualité supérieure, mais qu'il était tout simplement en train de les voler ! Je vous le demande, où ont été transportés ces sacs ? Quelqu'un a-t-il signé un reçu ou délivré un laissez-passer à Alexandr Timofeevici pour ces sacs de farine ? Je pourrais vous le dire, si cela vous intéresse, bien sûr, je pourrais, bien sûr que je pourrais ! Et ces sacs-là, mes chers camarades, ont été transportés jusque dans le grenier d'Alexandr Timofeevici ! Et qui souhaiterait encore s'en convaincre pourrait aller voir. Parce que les sacs, mes chers camarades, se trouvent dans le grenier d'Alexandr Timofeevici en ce moment même !

– Que trouverez-vous à nous dire, cher Alexandr Timofeevici, au sujet de cette intervention du camarade Vasili Gavrilovici, très inattendue pour nous aussi ?

– Il est certain qu'il ne dira rien, je connais trop bien "notre camarade commun" Alexandr Timofeevici Ostorojnîi. Comme son nom l'indique[1], il est rusé comme un renard ! Mais les faits, mes chers camarades, les faits peuvent être confirmés par d'autres, qui ont vu Alexandr Timofeevici en personne, de ses propres mains, décharger les sacs du camion et les tirer du bon côté de son portail. Pelaghia Petrovna peut nous confirmer ce que je viens de dire. Pelaghia Petrovna, je vous prie, ne vous gênez pas, ne soyez pas gênée, avancez plus près, Pelaghia Petrovna.

– Jeudi, à midi, je travaillais mon jardin. J'étais en train de ratisser mes feuilles mortes et vous savez ce que c'est… Moi, je ratissais mes feuilles, je regardais, comme ça, ma foi, par-dessus la clôture, chez Alexandr Timofeevici, parce que nous sommes voisins, vous savez ce que c'est. Quand j'ai entendu arriver un camion *gruzavaia*, j'ai jeté un coup d'œil pour voir ce que c'était. Et alors j'ai vu Alexandr Timofeevici comment il a déchargé les sacs…

– Et après, Pelaghia Petrovna, Alexandr Timofeevici a déchargé les sacs…

– Laissez-la continuer !

– Il a descendu les sacs et les a déposés derrière le portail…

– De ses propres mains ?

– Laissez-la, camarades, ne l'influencez pas !

– De ses propres mains, il les a laissés derrière son portail…

1. Ostorojnîi : le prudent. *(N.d.l.T.)*

– Alors ? ! Je vous l'avais pas dit ?

– Mais vous savez, j'ai pas pensé un instant que les sacs dans le camion pouvaient être volés… Pfuiit… seigneur, qui aurait cru ça…

– Ainsi donc, Alexandr Timofeevici, vous avez transporté les sacs avec le camion, jusque chez vous ?

– Ce qui est certain, c'est qu'il a transporté les sacs chez lui avec le camion !

– Très estimé Alexandr Timofeevici, vous avez été nommé administrateur du camp de vacances des pionniers et gardien, pour un demi-salaire. Nous avons eu confiance dans votre réputation de kolkhozien de premier rang, estimé Alexandr Timofeevici, et nous vous avons nommé administrateur. Que signifie être administrateur ? Avoir toutes les clés sur soi. Et en même temps, Alexandr Timofeevici, nous vous avons aussi nommé gardien. Mais vous, Alexandr Timofeevici, qu'avez-vous fait ? Jouissant de notre confiance et du trousseau de clés, vous avez choisi le moment pour voler des bassines et de la farine dans les réserves. Avec les clés que nous vous avons confiées ! Quelle conclusion pouvons-nous en tirer sinon que vous, Alexandr Timofeevici, vous avez perdu votre dignité et votre fierté, vous vous êtes transformé d'un kolkhozien de premier rang en un homme vorace et avide ? C'est une chose qui ne doit pas arriver à un citoyen soviétique !

– Ce qu'il a bien su, mes chers Ivan Kirilovici et Nikolai Pavlovici, ce qu'il a bien su, cet homme-là, simple et travailleur, dissimuler ses penchants petits-bourgeois et rapaces !

– Nous devons reconnaître que c'est l'œuvre d'un véritable artiste ! Cependant, cela ne doit pas absoudre Alexandr Timofeevici de la punition qu'il mérite. Mais la peine la plus lourde viendra plus tard. L'honnêteté perdue, les regards des villageois méfiants, les meilleurs amis qui tournent le dos ; la honte, à la fin, qu'Alexandr Timofeevici va ressentir, si dans ses veines coule encore le souvenir du Grand Lénine et des vingt millions d'hommes sacrifiés pour que nous, chers camarades, vous viviens aujourd'hui en paix, c'est ça qui sera la véritable punition d'Alexandr Timofeevici. Car nous savons tous qu'il n'existe pas de peine sur terre plus cruelle que celle d'une conscience malade. Et notre collègue Alexandr Timofeevici Ostorojnîi en lequel nous avons tous placé notre confiance et nos espoirs devrait à présent ressentir la honte atroce des actes qu'il a commis. Moi, les amis, je considère que je n'ai plus rien à dire et, en tant que secrétaire de l'organisation de parti, je dois dire que j'ai honte. Très honte.

Tandis qu'Ivan Kirilovici parlait en ces termes dans un coin du club villageois, près du poêle, une chaise grinça et Nikolai Arsenievici se retrouva coincé dans une position inconfortable. Durant toute la discussion, il se sentit quelque peu visé par les mots tantôt prudents tantôt durs qu'il entendait prononcer. Son inquiétude tenait au fait que lui aussi, une nuit, avait rapporté à la maison un seau plein de clous, trouvé près de la clôture de la cantine des pionniers. À dire vrai, Nikolai Arsenievici non plus ne savait pas qui avait bien pu poser le seau à cet endroit, car il pouvait purement et simplement avoir été jeté là par un pionnier auquel on avait demandé de le transporter quelque part et qui, n'y parvenant pas, l'avait abandonné contre le mur de la cantine. Mais il y avait une variante tout aussi valable, quelqu'un avait pris le seau entier pour planter un clou dans la fenêtre de la cantine et puis, le clou planté, avait oublié le seau sur place. Dans ce cas-là, les choses se compliquaient et Nikolai Arsenievici se vit soudain ballotté entre deux possibilités. Soit il montait sur scène, là où se trouvait Alexandr Timofeevici et il demandait pardon à tout le monde, soit il se tenait le ventre ou la tête, pâlissait un peu ou transpirait, tout ça pour avoir l'occasion de se tirer en douce.

Les deux lapines avec leur portée de vingt-quatre lapereaux gris qu'elles devaient mettre bas, le bois coupé en forêt et la grande échelle apparurent à Nikolai Arsenievici. Et tout cela, allez savoir pour quelle raison, lui semblait volé. Il se souvint aussi du sac d'herbe empoisonnée glissé par un vieil ennemi pour lui tuer son porc. Et cet ennemi, dès qu'il eut souvenir de l'incident, il se mit à le chercher du regard à travers la salle – tout en ayant l'air de suivre ce qui se disait sur la scène.

44

Ils s'étaient trop éloignés pour revenir. Mais ils avaient surtout oublié d'où et quand ils étaient partis. Parce qu'ils s'étaient soudain retrouvés au milieu de ce champ jaune et orange dont ils ne trouvaient pas les limites, des limites qu'ils cherchent encore. On aurait dit que tout le champ n'était que son centre. Un centre qui s'étendait de toute part et qui représentait ses propres limites, lesquelles lui appartenaient, lui qui s'étendait où que vos regards se posent et dans quelque direction que vous alliez, parce que tout était centre. Le soleil non plus ne leur montrait plus le chemin en se levant là et en se couchant ici, il s'était arrêté juste au-dessus d'eux, immobile et aucun nuage ne venait le cacher, pas même l'espace d'un instant.

Alors qu'elle se tenait surtout sur les épaules de son père et marchait très peu, elle sentait tout de même la brûlure de ses sandalettes. Le cuir de ses toutes petites sandales était très souple mais il avait quand même irrité la peau humide de ses chevilles et, pour calmer l'irritation, Sophie les avait ôtées et les tenait à la main. Ses petits doigts de pieds accrochaient les brins d'herbe et l'espace entre eux conservait des débris de feuilles mortes et des épis. Elle agitait ses petits doigts de pieds pour les faire tomber.

« Qu'est-ce qui se passe, Sophie ? disait papa. – C'est l'herbe, répondait Sophie, elle m'est entrée entre les doigts de pieds. – Alors, disait papa, pourquoi tu ne l'enlèves pas ? – Je la fais tomber, répliquait Sophie, tu ne vois pas que c'est ce que je fais, je bouge les doigts de pieds. – Tu fais très bien. »

Elle était jolie, Sophie. Si petite et si jolie.

C'était les préparatifs pour le défilé. Ils se préparaient tous. On mettait en vente des ballons et même si on en trouvait auparavant, cette semaine-là, on aurait dit qu'il y avait des ballons partout et qu'on ne vendait plus que ça. Partout, aux arrêts de bus et dans les magasins, on voyait des enfants laisser échapper des ballons et se glisser entre les pieds des passants pour les ramasser.

Certains prenaient des ballons exprès pour les crever avec une aiguille. Puis ils portaient les restes de baudruche à leurs lèvres pour en faire des ballons très petits qu'ils faisaient éclater sur le front ou sur le crâne de ceux qui ne faisaient pas attention. Mais même si on faisait attention, ça ne servait à rien, l'un vous attrapait par-derrière et vous tenait les mains pendant que l'autre vous écrasait le petit ballon sur le front. Vous ne pouviez rien faire.

L'idéal était que le ballon soit très tendu. Alors, il éclatait très facilement et on ne vous frappait pas trop longtemps sur la tête. Mais tous n'avaient pas la patience de tortiller le ballon jusqu'à ce qu'il devienne très tendu et qu'il éclate vite et qu'il soit pas nécessaire de vous frapper trop longtemps. Mais il éclatait toujours, à la fin.

Nikolai Arsenievici se tenait sur la véranda et fixait son verre de vin. La situation de la veille au soir avait été si pénible qu'il la vivait encore. Et si tous n'avaient plus en tête que d'arrêter ceux qui volaient ? Nikolai Arsenievici ne pouvait pas s'expliquer autrement l'assemblée de la veille et le blâme adressé à Alexandr Timofeevici.

Nikolai Arsenievici fit cul sec et poursuivit ses pensées. Si Pelaghia passait moins de temps dans son jardin, tout le monde vivrait plus tranquille. Il se versa de nouveau un verre de vin et le laissa sur la table sans y toucher. Si Pelaghia ratissait un peu moins, tout le monde vivrait bien mieux.

Il est certain que les gens auraient vécu plus tranquilles sans Pelaghia. Tout le monde savait cela. Mais qui avait mis Pelaghia au monde ? Nous le savions, qui l'avait mise au monde, c'était baba Natalia.

Tandis que Nikolai Arsenievici se demandait laquelle des deux aurait mieux fait de ne pas naître et si, *in genere*, baba Natalia avait une quelconque culpabilité dans toute cette affaire Alexandr Timofeevici, une poule pénétra dans la véranda par la porte entrouverte. Après l'avoir laissée s'approcher en faisant mine de rien, Nikolai Arsenievici lui flanqua un grand coup de casquette en criant : « Pelaghia Petrovna ! »

L'oiseau de basse-cour effrayé bondit, vola d'un coup d'ailes sur la table, renversa tout ce qui s'y trouvait, se cogna plusieurs fois contre les carreaux et finalement trouva la sortie en caquetant, non sans abandonner une fiente au milieu de la véranda, ce qui détermina Nikolai Arsenievici à la poursuivre dehors en lui criant un « Pelaghia ! Pelaghia ! » furieux. Puis il ramassa son couvre-chef tombé à terre et fit de nouveau un cul sec rageur.

L'inquiétude de Nikolai Arsenievici était parfaitement infondée. Personne en effet ne songeait à débusquer tous ceux qui volaient. La mise à pied d'Alexandr Timofeevici n'avait rien à voir avec le chapardage. Elle dépendait de raisons plus lointaines, bien différentes de celles qui le tracassaient tellement. Si bien que son inquiétude était tout à fait vaine.

45

Le lendemain, la nouvelle courut qu'au poste d'Alexandr Timofeevici était nommé Vasili Gavrilovici lui-même et non pas Alexandr Timofeevici, comme tout le monde s'y attendait. Cela eut le don d'irriter les villageois et de rendre une certaine sérénité à Nikolai Arsenievici et à d'autres qui se trouvaient dans une situation similaire, par exemple Efim Alexandrovici qui avait volé des planches et Zahar Zaharovici qui, en plus des planches, du ciment et d'un dépliant illustré de photographies, avait également piqué une trompette de pionnier qu'il tenait cachée dans son débarras, derrière un morceau de contreplaqué chapardé lui aussi. Si bien que le bruit de cette nomination de Vasili Gavrilovici eut pour effet de tranquilliser tous ces braves gens.

Personne n'avait jamais pensé à freiner leur chapardage et ils s'étaient inquiétés pour rien. Ce changement était prévu depuis longtemps et tout le monde l'attendait. C'était donc curieux qu'il provoque tant d'interrogations. Il n'y avait rien d'étonnant dans le remplacement d'Alexandr Timofeevici par Vasili Gavrilovici. En revanche, c'était la manière de faire qui était inattendue. Que ce soit lui qui soit accusé de vol, et en plus que cela se passe devant tout le village, un dimanche, au cours d'une réunion si spéciale ? Voilà ce qui était inhabituel dans cet événement !

Vasili Gavrilovici avait tout de même forcé la note pour la destitution d'Alexandr Timofeevici. Ce qui tracassait les villageois était la chose suivante : comment parviendrait-il à rester en poste après avoir utilisé de tels moyens contre son prédécesseur ? Ils ne pouvaient concevoir que Vasili Gavrilovici puisse résister longtemps à ce poste de gardien du camp des pionniers sans rien chaparder car s'il se mettait en tête de ne rien toucher et qu'en effet il ne volât pas un bout de fil, alors se posait la question : quel intérêt avait dès lors Vasili Gavrilovici à devenir le gardien du camp des pionniers ? Il était évident et facile à deviner qu'Alexandr Timofeevici laisserait tout tomber pour le surveiller toutes les nuits.

De bon matin, Alexandr Timofeevici s'éveilla avec une soif terrible. Il cria à Marusea Ivanovna qu'elle lui apporte un verre d'eau. Après avoir bu, Alexandr Timofeevici ouvrit les yeux et le soleil le frappa aussi violemment qu'un seau d'eau en pleine figure. Se souvenant soudain qu'il n'était plus administrateur, Alexandr Timofeevici reposa la tête sur l'oreiller et referma les yeux.

– Masha, vers quelle heure je me suis couché hier soir ?

– Oh, vers quelle heure tu t'es couché ! C'était du beau, hier soir ! Il vaut mieux ne pas me le demander. À quelle heure il s'est couché hier ? Viens donc manger et laisse tomber hier soir. Hier soir, je sais bien à quelle heure tu t'es couché. Je ne risque pas d'oublier...

Masha-Marusea s'activait dans la véranda et chacune de ses répliques était ponctuée d'un tintement de vaisselle, comme pour leur donner plus de poids ou bien sans raison.

– Tu ferais peut-être mieux d'apprendre à voler, avant de voler !

Alexandr Timofeevici s'assit et ouvrit les yeux.

– Mon pantalon ! Où est mon pantalon, Marusea ?

– Où est ton pantalon ? Là où tu l'as laissé ! Et où tu l'as laissé, tu le trouveras !

Alexandr Timofeevici se rendit compte alors qu'il avait déjà son pantalon sur lui, et ce n'est qu'après avoir trouvé sa chemise et ses chaussettes à leur place qu'il ferma deux boutons de sa chemise et qu'il se leva.

– *Sterva gnusnaia*[1] ! Je me demande bien pourquoi je te garde encore à la maison, dit Alexandr Timofeevici entre deux gorgées de saumure[2] qu'il

1. Charogne de mouche ! *(N.d.l.T.)*

2. L'utilisation culinaire des légumes en saumure est très courante. Boire le jus de ces légumes est réputé soigner la gueule de bois. *(N.d.l.T.)*

buvait à même un gros bocal de trois litres. Je ne sais pas pourquoi je suis avec toi...

– *Sterva !*

Alexandr Timofeevici sortit de la véranda et disparut quelque part derrière la maison.

– Il me garde ! ronchonnait Marusea Ivanovna, c'est lui qui me garde, moi ? Elle est bien bonne, celle-là !

Sasha était devant chez lui et cassait une bouteille en petits morceaux, en tapant dessus avec un marteau. Le soleil tapait si fort qu'il se souvint du bûcher où avait brûlé l'homme qui a dit que la Terre tourne et il s'imagina comment c'était d'être brûlé sur le bûcher. Cette pensée lui fit mal au cœur et il se dit qu'il n'y avait rien de pire que de brûler vif. Il se sentait soudain si furieux contre les capitalistes qu'il imagina de les mettre tout nus et les coucher sur des tessons de bouteille et aussi, leur donner des coups de marteau sur la tête. Cette pensée le troubla tout en le ravissant et il se mit à frapper plus fort sur la bouteille cassée.

Et s'il leur mettait les doigts sur les bouts de verre et qu'il tapait avec le marteau pour que les tessons leur sortent par les ongles, alors peut-être qu'ils n'auraient plus envie de brûler les gens sur des bûchers. Sasha se demanda aussi comment ce serait de leur planter du verre dans les yeux et ça lui sembla la meilleure idée.

46

Ce matin-là, devant l'école, tout le monde était occupé à échanger des fleurs et à gonfler des ballons. Vitea Gurski et Roma Bohantov s'employaient à duper un petit de IIe en lui échangeant ses deux fleurs rouges contre une seule jaune. Les mêmes, un peu plus loin, échangeaient une fleur rouge contre deux fleurs jaunes. La plupart n'avaient pas de fleurs et s'en procuraient en trompant les autres, comme faisait Vitea Gurski. En revanche, dans les rangs des enfants de Ire, ceux qui arrivaient avec les bras chargés de bouquets étaient très nombreux.

Il fallait absolument avoir des fleurs. Personne ne pouvait aller au défilé sans fleurs. Si bien que ceux qui venaient les mains vides et qui ne s'en procuraient pas à la manière de Vitea Gurski et de Roma Bohantov les obtenaient plus tard de la main de Nadejda Petrovna qui en prenait une à tous ceux qui en avaient plusieurs et en faisaient des bouquets pour les étourdis qui n'avaient rien. Mais elle en profitait pour nous donner des tapes sur la nuque et nous tirer les cheveux, si bien qu'on n'avait plus du tout envie de participer au défilé. Quelques fleurs ne valaient pas tant.

Pour s'éviter ça, la veille au soir, Sasha se glissa dans le jardin plein de tulipes de baba Maria et en ressortit avec une grosse brassée de fleurs cueillies au hasard. Il en laissa une partie dans un vase pour sa mère et emporta le reste pour le défilé. Il en conservait trois dans sa main gauche pour les donner à Sonia si elle n'en avait pas, ce qui était peu probable. Il ne voyait pas Sonia venir au défilé sans fleurs, elle était trop grande pour ça.

– Fais voir tes tulipes ! entendit Sasha qui, avant même de réaliser ce qui se passait, se les vit arracher des mains en échange de deux fleurs jaunes au bout de pauvres tiges sans feuille. Il voulut les récupérer, mais reçut un coup sur la tête et, avant de comprendre ce qui se passait, les fleurs avaient disparu dans la foule.

Il resta avec ses deux fleurs jaunes, très dépité, lançant des regards inquiets autour de lui, pourvu que Sonia ne le voie pas avec ces fleurs moches. Toujours désappointé mais un peu moins en voyant que Sonia n'était pas dans les parages, il pensa qu'il pourrait lui aussi échanger ces fleurs contre d'autres plus présentables.

– Tu ne veux pas une fleur jaune ? Je t'en donne une contre une des tiennes.

– Va voir ailleurs. T'appelles ça des fleurs ? C'est que des tiges. Elles sont bonnes à donner aux cochons !

Sasha rougit et se décida à ne plus faire d'échange. Il les arrangea un peu et serra les tiges à mi-hauteur pour qu'elles paraissent plus rigides, surtout que l'une d'elles était cassée et qu'il n'y avait pas d'autre moyen. Il trouva par terre une autre fleur qu'il secoua et qu'il plaça dans son bouquet. Elle lui sembla même en meilleur état que les autres. Qu'est-ce qui lui a pris de tenir ses tulipes au vu et au su de tout le monde ? N'aurait-il pas dû rester à côté de Nadejda Petrovna ou d'une autre maîtresse ?

Elles sont méchantes, ces enseignantes, et elles vous crient dessus, mais quand vous restez à côté d'elles, personne n'ose venir vous prendre vos fleurs ou vous donner un coup sur la tête. Il aurait mieux fait de se tenir près de Nadejda Petrovna. Elle le harcèle et elle lui met des trois, mais il les aurait encore, ses tulipes, au lieu de ces bâtons. Pourquoi on lui a dit qu'elles sont bonnes pour les cochons ? Sasha eut soudain si honte qu'il ne regretta plus le coup encaissé sur le crâne et qu'il aurait même trouvé juste d'en recevoir un de chaque personne présente, pourvu qu'on ne lui parle plus de cochons. Il n'avait même plus envie de rejoindre sa classe. Il aurait voulu s'enfuir, derrière l'école, s'asseoir sur une pierre et pleurer.

– La classe IIIe B ! La Ve A ! La B ! Où est la B ! ?

Sasha se sentit saisi par la manche et violemment tiré sur le côté. Il vit le dos de Nadejda Petrovna et sa grosse main le traîner. « En rang, Vakulovski, cesse de bayer aux corneilles ! » Sasha eut d'abord peur puis, comme si son esprit s'était engourdi, il ne sentit plus rien, s'aligna sur Bohantov, derrière Gurski et Jeoltîi. C'est alors seulement qu'il se rendit compte qu'il n'avait pas gonflé son ballon. Tout alentour n'était que ballons, lui seul n'en avait pas. Il tira ses baudruches de sa poche et se mit à les gonfler.

À peine s'y était-il attelé qu'on entendit des ballons exploser, des rires et des cris fuser et même des filles pleurer. On ne put déterminer d'où venait le premier « Hourra ! » bientôt suivi d'un gigantesque chahut informe et prolongé, accompagné d'autres explosions de ballons. Tout le monde se mit à crier joyeusement « Hourra ! ». On entendait aussi bien des petites voix que des grosses et même plusieurs types de sifflets.

Les hourras baissèrent en intensité quand le directeur, avec son stylo à pointe épaisse dans la poche poitrine, apparut rouge et furieux en haut des escaliers et se mit à agiter les bras et les mains.

– Arrêtez donc ! Arrêtez ! Qui vous a dit de crier ? Que personne ne crie ! Qui a commencé avec "Hourra" ?! Moi seul crie "Hourra" ! Quand vous m'entendez crier, alors vous criez ! En rang bien comme il faut ! Alignés ! Par classe ! Les ballons, les fleurs, tout le nécessaire, on démarre ! Le premier que j'entends crier, je lui file une baffe ! Je vous dirai quand il faut crier ! Quand vous m'entendez crier, alors vous criez !

Les drapeaux flottaient au-dessus de l'école. Les ballons frémissaient. De l'autre côté de la clôture, il entendit un camion puis il le vit apparaître, chargé d'une multitude de drapeaux, de haut-parleurs et de micros. Un ballon dansait au bout d'un fil attaché au rétroviseur.

Peu à peu, ils laissèrent les saules derrière eux et, très vite, passé le coin de la rue, il ne vit plus ni les drapeaux que le gardien Vanea, juché sur une échelle, avait plantés sur le toit de l'école, ni l'inscription sur la plaque en verre rouge fixée au-dessus de l'entrée. Sortant de la cour de l'école, le cortège descendit le long du cimetière et de la chaudronnerie. La parade ralentit sa marche en passant près du tas de débris ferreux qui avait débordé jusqu'au milieu du chemin et tous passèrent à côté avec précaution pour ne pas se salir, s'accrocher ou trébucher.

Quelques garçons sautèrent par-dessus les morceaux de fer, ce qui déclencha un chœur de réprobations du corps enseignant : « Ânes bâtés ! Bourriques, où est-ce que vous allez vous fourrer ! » L'un d'eux osa sauter à pieds joints sur un amas de charbon déposé devant la fabrique et une épaisse poussière noire s'éleva jusqu'aux ballons. Deux baudruches éclatèrent. Stela eut de la peine à extirper sa pancarte des branches d'un arbre qui poussait aux pieds du tas de ferraille. Elle tira si fort qu'au bout du compte elle frappa quelqu'un sur la tête en lui criant (avec mauvaise foi) : « Espèce de débile ! » Pendant que la pancarte opérait toutes sortes de mouvements de haut en bas, on pouvait lire en lettres blanches, carrées, tracées sur un fond rouge : « GLOIRE AU TRAVAIL » suivi d'un point d'exclamation. Des ballons se virent poussés par le vent, accrochés par des ronces et c'est alors qu'on entendit de nouveau les enseignantes crier : « Attendez voir que je vous attrape ! Je vous attraperai, vous verrez ! Qui est-ce ! Qui est-ce ! Qui est-ce qui !... Éclater les ballons ! J'vous en donnerai, moi, du verre ! » La voix qui dominait était celle de Nadejda Petrovna.

Dans la descente entre le cimetière et la chaudronnerie, devant les WC en bois, porte ouverte, qui semblaient se cacher derrière un tas de ronces et de mauvaises herbes sèches, arrachées l'an dernier ; entre les maisons et l'ancienne école où quelques groupes de Ire et de IIe allaient encore en classe en rêvant au jour où ils seraient assez grands pour le nouveau bâtiment ; devant le dépôt des bus et des tracteurs du kolkhoze, on aurait dit qu'une rivière avait jailli de quelque part, qu'elle coulait lentement et que des ballons et des lettres flottaient calmement sur ses eaux. Sasha tenait dans une main les ficelles de ses deux ballons qu'il avait juste eu le temps de gonfler et de l'autre, serrait ses fleurs en faisant attention de ne pas les abîmer davantage.

Après avoir dépassé le dépôt, près de la maison de Valeri Petrovici, ils débouchèrent sur la rue Gagarine puis ils continuèrent entre des maisons, sous des arbres et le long de palissades pour remonter jusqu'à la rue Lénine où d'autres drapeaux firent leur apparition, des calicots rouges couverts de slogans, des camions qui klaxonnaient et transportaient tous un cube rouge aussi gros qu'un kiosque de glacier, couvert de toutes sortes de slogans. D'une autre rue arrivaient d'autres élèves et on entendait des pas cadencés portés par un grand bourdonnement et ponctués d'éclats de voix d'enseignantes en colère. L'autre école déboucha la première et prit la rue Lénine dans le sens de la descente. Les deux écoles se tiraient la langue et certains garçons se faisaient des bras d'honneur.

L'école de Sasha suivit la première dans la rue Lénine puis tout le monde stoppa pour attendre l'arrivée d'un troisième groupe. C'est à cet endroit, là où les écoles s'attendaient les unes les autres pour marcher ensemble vers le centre de la ville, qu'on faisait éclater le plus de baudruches.

Personne ne sait où Bohantov avait trouvé le fanion qu'il tenait à bout de bras. Une toile accrochée à deux bâtons enveloppés dans du papier ondoyait au-dessus de Sasha. Katereva tendit un des deux bâtons à Jeoltîi parce qu'elle avait mal aux mains. Sasha voulut en saisir un aussi mais quelqu'un lui tapa sur les doigts en disant : « T'avais qu'à t'en faire un ! » Au même moment on entendit un ballon éclater. Sasha leva la tête, vit la ficelle et au bout de la ficelle, il y avait son ballon bien rond qui vibrait comme une pastille jaune.

– Vive le 1er Mai, Journée Mondiale du Travail !

Le mégaphone crachota et le regard hésitant de Sasha chercha le bruit strident, l'entonnoir en aluminium d'où sortait la voix. Il croyait le découvrir suspendu à un arbre ou au-dessus d'une fenêtre, près d'un drapeau. Après le sifflement, la même voix lança avec familiarité « Hourra ! » puis toute la rue trembla : les morceaux de ciel, les ballons, les branches des arbres, les fenêtres ouvertes et les drapeaux. Tout se mit à trembler et tout se mélangea.

Par terre, il vit sur l'asphalte gris ses chaussettes blanches dans ses sandales avec les petits trous sur la lanière et au bout, ses jambes de pantalons bleues et les jambes épaisses de Nadejda Petrovna dans des bas blancs et, plus loin, sans bas et sans rien, les mollets poilus de la maman de Katereva qui battaient l'asphalte gris où une ligne blanche avait été tracée et enfin des morceaux colorés de ballons attachés à un bout de ficelle et des fleurs qui tombaient et que personne ne ramassait.

– Chers citoyens de notre ville, nous vous souhaitons une excellente Fête Mondiale du Travail, en ce 1er Mai que toute l'Union Soviétique célèbre aujourd'hui ! Des centaines de millions d'ouvriers, jeunes et plus âgés, de pionniers et de komsomols, d'octobriers et même les plus petits d'entre nous qui agitent des fanions sur les épaules de leurs papas descendent avec joie dans la rue et sur les marchés de nos villes. Pas un citoyen de l'Union Soviétique qui ne vive ce jour dans l'allégresse ! Car notre Pays est un pays travailleur et cette fête est pour chaque citoyen une joie, y compris pour les plus jeunes dont le travail est d'apprendre. Félicitations, chers camarades ! Hourra !

– Hou-hou-hou-hou-hou ! rra-a-a-a-a ! Hou-rra-a-a-a !

– Cette année, comme les années précédentes, nous pouvons annoncer avec fierté que le Plan a été rempli et dépassé. Nous n'avons plus deux écoles maternelles mais trois et une quatrième est en construction, avec terrain de jeu et maisonnettes comme dans les contes et nous avons même la cabane sur pattes de poules, celle où le petit garçon malin a trompé Baba Yaga avant de la faire cuire dans le four. Cette année aussi nous avons dépassé les quotas de maïs et de blé. La brigade n° 3 a enregistré une croissance de 84 % pour le blé et de 72 % pour le maïs, sans parler des pommes, des pommes de terre et de la betterave rouge, du tournesol dont on fait de l'huile et des autres produits que nous utilisons. La fabrique de conserve a produit de nouveaux types de jus de fruits pour les petits et les autres ont été améliorés. La manufacture de textile a dépassé le Plan de 12 %, soit 4 de plus que l'an dernier. En un mot comme en cent, l'objectif proposé par le XXVIe Congrès du Parti Communiste de l'Union Soviétique a été atteint. Nous vous félicitons, citoyens travailleurs ! Hourra !

Le soleil se leva par-dessus les immeubles et ses rayons se mêlèrent aux cris qui s'élevaient dans l'atmosphère et remplissaient le ciel. Les feuillages embués commencèrent à s'effriter et leur poudre blanche laissa apparaître un vert éclatant. Soudain, le côté encore embué fonça et on aurait dit que les feuilles se fendaient dans la longueur. Il vit à travers les feuillages un entonnoir en aluminium, puis un autre, puis les oiseaux qui étaient habitués à leur crachotement et n'en avaient plus peur.

On entendit un *poc* et Sasha sentit sur son épaule un morceau du ballon qu'il tenait au bout d'une ficelle. Il sentit que le ballon, qu'il croyait léger, lui épargnait pourtant un effort en éclatant et juste à ce moment quelqu'un l'attrapa par les cheveux, tous les ballons tombèrent à terre et l'asphalte, avec les chaussettes blanches et les sandales, se rapprocha puis les branches des arbres s'envolèrent comme de grands oiseaux en criant : « Animal ! Animal ! » Ensuite, les branches dirent : « Ah, pas toi. »

– Bohantov, espèce de bourrique, c'est toi qui as percé le ballon, un vrai animal !

On entendit par la suite « Aïe ! Aïe ! » puis les oiseaux redescendirent du ciel et se firent branches.

Le défilé se dispersait au bas de la rue, sur la place de la ville au centre de laquelle trônait la statue de Lénine, érigée sur un large socle en marbre entouré d'escaliers roses et enneigée de fleurs, entre l'Univermag et le Comité Exécutif. À l'arrière des groupes de ballons et de dos maternels, beaucoup se dépêchaient de déposer leurs fleurs pour aller voir la fanfare.

La plupart cependant s'égaillaient vers les parcs, disparaissaient dans les magasins ou purement et simplement le long des rues, se glissaient entre les WC publics et le cinéma près du marché, où l'on vendait des pépites de tournesol et où l'on gonflait des ballons. En quelques minutes, la ville s'était remplie de pionniers mangeant des glaces, crachant les cosses des graines ou faisant les deux en même temps, tout en criant et en courant après les débris de baudruches tombés sur le sol qu'ils ramassaient avec leur main pleine de graines salées et qu'ils fourraient dans leur poche pour en faire plus tard des petits ballons.

Il y avait des bâtonnets glacés, avec chocolat ou sans, à dix, douze, quinze et même vingt kopecks, roses, blancs ou marron clair, dans des gobelets en carton ou en gaufrette marquée de petits carreaux. C'était l'heure pour écraser les petits ballons sur les têtes, pour lancer des boules de caoutchouc dans les magasins, dans la rue et sur les arrêts de bus. C'étaient des volées de coups de pied au derrière.

Par-dessus les débris de ballons, de fleurs et même de pancartes piétinées apparurent les glaces fondues, échappées des mains des plus jeunes pionniers avec l'aide malveillante des pionniers plus grands qui, si un coup de pied aux fesses ne suffisait pas, y allaient d'une tape sur les mains. Devant le magasin d'alimentation, les pionniers s'empiffraient de gâteaux et s'éclaboussaient avec de la limonade.

En peu de temps, les rues se vidèrent et les pionniers occupèrent le perron devant le cinéma placardé d'affiches représentant des loups et des lapins dansant sur la glace. La ville recouvra son calme. Elle sembla s'y enfoncer, plus taiseuse que jamais, triste même, comme si personne n'y habitait à part les voitures qui passaient encore dans la rue et les morceaux de ballons qui s'accrochaient aux roues, faisaient quelques tours, puis retombaient.

47

Le soleil conservait encore les bruits du défilé quand Nikolai Arsenievici, la bêche sur l'épaule, partit vers la forêt. Tandis que les tractoristes et les chauffeurs ainsi que les autres employés de la brigade des tracteurs prenaient le chemin en direction du haut et passaient entre les maisons, Nikolai Arsenievici se glissait près des véhicules garés dans la cour, franchissait la palissade derrière le garage, atterrissait dans un jardin tout près d'une cabane de WC en planches où il s'enfermait. Les éclats de voix des kolkhoziens s'éloignaient toujours plus et quand il sentit qu'elles étaient suffisamment lointaines, Nikolai Arsenievici sortit des toilettes, franchit la palissade dans l'autre sens pour se retrouver dans la rue et de là, par la ruelle longeant la maison de Valeri Petrovici, le long de l'école, du cimetière et de la chaudronnerie, il grimpa jusqu'au terrain de sport d'où l'on voyait, au loin, derrière les deux étangs, le village.

Nikolai Arsenievici pressa le pas, le cœur plein d'allégresse car il rentrait chez lui. Une fois arrivé, il enleva rapidement sa cravate, descendit dans la cave, il en ressortit avec sa tasse rouge remplie de vin, la posa sur la table et s'assit. Le soleil commençait à chauffer quand Nikolai Arsenievici, mettant en œuvre son nouveau plan, sortit de la cour avec sa bêche sur l'épaule. Les hourras des kolkhoziens résonnaient encore à ses oreilles et, pendant qu'il gravissait la colline, il se représentait les kolkhoziens criant « Hourra » au pied du monument. Nikolai Arsenievici voyait aussi la tribune, les micros noirs en rang d'oignons qui, vus de la foule, ressemblaient à un alignement de corbeaux et derrière, planté entre les drapeaux et les fleurs, Anton Prokofievici se passant la main dans les cheveux, Gherasim Nikolaevici toussotant d'un air faux et la rangée de cravates pendouillant sur les ventres comme des poissons plats en train de sécher. Nikolai Arsenievici toussa pour éloigner le frisson glacé qui lui parcourait l'échine. Dans le bureau du président du kolkhoze, le président frappe du poing sur la table et hurle pendant que Nikolai Arsenievici reste debout, casquette à la main.

– Comment une chose pareille est-elle possible ! dit le président du kolkhoze.

– Vous comprenez... Anton Pro...

– Il n'y a pas d'Anton Prokofievici ! Je ne peux pas et surtout, je ne veux pas comprendre !

– Mais, Anto...

– Il n'y a pas d'Anton Prokofievici !

Nikolai Arsenievici se pencha et, sans tirer sa main de sa poche, passa sous une branche basse. Sa paume commençait à transpirer sur le manche de la bêche et Nikolai Arsenievici la changea d'épaule, changeant du même coup la main qui était dans la poche. De l'autre côté du petit bois, il fut frappé en face par le champ de blé vert, par le vent paresseux qui le caressait, puis ses narines s'emplirent du parfum d'herbe et de terre chaudes, ses oreilles du chant du vent et du pépiement des oiseaux allant de branche en branche.

Dès le lendemain de sa nomination en qualité d'administrateur, Vasili Gavrilovici se mit à arpenter le camp de pionniers, vêtu d'un bleu de travail garni d'une clé à molette dont la tête dépassait d'une de ses multiples poches. Le même jour, Vasili Gavrilovici, coiffé de sa casquette de gardien, acheta au rayon « sport » de l'Univermag un sifflet à bille qu'il avait l'intention d'utiliser.

Chaque matin, Vasili Gavrilovici ouvrait les portes de la cantine, y entrait puis en ressortait, un mètre souple à la main. Ensuite, il pouvait être vu avec un bout de planche sous le bras, une scie et un crayon rouge qu'il portait derrière l'oreille ou au coin de la bouche. Très souvent, Vasili Gavrilovici transportait un tabouret ou une cuvette, un extincteur ou un paquet de fil électrique tout emmêlé. Quand il posait un genou sur la planche qu'il sciait, sa cravate beige ornée de feuillages jaunes et verts pendait dans l'ouverture de son bleu.

Vasili Gavrilovici, coiffé de sa casquette de gardien du domaine, se sentait obligé d'aider son beau-frère et c'est pourquoi on les voyait souvent ensemble. Comme Vasili Gavrilovici, son beau-frère transportait des tabourets et des planches, des rouleaux de fil électrique ou des seaux remplis de clous et, très souvent, ils portaient à deux la même planche. Mais aucun de ces objets ne disparaissait, comme il semblait normal qu'ils dussent disparaître, et se contentaient de changer de place sur le domaine. C'était facile à vérifier, si vous vous cachiez derrière la citerne, à l'arrière des réserves, d'où, quatre nuits de suite, Alexandr Timofeevici les espionna tous les deux.

Aucun de ces biens ne s'évanouissait dans la nature. Le fait était avéré. Ils ne faisaient que se déplacer sur l'espace du camp mais avec une telle célérité dépourvue de motivation qu'au terme de quatre nuits de planque, Alexandr Timofeevici y soupçonnait une méthode très élaborée destinée à égarer quiconque aurait tenté de suivre les nouveaux administrateurs dans le but de les surprendre en train de voler ou de commettre tout autre abus, comme par exemple se laisser aller à l'absentéisme ou à la paresse. Surtout, cette méthode était dirigée contre l'ancien administrateur du domaine, également gardien lui aussi, à savoir Alexandr Timofeevici, qui aurait pu vouloir se venger.

Puis vint la campagne de récupération de tout ce qui pouvait être recyclé. Dans les villes et les campagnes, les pionniers de tout le pays partirent en quête de vieux journaux, magazines et livres, charrues et fers de bêches, cuvettes et cahiers. Les charrues aussi bien que les cahiers, les livres ou les morceaux de radiateurs pouvaient être neufs ou usagés. Les pionniers fouillaient partout comme des fourmis et revenaient chargés de tas de journaux et de ferraille. Toute cette tôle qu'ils traînaient sur l'asphalte produisait un beau raffut jusqu'au moment où elle était pesée.

Des groupes de pionniers qui ne rentraient pas tous dans l'œillet du viseur se présentaient à la porte des retraités. Ils repartaient avec des liasses, toutes prêtes, de journaux que les retraités recevaient gratuitement et qu'ils entassaient d'une année sur l'autre, sur leur balcon. La porte s'entrouvrait et derrière la chaînette une paire de lunettes disait : « On n'en a plus, les pionniers viennent juste de passer. » Ou bien : « Vous êtes déjà venus, on n'a plus rien », « C'est fini, c'est tout ce que j'avais », « Fini, les enfants, qu'est-ce que vous voulez encore, revenez l'an prochain », « On n'a rien à recycler ! », « Essayez au-dessus », « On n'a rien à recycler ! »

Au bas des immeubles, en face de chaque entrée, des tas et des tas de papiers et de magazines, de livres neufs ou vieux et de boîtes en carton étaient surveillés par quelques pionniers pendant que d'autres venaient ajouter encore au tas avant de disparaître dans les cris et la gesticulation. C'était le tumulte dans les greniers des bibliothèques communales et des retraités, d'où s'élevaient des nuages de poussière. Des sacs de papier tombaient par terre en crevant sous leur poids.

Devant les écoles, les enseignantes, registre à la main, inscrivaient les kilogrammes. Des voix criaient : « On en a encore ! On en apporte encore ! » Près de la chaudronnerie, le tas de ferraille s'était étalé jusqu'à la clôture du cimetière et il allait bientôt atteindre les branches de l'arbre dans lesquelles la pancarte de Stela s'était empêtrée. Sur le chemin qui venait du terrain de sport, les chariots garnis de samovars et de lavabos rouillés, de tuyaux et de moteurs n'en finissaient pas de parader dans un bruit de ferraille.

48

Nikolai Arsenievici s'enfonça loin en forêt, dans l'idée de ne pas être vu. Il s'arrêta près d'un ancien vallon comblé de branchages et de feuillages décomposés, là où autrefois une rivière avait peut-être coulé. Il posa la bêche et, s'asseyant sur le manche pour ne pas salir le fond de son pantalon, il tira une cigarette et l'alluma. La fumée se voyait très clairement dans la pénombre ambiante et s'élevait tout droit de la ravine avant de disparaître brusquement au contact d'un large rayon de lumière tombant de haut.

Quelques touffes de cornouiller dissimulaient Nikolai Arsenievici derrière leurs branches biscornues, si bien que personne n'aurait pu le voir du sentier. Quelques pas plus loin, la ravine devenait plus profonde : il y avait peut-être eu là une cascade. Nikolai Arsenievici observa de nouveau le lieu de l'ancienne cascade et l'espace d'un instant imagina l'eau coulant à cet endroit. Puis, considérant les rameaux entassés, retournant d'un coup de bêche l'épaisse couche de feuilles pourries, il se dit que l'eau n'y coulerait plus jamais et qu'il pouvait se mettre tranquillement au travail. Il se cracha dans les paumes, dessina avec le fer de la bêche un quadrilatère et se mit à déblayer les feuilles mortes.

– Bon, voyons, qui est à la traîne pour la collecte des matières recyclables ? Lihaciova ! Partnuhina ! Cela veut dire quoi, les filles ? Pourquoi n'avez-vous pas collecté assez de vieux papiers ? Comment ça, vous n'avez pas de journaux ni de revues ? Vous êtes de bonnes petites abeilles ouvrières, vous devriez le savoir ! Allez voir les retraités et les vétérans. Vous ne connaissez ni retraité ni vétéran ? C'est impossible de ne pas connaître un vétéran ! Vous y allez, vous dites que c'est pour l'école et ils vous en donneront, de toute façon, que peuvent-ils en faire ? Allez voir les vétérans, leurs balcons sont bourrés de journaux, vous êtes des petites abeilles ouvrières. Comme celles qui vont et viennent toute la journée et collectent le nectar pour la ruche, vous allez et venez pour collecter les vieux papiers ! Qu'est-ce que ça veut dire, hein ? C'est si difficile ? Lihaciova, Partnuhina, écoutez bien, vous avez encore le temps, d'ici à samedi, mais ne remettez pas tout au dernier moment. Ne remets pas à demain ce que tu peux faire le jour même ! Vous connaissez ce proverbe, alors mettez-vous au travail et collectez les vieux papiers. Mais qui, alors, en a rapporté le plus ? Oh-oh-oh, Bohantov, cette fois, bravo ! Il a rapporté, écoutez bien, les enfants... cent quarante kilos de papier et deux cent quatorze kilos de ferraille et il en apporte encore ! Bohantov, qu'en dis-tu, tu en rapportes encore, Bohantov ? D'ici à samedi, tu as encore le temps. Voilà comment Bohantov aura une note exemplaire en conduite. Et Jeoltîi, je vois qu'il progresse, bravo à lui aussi, quatre-vingt deux kilos de papier, et puis Vakulovski... pas mal du tout, quarante-six kilos, mais il est encore temps de mieux faire, qu'en penses-tu, Vakulovski ? Tu en rapporteras d'ici à samedi ? Bravo les garçons ! Mais les filles doivent encore faire un effort. Vous savez, les enfants, que le papa de Stela a apporté dans sa voiture six cent cinquante kilogrammes de ferraille et il nous a promis aussi du papier. Nous pouvons déjà dire que nous sommes très bien placés et que nous avons respecté le Plan. Mais si vous avez encore des choses chez vous, apportez-les. Vous devez être de bonnes petites abeilles ouvrières. Vous savez comment elles vont et viennent les petites abeilles ?

Sasha se représentait un grand champ de fleurs tout bourdonnant du vol des abeilles en train de récolter le pollen. Une couverture était étendue au milieu de la prairie et lui était allongé sur la couverture, mangeant de la pastèque. Les fleurs étaient très hautes et lui faisaient de l'ombre, comme des arbres.

– Exactement comme les petites abeilles vont et viennent de fleur en fleur pour collecter le miel pour la ruche, vous devez vous aussi collecter les vieux papiers, parce qu'avec ces vieux papiers on fait de nouveaux livres et manuels, des cahiers et du papier à colorier. Car nous l'avons appris à l'école, que le papier est fait avec les arbres, mais qu'arriverait-il, les enfants, si on faisait tous les manuels et les cahiers en ne coupant que des arbres ? Il n'y aurait plus d'oxygène ! C'est pourquoi vous devez être de bonnes petites abeilles ouvrières pour collecter le plus de vieux papiers possible. Ensuite, tout ça passe au pilon, est fondu, transformé en papier et avec ce papier on vous fait des cahiers et des manuels et on n'a plus besoin de couper des arbres.

Le champ était vide. On n'entendait que les petites abeilles bourdonner de tous côtés, chargées de liasses de journaux, de vieilles cuvettes émaillées et de boulons enfilés comme des perles sur du fil de fer. Le soleil n'était pas encore très haut et d'en bas le ciel était bleu avec un gros nuage blanc qui ressemblait à un tas de papiers froissés. Les fleurs frémirent, s'ébrouèrent en secouant leur rosée. Les abeilles, dérangées, s'élevèrent toutes ensemble.

En regardant mieux, Sasha vit arriver Sonia, qui penchait la tête pour ne pas sentir la rosée lui tomber dans le cou. Sasha lui demanda si elle voulait de la pastèque, elle dit que oui et il rompit sa moitié de pastèque en deux en la frappant sur son genou. Quand Sonia, après avoir mangé son fruit, releva les deux mains dégoulinantes de jus en souriant, il n'y avait plus personne en classe. Le chahut de l'autre côté de la fenêtre lui fit tourner la tête et Sasha vit Bohantov balancer des piles de journaux depuis l'arrière d'une voiture, Jeoltîi donner la main à Partnuhina qui traînait une grosse liasse, d'autres faire la queue et puis, plus loin, près d'un arbre, Nadejda Petrovna en conversation avec le père de Stela.

49

La terre noire et froide qui sentait la moisissure apparut sous les pieds de Nikolai Arsenievici. Des morceaux de racines, des pierres et même un sac à main qui, rongé par l'humidité, partit en morceaux quand il voulut l'extirper du sol, étaient mélangés au tas de terre fraîchement pelletée. Quand le quadrilatère eut la profondeur d'un fer de bêche, il tira une cigarette et s'assit, pensif, sur les feuilles mortes.

– Si on s'élevait très très haut, là où la pluie cesse, qu'est-ce que vous en dites, on aurait encore besoin de nos parapluies ou pas ? Moi je pense que non.

– Je pense qu'on n'en aurait plus besoin, parce que là-haut il ne pleuvrait plus du tout et on serait au sec sans parapluie, d'ailleurs les parapluies n'existeraient même pas.

– Qu'en pensez-vous, l'industrie aurait-elle à gagner ou à perdre si on ne fabriquait plus de parapluies ? Moi je dis qu'elle serait perdante, parce que le parapluie est un produit de série que l'on trouve dans tous les foyers. Et que se passerait-il si on ne faisait plus de parapluies ?

– Je crois que l'industrie serait la grande perdante. Et si l'industrie est perdante, alors l'ouvrier aussi est perdant, et si l'ouvrier est perdant, c'est le pays tout entier qui est perdant. Pour commencer.

– Mais dites voir, votre avis à vous, vous croyez qu'il existe un lieu où la pluie cesse ? Et si ce lieu existe, vous croyez possible, en général, une vie sans pluie et sans eau ? Votre avis personnel. Moi je crois que non.

– Je crois que la vie ne peut exister sans eau. Pour commencer. Et nous ne sommes pas sans savoir, comme disait le philosophe grec Thalès, que tout provient de l'eau, même les vers de terre, y compris, comme nous l'avons appris, la bactérie. Les deux, Darwin nous le dit bien, n'ont pu naître et prospérer que dans l'eau. Ensuite, le ver s'est transformé en lézard, le lézard a grossi puis s'est transformé en crocodile. Mais certains lézards, nous le savons bien, ont eu des plumes et se sont envolés dans les arbres. Après ça, quand le crocodile a commencé à marcher, je veux parler de certains crocodiles, eh bien ils ont eu des poils qui leur ont poussé sur le corps et ensuite, c'est leur queue qui est tombée. Et ce sont ces crocodiles-là qui sont devenus des singes qui ont commencé à monter dans les arbres. Mais pour ça, il a fallu des millions d'années. Après, les singes se sont mis à travailler et à chercher leur nourriture. C'étaient les plus malins de tous les animaux. Le travail a formé leurs mains qui ont pu saisir et fabriquer des outils. Ensuite, l'homme est apparu, parce que la fourrure des singes est tombée, et il est devenu l'homme que nous connaissons aujourd'hui. Bien sûr, il a fallu vraiment beaucoup d'années pour cela et le fait que l'homme soit bien plus intelligent que le singe nous le confirme. Donc, sans eau, pas de vie. Mais c'est le travail qui fait l'homme.

– Comment avez-vous passé la Journée du Cosmonaute, Makarîci ? On m'a dit que vous avez bêché votre jardin.

– Bien, Vladimir Ilitch. La journée du 12 avril est pour moi un jour saint, peut-être autant que celle du 9 Mai. Car ces deux jours-là, notre Pays a vaincu à chaque fois. Une fois en remportant une victoire sur les Allemands, et c'est pourquoi je dis que le 9 Mai est un jour saint pour moi, et une autre fois quand il a atteint le cosmos. Et moi, j'étais devant le téléviseur, Vladimir Ilitch, pas dans le jardin.

– Pourquoi on ne défilerait pas, le 12 avril ? Vous pensez que notre pays n'en vaut pas la peine... ?

– Si vous ne me croyez pas, je peux vous raconter ce qui a été transmis par la télévision le 12...

– ... Alors qu'à Moscou et dans d'autres grandes villes les gens ont défilé avec les portraits de Gagarine.

– ... et je peux même vous raconter le décompte, Vladimir Ilitch, quatre, trois, deux, un... *pusk*[1] !

---

1. Feu ! *(N.d.l.T.)*

– C'est un moment important dans l'histoire du pays et cela illustre très bien notre idée de progrès. À propos, vous coupez encore les arbres dans la forêt ?

– Plus du tout ! Après notre discussion, Vladimir Ilitch, je ne coupe plus les arbres de la forêt. Et je dis aux autres de faire pareil. Car la forêt est notre richesse à tous, Vladimir Ilitch !

– Vous faites bien, Makarîci, très bien. Et apprenez aux autres à faire pareil.

50

Il semblait n'y avoir personne dans la forêt. À l'orée du bois, Vladimir Ilitch et Makarîci furent d'abord aveuglés par le soleil de mai puis, lorsque leurs yeux furent habitués, la lumière forte se transforma en source de chaleur et de plaisir. Ils traversèrent le chemin et entrèrent dans les blés, là où ils savaient que se trouve un sentier. Sous le couvert, il faisait frais et, sans les rais de lumière aveuglante transperçant les frondaisons, on aurait pu croire à un temps couvert. Cependant ni l'ombre des sous-bois ni l'humidité de la terre pelletée ne donnaient cette impression à Nikolai Arsenievici. Il creusait tranquillement et l'air qu'il respirait était tout printanier.

Alexandr Timofeevici rentrait chez lui après trois nuits de surveillance. Le village était désert. Les bouses et le crottin qui séchaient au milieu de la chaussée constituaient la preuve que d'autres étaient passés par là, avec charrette ou troupeau de bovins en route pour la pâture. Alexandr Timofeevici n'était pourtant pas fatigué. Si on l'avait regardé de près, on aurait tout de suite compris pourquoi.

Mais voilà ce qu'avait fait Alexandr Timofeevici. Vers les quatre heures du matin, constatant que Vasili Gavrilovici ne volait rien, il avait décidé de se retirer derrière une cabane et de se coucher dans l'herbe. Peut-être qu'Alexandr Timofeevici aurait chapardé quelque chose si Vasili Gavrilovici n'avait pas parcouru le domaine en tous sens, regardé entre les cabanes et sifflé à quatre reprises. On aurait pu penser qu'il sentait la présence d'Alexandr Timofeevici et que pour cette raison il avait porté son sifflet à sa bouche, mais non. Vasili Gavrilovici n'avait rien senti.

Alors on aurait pu penser que Vasili Gavrilovici sifflait pour effrayer les voleurs. Mais non. Pourquoi sifflait-il alors ? Car il sifflait bel et bien. Tous ceux qui vivaient à proximité du domaine pouvaient le confirmer. Vasili Gavrilovici sifflait plusieurs fois dans la nuit, toujours à la même heure et à deux heures et demie du matin, il criait deux fois : « Qui va là ! Allez ouste ! »

Voilà donc pourquoi Alexandr Timofeevici n'était pas fatigué. Il avait dormi dans l'herbe, derrière une cabane, et il avait des marques rouges sur la joue, l'empreinte des plantes. Alexandr Timofeevici marchait droit et tentait de se souvenir quel jour on était. Puis une couverture lui vint à l'esprit. Ensuite, un morceau de fromage et un oignon qu'il tira de sa besace où ils étaient enveloppés dans du papier journal. Enfin, lui en train de choper Vasili Gavrilovici qui décloue une vitre pour la voler. Après, il l'emmène chez Marin Gheorghevici et ils l'installent sur une moto... hop, direction le comité de région ! Du vin, ça, il n'en emportera pas. Faut pas abuser tout de même.

Il n'était pas bien vu de consommer du vin ou une autre boisson alcoolisée au travail. Alexandr Timofeevici le savait parfaitement. Et son travail à lui, depuis qu'il avait perdu son poste, c'était justement de suivre Vasili Gavrilovici et de mettre le doigt sur les délits qu'il commettait. C'est peut-être pour cette raison qu'arrivé chez lui, Alexandr Timofeevici descendit à la cave. Quand il en sortit, il portait à la main une tasse rouge remplie de vin à ras bord dont il but quelques gorgées pour ne pas en renverser en route. Puis il la posa près d'un petit plateau garni de tranches de lard et de fromage frais posé sur le coin de la table, dans la véranda. Maria Ivanovna n'était pas à la maison.

Mais reprenons : la forêt produit de l'oxygène. Et sans oxygène, pas de vie. En effet, que serait la vie sans oxygène ? D'abord, on ne pourrait plus jamais faire de feu et on ne pourrait plus rien faire griller. Car l'oxygène entretient la combustion. Et sans combustion, pas de grillades. Que deviendrait la vie sans combustion ? Rien. Il n'y aurait plus d'usines ni de moteurs à combustion interne. Il n'y aurait plus de bus non plus. Et on n'allumerait plus de feu. Qu'est-ce qu'on mangerait si on n'avait pas du feu pour faire cuire les pommes de terre ? On ne mangerait plus que de la viande crue, comme les hommes primitifs.

Sans oxygène, plus de photosynthèse. Plus de récoltes de légumes, toute l'herbe se dessécherait et les animaux n'auraient plus de quoi manger. C'est pourquoi nous avons besoin d'oxygène. En effet, que deviendrait la vie sans oxygène ? Tout d'abord on ne pourrait plus respirer et sans respirer, on ne vit plus. Pourquoi ? Parce que le métabolisme ne fonctionne pas sans oxygène. Le sang a besoin d'oxygène.

C'est pourquoi nous devons protéger la forêt. Parce que la forêt opère la photosynthèse et dégage de l'oxygène. Placez une plante dans une pièce et vous verrez qu'elle produit de l'oxygène. C'est pourquoi l'air en forêt est plus pur. On dit bien « respirer l'air pur de la forêt ». On ne dit pas cela par hasard mais parce que l'air de la forêt est plus pur qu'ailleurs. Si vous n'avez jamais été en forêt, vous devez y aller. Pour voir quel air pur on respire en forêt.

Placez une plante dans une pièce et vous verrez que l'air est plus pur. Parce que la plante absorbe le bioxyde de carbone et nous restitue de l'oxygène. Sans les plantes, les hommes ne respireraient que du bioxyde de carbone, parce que l'air ne serait pas régénéré. C'est pourquoi il est bien d'aérer votre chambre chaque matin et de vous brosser les dents. Une journée réussie est une journée qui commence par de la gymnastique. La gymnastique, c'est la santé. Préservez l'oxygène, car l'oxygène c'est la vie. Sans la photosynthèse, votre métabolisme ne peut pas fonctionner.

Prenons deux plantes identiques. Deux plantes à fleurs. Posons-les sur le bord de la fenêtre, comme à la maison. Nous verrons qu'elles sont identiques. Nous les arrosons en même temps et nous prenons soin qu'elles profitent du soleil. Les deux plantes conserveront le même aspect. Mais imaginons que nous prenons une des deux plantes et que nous la rangeons dans l'armoire, à l'ombre. Nous arrosons les deux plantes, comme auparavant, celle de l'armoire et celle du bord de la fenêtre. On pourrait croire que les deux plantes bénéficient des mêmes soins et gardent le même aspect. Mais non. Qu'allons-nous observer au bout de quelques jours ? Nous allons observer que la plante dans l'armoire n'est plus la même que celle de la fenêtre, même si les deux sont aussi bien arrosées l'une que l'autre.

Alors pourquoi, si elles sont soignées de manière identique, la plante dans l'armoire semblera-t-elle très vite plus faible et plus malade ? L'explication est la suivante : tandis qu'une plante est à la fenêtre et profite du soleil, l'autre est dans l'armoire, à l'ombre. Où la photosynthèse ne s'opère pas. Et sans la photosynthèse, une plante peut blanchir, parce qu'elle n'a plus de couleurs. Voilà ce qu'est la photosynthèse. Sans photosynthèse il n'y aurait rien car sans soleil, il n'y a pas de vie. C'est pourquoi nous devons protéger la forêt. Parce que la forêt nous donne des meubles et du papier, et qu'avec le papier on fait des manuels, des livres à colorier, pour que vous puissiez apprendre.

Sasha rejeta le morceau de tôle dans les ronces et se mit à arracher de l'herbe. La tôle avait laissé une trace humide sur la terre collante, ponctuée de trous et parsemée de quelques longs fils d'herbe blanche. Des touffes de noisetiers s'élevaient alentour et leur ombre se déversait sur la petite clairière et sur le dos de Sasha. Il arrachait de l'herbe et en faisait des petits tas qu'il ne risquait pas d'égarer. Car cette trouée était si petite qu'on l'embrassait d'un seul regard et qu'on ne pouvait rien y perdre. Dans l'ombre ronde des noisetiers où Sasha se courbait, l'herbe semblait plus bleue, alors qu'au-delà de la ligne ombre-lumière, elle semblait jaune – et on voyait une fleur rouge sous un églantier.

51

Il tira de la poche de son pantalon quatre ballons qu'il n'avait pas gonflés, il tira un peu dessus et les remit à leur place avant de fouiller dans son autre poche. Il y trouva des morceaux de papier, deux pièces de cinq kopecks et, surtout, quelques débris de baudruches, bleus et jaunes. Une pièce de trois kopecks roula jusque sous la table. Il pensa qu'il avait bien fait de conserver des ballons. Il n'aurait pas besoin d'en acheter pour le prochain défilé.

Personne ne saura que les ballons ne sont pas ceux de la deuxième parade mais de la première et, de toute façon, les deux parades n'étaient pas si rapprochées que ça, on ne pouvait pas leur demander d'utiliser les ballons de la première parade pour la deuxième. Ils auraient mieux fait de fabriquer deux sortes de ballons, une pour chaque défilé, ce qui aurait empêché d'entrer dans la parade avec ce qu'il ne fallait pas. Il aurait pu y avoir des ballons bleus marqués « GLOIRE AU TRAVAIL » pour la première, et des rouges marqués « 9 MAI » pour la seconde, parce que c'était le Jour de la Victoire et c'était mieux d'utiliser des rouges ce jour-là, rouges comme le drapeau que les soldats soviétiques avaient planté à Berlin en battant les fascistes.

Sasha se fourra un morceau de baudruche dans la bouche, fit un rond parfait avec ses lèvres, aspira très fort le caoutchouc qui atteignit son palais, puis il serra les lèvres et tournicota la partie qui était restée à l'air libre. Quand il le sortit de sa bouche, le morceau élastique était devenu un ballon aussi petit qu'une cerise. Il s'empressa de se percuter le front avec ce petit ballon et, au deuxième essai, réussit à le faire éclater. Il se pencha pour ramasser la pièce de trois kopecks ; il l'utiliserait pour la boîte en fer avec une ampoule, où on jette trois kopecks et qui vous verse de la limonade dans un verre. Il se la fourra dans la poche et commença à sortir ses cahiers.

Il a gardé ses kopecks de la première parade, et pas seulement les ballons. Il a mangé une glace, quatre cents grammes de roulade aux pommes, bu deux bouteilles de limonade, pris encore deux glaces et deux verres de jus de pomme, une nouvelle glace et deux gobelets de graines de tournesol. Quelques-unes lui sont restées au fond de la poche. Il pige maintenant ce que c'est le « j'en ai que deux » des garçons plus grands quand il leur demande quelques graines de tournesol, ils disent ça pour vous faire rager et ils prennent leur poche toute pleine de graines dans leur main et ils lèvent le genou en même temps et on voit leur pantalon bleu qui forme un jabot de poule. En fait, ils en ont beaucoup, des graines, et ils vous disent ça pour vous embêter, j'ai que deux graines au fond de ma poche ! Deux graines, c'est ce que Sasha a pour de bon.

Il gratta avec le bout de l'ongle et tira quelques filoches, des petits bouts de cosses, vestiges des graines, et deux entières. Il se les fourra dans la bouche l'une après l'autre puis posa les cosses sur la table. S'il va au pain ce soir et n'en achète que cinq au lieu de six, à treize kopecks la pièce, il lui restera trente-cinq kopecks et tout le monde n'y verra que du feu. Il accrochera le filet au clou dans la véranda et personne n'ira compter les pains qui se trouvent dedans. Il ira aussi demain soir et ainsi de suite. Deux pains sont pour la truie et une moitié pour le chien.

Sasha calcula que d'ici au 9 Mai, il aurait, en comptant le rouble que maman lui donnerait le matin même, deux roubles. Il fit rapidement quelques exercices dans son cahier puis le glissa dans son manuel. Il lut quelque chose au sujet du soldat inconnu et pensa à une grosse pièce de un rouble où il était représenté, sabre au clair, portant dans ses bras une petite fille allemande qu'il venait de sauver des flammes. Puis il se sentit très en colère contre les Allemands et imagina des façons de les tuer.

Il fonce sur eux, qui sont coincés contre un grand mur en pierre, à bord de son blindé. Un Allemand tombe, glisse sous les chenilles et Sasha opère un demi-tour pour en faire de la bouillie. Ensuite, il leur ordonne de se déshabiller pour les pendre par les pieds aux fils des poteaux pour qu'ils s'y électrocutent. Devant le miroir, il fait mine de tenir une arme automatique, il frappe un Allemand à l'estomac puis lui file un coup de pied en pleine tête ; tandis que l'Allemand se tient le ventre, il lui assène un coup de crosse sur la tempe et l'Allemand meurt.

Il faisait chaud et il n'y avait pas un souffle de vent. Sasha ôta sa chemise et resta torse nu. Il avait le soleil en pleine face, ses yeux se plissaient, il se frotta très fort le ventre puis le gonfla à fond et se donna un coup sur la peau tendue comme un tambour. Il fallait qu'il aille chercher des œufs dans le pondoir. Un jour, à peine il était entré dans le poulailler qu'il s'était retrouvé couvert de petits poux de poules qui chatouillent et vous énervent. Mais les poux de poules ne vivent pas sur l'homme et ils s'en vont très vite.

Les poux sont petits et il en existe de deux sortes. Les poux et les lentes. Les poux sont plus gros, ils sont vivants et se promènent sur votre tête. Les lentes sont blanches et sont des poux morts. Les lentes ne démangent pas, restent accrochées aux cheveux et ça se voit. Les poux ont des petites pattes et boivent le sang. Avec leurs petites pattes, ils marchent sur la peau du crâne et font des trous. Ensuite, si on les attrape pas, les poux rentrent dans le cerveau et le mangent. Ils nous font un trou dans la tête et on ne le sent même pas. Ils nous mangent doucement le cerveau et ensuite, on meurt. Et si on veut nous arracher les poux des cheveux, le docteur doit faire une opération pour nous les tirer du crâne avec une pince. Mais ils ne les retrouvent jamais. Parce que le temps qu'ils les trouvent, les poux nous ont mangé le cerveau et on est mort. Ils creusent très lentement, parce qu'ils ont des toutes petites pattes, et ça ne fait même pas mal, sauf que ça nous démange et que ça nous gratte.

52

Par où passeraient-ils, puisque le tas de ferraille le long du cimetière avait envahi toute la chaussée ? Personne ne pouvait plus le bouger de là, à part un tracteur. Le tas atteignait les branches de l'arbre et l'émail blanc d'un lavabo couronnait le tout. Un camion devait venir les chercher pour qu'on les fonde et qu'on en fasse de nouvelles voitures et des bicyclettes, mais il n'était pas venu.

Certains ont piqué du fer sur un côté pour le rapporter le lendemain à l'école, et le faire peser, mais le tas restait imposant et personne ne pouvait l'enlever si un camion ne venait pas le faire.

Plus le moindre petit sentier. Quand le défilé est parti, le 9 Mai, tout le monde croyait qu'on ferait un détour, entre les voitures, mais on s'aperçut que la palissade avait été enlevée et tout le groupe est passé par le cimetière. Sasha a vu, tombée contre la clôture, une croix en bois très abîmée, rongée à la base où elle touchait le sol. Il n'y avait rien d'écrit. Je crois qu'elle était tout contre la palissade et qu'il avait bien fallu l'enlever pour passer.

Les croix en bois pourrissent très vite, toutes les sortes de bois pourrissent. Sasha se souvint de l'échelle dans la forêt et il pensa qu'elle serait bientôt complètement pourrie elle aussi et qu'elle tomberait en morceaux. Quand il mourra, Sasha se fera une croix en fer, qu'il plantera dans le béton.

– Doucement, doucement, Podgurski ! Retiens donc cette branche, allez, les filles, passez !

Et il la plantera à dix mètres de profondeur et il y aura écrit dessus « Ici repose Alexandr Vakulovski » et tout le monde viendra le pleurer. Quatre hommes aux manches enrubannées de serviettes [1] porteront Sasha sur leurs épaules et toute l'école les suivra en procession. Roma Bohantov et Gurski porteront une couronne recouverte d'un calicot noir et lettres blanches. Nadejda Petrovna tiendra une photographie de Sasha, ornée d'un ruban noir dans un coin et elle regrettera de lui avoir mis une mauvaise note en conduite. Elle aurait voulu à présent lui mettre un « Exemplaire » mais elle ne pouvait plus. Et Sasha était en retard non par sa faute à lui mais à cause du car qui arrivait tout le temps trop tard.

À l'avant du cortège, Sasha vit une fille qui pleurait en tenant un bouquet de fleurs. Alors il se rendit compte que c'était Sonia et il se rappela le jour où elle lui avait examiné la tête, le jour où elle lui a noué son foulard et puis le moment où elle raclait ses semelles quand il pleuvait, alors son nez se mit à

1. Selon la tradition, la famille du défunt distribue des serviettes de toilette aux porteurs du cercueil, au chantre, etc. *(N.d.l.T.)*

le démanger, ses yeux aussi et son menton trembla. Il ouvrit grand les yeux, les referma et se moucha. Il faisait chaud, le défilé avait à moitié dépassé la petite école et se dirigeait vers la maison de Valeri Petrovici.

On entendait la voix de Nadejda Petrovna qui criait que personne ne disparaisse en ville comme la fois dernière et qu'elle les reprenne pas à aller sur le marché acheter des graines de tournesol, parce qu'elle leur arracherait les oreilles. Que tout le monde attende près du monument, parce que si elle en attrapait un en train de s'enfuir, elle ne répondait plus de rien. Parce qu'après tout ça tout le monde retournerait à l'école en se tenant la main parce qu'elle avait quelque chose à leur dire.

On entendait à l'arrière Parascovia Fomovna. Elles criaient toutes les deux en marchant entre les rangs puis vous attrapaient par les épaules et vous secouaient. Une très grosse colombe apparut sur un mur et elle tenait entre ses ailes une boule bleue. Le mot « PAIX » était écrit tout autour, dans toutes les langues. Puis on se mit à entendre la voix. Et tout a recommencé encore une fois.

Comme la dernière fois, il rentra à pied, se promena en ville, et cette fois, s'arrêta au bord de l'étang pour se baigner. Il faisait très chaud et on voyait la terre vibrer au loin. Ses sandales et son pantalon étaient salis de poussière. Il arriva à l'étang et descendit en quelques pas jusque sous les grands arbres près du barrage. L'air était chaud même à l'ombre. Sasha ôta ses sandales, ses chaussettes qu'il roula avant de les fourrer dedans, puis son pantalon. Pour voir si l'eau était froide, il s'assit sur la rive et avança un pied en conservant un appui sur ses mains. Il plongea le deuxième pied puis s'éloigna lentement en serrant ses bras contre son torse.

Quand l'eau lui arriva au niveau du slip, il s'arrêta et fit quelques mouvements pour l'arroser. C'était comme ça qu'il fallait faire pour ne pas sentir que l'eau était froide. Il plaqua ses bras contre le long de son corps, leva un peu les épaules, s'éleva sur la pointe des pieds puis souffla à grand bruit, comme un cheval, s'immergea jusqu'au cou et enfin plongea la tête la première et disparut. À la surface de l'eau ne demeuraient plus que des vagues et l'écho du souffle de Sasha.

Plus loin, l'étang était calme et lisse comme un miroir. On ne voyait personne. Puis il refit surface, s'ébroua et s'essuya les yeux. Il cligna plusieurs fois des yeux et se mit à nager comme un chiot. Ses cheveux lui tombaient sur les yeux et il devait les écarter. Alors il respirait profondément et fermait la bouche, parce qu'il coulait.

L'eau s'était réchauffée, elle n'était plus aussi froide. On ne voyait que des petites vagues, qui brillaient. Il resta quelque temps debout dans l'eau, les mains serrées autour de son torse, avec de l'eau jusqu'au cou. Puis il sortit lentement. Près de la rive, il s'aida d'une racine et posa le pied sur l'herbe. La vase collait entre ses doigts de pieds et aux talons.

Un frisson le prit, parce qu'il était à l'ombre des arbres. Il avait la chair de poule.

Il se déplaça au soleil, s'assit en ramenant ses genoux près du visage et regarda entre ses jambes l'eau s'égoutter de son slip. Sa peau commençait à sécher. Le soleil brûlait et il eut rapidement trop chaud mais il ne retourna plus dans l'eau. Il regarda tout autour pour vérifier qu'il était seul puis alla derrière un arbre pour enlever son slip et l'essorer. Les garçons plus grands que lui les essoraient directement sur eux. Ils se déculottaient jusqu'aux genoux puis, jambes écartées, attrapaient le tissu et le tordaient jusqu'à en sortir toute l'eau. Puis ils le remontaient. Sasha enfila le slip et voulut, au niveau des genoux, l'essorer encore, mais plus une goutte. Il enfila son pantalon. Redescendit son pantalon jusqu'à ses genoux pour mettre sa chemise et se reculotta. Assis sur l'herbe, il essuya la vase qui avait séché entre ses doigts de pieds puis se chaussa. Enfin, il tira son foulard de sa poche, releva le col de sa chemise et la noua. Ses cheveux étaient plaqués sur son crâne et Sasha les ramena sur le côté. Encore deux semaines et quatre jours avant la fin de l'école. C'étaient les meilleurs et les pires.

53

Dans la forêt, Nikolai Arsenievici creusait son trou. La terre pelletée s'amoncelait et commençait à retomber dans la fosse, Nikolai Arsenievici fit donc un nouveau tas.

Les lapins, comme les autres animaux domestiques, ont d'abord vécu à l'état sauvage et ils ont peuplé les ravines et les forêts. Exemple, le chien. Le chien est le meilleur ami de l'homme, mais avant de le devenir, il a été loup et parfois il s'attaquait à ses moutons, comme cela arrive aujourd'hui avec les vrais loups. Un jour, un homme captura un louveteau pour l'emmener chez lui. Le loup grandit et l'homme, craignant que le loup ne s'en prenne à lui, l'attacha. Il vint à l'esprit de l'homme que puisque lui avait si peur du loup, les voleurs en auraient peur aussi. Et désormais, il l'utilisa pour monter la garde. Ensuite, le loup et l'homme devinrent bons amis. Le loup ne grognait plus à son approche, parce qu'il lui apportait à manger. L'homme à son tour, voyant que le loup ne montrait plus les crocs, vit sa peur s'évanouir. C'est ainsi que le loup devint chien et qu'il entama sa vie de compagnon de son maître.

Tous les animaux domestiques dont l'homme s'entoure sont passés par là. Ils étaient d'abord sauvages et ensuite furent domestiqués. Nombre d'entre eux changèrent également d'aspect, ils n'avaient plus besoin de chasser pour se nourrir et c'est pour cela qu'ils courent moins vite.

Les lapins, c'est pareil. Les lapins ont d'abord été sauvages. Tous les lapins étaient sauvages. Il n'y avait pas de lièvres d'un côté et de lapins de clapier de l'autre. Tous les lapins étaient donc des lièvres et vivaient dans les terriers et les fourrés. Aujourd'hui encore, il existe des lièvres qui vivent dans des terriers et qui se multiplient. Les lapins de clapier pourraient très bien se reproduire dans les terriers car ils descendent des lièvres et qu'ils sont pareils qu'eux, sauf qu'ils courent moins vite. Ils pourraient se reproduire dans un terrier, et dans ce cas ils n'auraient plus besoin d'une cage. Il ne serait même plus nécessaire de leur donner à manger, parce qu'ils sortiraient de leur terrier et qu'ils mangeraient de l'herbe avant de rentrer chez eux pour dormir. Le tout serait de leur apprendre à rentrer au terrier. Déposer de la bonne herbe tout au fond de leur cachette. Boucher celle-ci. Les garder enfermés comme ça pendant quelques jours pour qu'ils ne s'enfuient pas. Ensuite, les lapins ne quitteraient plus leur terrier, parce qu'ils se rendraient compte qu'on y est bien et au chaud.

Nikolai Arsenievici sortit de son trou et planta la bêche dans la terre. D'ailleurs tous les animaux vivent mieux dans la nature. D'autant plus quand c'est des lapins, qui aiment courir et qui sont faits pour ça. Ils devraient passer leur journée à bondir dans la forêt, hop hop, et ne rien avoir à faire que brouter les fumeterres. Ensuite, le ventre plein, retourner au terrier et se coucher. Au bout d'un mois, quand les lapins ont grandi, alors on peut venir les capturer.

Nikolai Arsenievici finit sa cigarette et entreprit de traîner du bois pour recouvrir le trou. Après avoir placé quelques troncs plus épais en travers, il jeta des branches par-dessus puis se mit à les recouvrir de terre et de feuilles mortes. Il ménagea un petit espace libre, à peine l'ouverture d'un seau, pour laisser un passage aux lapins, après il pourrait ajouter un petit portillon grillagé, qu'il ouvrirait ou fermerait selon les besoins. En un mot comme en cent, le terrier était prêt et Nikolai Arsenievici pouvait, dès le lendemain, déménager ses lapines.

Sur la table, sous les yeux de Nadejda Petrovna trônaient, posées les unes sur les autres, de petites boîtes en carton, enveloppées dans des feuilles de cahier et portant chacune un nom. On aurait pu jouer avec et construire une maisonnette, car elles ressemblaient aux briques ou aux cubes qu'on vend pour jouer à construire des maisons et des garages. Sauf que ces boîtes-là ne sont pas enveloppées dans des feuilles de cahier et qu'elles ne portent aucun nom. Pour tenir la feuille de cahier, on avait utilisé du fil blanc ou noir, ficelé en croix autour de la boîte en carton, plusieurs fois, pour que cela tienne bien.

Nadejda Petrovna prenait les petites boîtes une à une et notait les noms dans un registre. À la fin, toute la table était occupée et la pile démolie. Puis Nadejda Petrovna relut la liste et se mit à crier. Elle appela Buhin et se mit à l'engueuler en lui demandant pourquoi il n'avait pas apporté son analyse. Elle le battit aussi.

Ensuite, Nadejda Petrovna tira de son sac à main une boîte d'allumettes vide et la tendit à Buhin en lui disant d'aller faire son analyse. Mais Buhin répondit qu'il n'avait pas d'analyse, qu'il avait fait à la maison et qu'il ne pouvait plus. Nadejda Petrovna s'énerva encore plus, lui colla deux gifles et lui dit de faire au moins ce qu'il pouvait mais de ne pas revenir bredouille. Buhin se mit à pleurer, prit la boîte et sortit.

Tandis qu'il quittait la classe, tout le monde se disait qu'il allait se salir quand il voudrait mettre l'analyse dans la petite boîte et comment il la ferait rentrer avec un bout de papier. Le mieux serait encore de faire l'analyse directement dans la boîte, mais c'était difficile de viser. Il fallait tenir la boîte dans la main et regarder. Puis quand l'analyse avait atteint la boîte, il fallait la retirer avec le petit morceau tandis que le reste se détachait et tombait. Mais il fallait aussi regarder qu'il n'y ait pas de vers. Sinon, tout le monde se moquait de vous et criait : « Il est véreux ! Il est véreux ! » Si on en voyait un, c'était pas la peine de l'enlever avec un bâton, parce qu'ils avaient une sorte d'appareil et ils voyaient bien que vous aviez des vers, même s'ils n'en trouvaient pas des entiers. Il y avait une sorte d'œufs tout petits qu'on voyait avec l'appareil. Il valait mieux aller trouver quelqu'un qui n'en avait pas et lui demander de faire pour vous.

Il y en avait plein qui ne voulaient pas, mais finalement, on trouvait toujours quelqu'un et on s'en sortait comme ça. C'était ce que faisait Gurski. Il n'avait pas de vers mais par sécurité il s'arrangeait avec un copain qui était plus grand que lui, qui avait son analyse plus tôt et qui faisait pour lui. Mais pour l'instant, tous pensaient à Buhin et se tortillaient sur les bancs. Les filles portaient la main devant les lèvres en disant « Bouh ». Tout le monde se tournait vers tout le monde. Quand un morceau se cassait et tombait au bon endroit, il fallait fermer la petite boîte et l'envelopper dans une page de cahier puis écrire son nom.

Soudain, toutes les petites boîtes s'ouvrirent ensemble et Sasha vit la truie les piétiner en grognant.

– Alors, Buhin, tu vois bien que tu y es arrivé ?

Toute la classe s'agita et rigola de plus belle quand Buhin tendit la boîte à Nadejda Petrovna.

– Tu vois que ce n'était pas sorcier, Buhin ? Pose ta boîte et va t'asseoir.

Buhin retourna à sa place, Nadejda Petrovna arracha une double page de cahier, enveloppa la boîte et nota « Buhin ». Puis elle rassembla toutes les analyses et les rangea dans son sac. Toute la classe retrouva son calme et Nadejda Petrovna commença la leçon.

54

C'est un chaton qu'il vit sortir de la paille, un chaton tout petit, sans poil et qui vacillait. Il chancela encore un peu puis fit quelques bons. Il avait un bout de queue tout fin, comme une queue de rat et tout aussi dépourvue de poils. La paille bougea, un autre chat-rat en sortit en poussant un cri de souris. Ensuite, un troisième chaton jaillit de quelque part de sous la claie et se fourra sous la paille. Tous étaient blancs et roses, comme des pétales de fleur, et ils avaient des petits yeux et une tête ronde, et pas de griffes mais une queue aussi fine qu'un germe de pomme de terre et ce n'étaient pas des chatons.

Un grognement retentit et Sasha eut peur. La truie s'éleva sur le côté du tas de paille. Son ventre se balança, elle soupira plusieurs fois en grognant plus doucement. On voyait bien qu'elle se levait difficilement. Il n'y avait plus un seul chaton, rien que des petits cochons tout petits, avec une tête ronde et qui ne ressemblaient pas du tout à des porcs.

Sasha observa que la claire-voie était ouverte dans sa partie basse et que la truie pouvait aller où bon lui semblait dans toute la porcherie. Il eut peur d'abord qu'elle sorte pour venir le manger, puisque les truies mangent leurs enfants, mais il se pencha sur la barrière, lui donna un coup de pelle et la truie grogna et souffla puis mordit dans le vide en éparpillant la paille.

Sasha sentit qu'il commençait à pleurer et que la pelle devenait très lourde, parce qu'il avait envie de s'asseoir et de serrer ses bras autour de son torse. On voyait la cour par la petite fenêtre de la porcherie. Il faisait jour et des poules picoraient dans l'herbe. Sasha sortit d'un bond par la fenêtre et alla pleurer dans le jardin. Il s'assit sous une touffe de cornouiller, de l'autre côté de la clôture, près de la ravine. Il pensait que finalement tout le monde lui pardonnerait quand on ne le retrouverait plus. Parce qu'il partirait très loin quelque part, en forêt, et il se tuerait. Personne ne le retrouverait plus jamais. Parce qu'il ne pourrait plus revenir.

Sasha se couvrit la face et, entre ses doigts, il voyait la ravine et des morceaux d'arbre, leurs feuillages et la lumière qui lui entrait dans les yeux. Il partirait et il se tuerait dans la forêt. D'abord il se promènerait sur le plateau et sur les collines, au hasard. Par les ravins et par les buissons, et quand il serait bien fatigué, il serait déjà loin dans la forêt. Et là-bas il tomberait par terre et il se tuerait.

Le soleil cessa de trembler, les arbres ne tombaient plus et le bord blanc de la ravine apparut très clairement et comme trop près, entre les branches.

Sasha sentit la terre froide et il vit qu'il était sous un cornouiller. Il entendit le bruissement des arbres, leurs feuilles étaient vertes et l'herbe aussi, il n'y avait que le bord de la ravine qui était blanc et qui brillait. Sasha se souvint qu'il avait sauté dedans, dans le sable, et qu'une source coulait à cet endroit. Il avait bu de l'eau, dans une large feuille de bardane. Il ne boirait plus jamais d'eau dans une feuille de bardane. Si au moins une seule fois il avait pu donner à boire à Sonia dans une feuille de bardane. Sasha sentit ses yeux le piquer, de nouveau. Mais il ne pouvait plus pleurer. Il sentait que quelque chose l'oppressait et tous les arbres bruissaient. Il ne parvenait même pas à se lever. Le soleil lui réchauffait les épaules et la nuque et Sasha ressemblait à un serpent qui cherchait la chaleur. Il attendait seulement que quelqu'un vienne et le mette en pièces à coups de serpette.

Anton Prokofievici se passa la main dans les cheveux et s'immobilisa au-dessus du micro, sans dire un mot. Son regard commença à balayer la foule. Dans un sens puis dans un autre, et Anton Prokofievici ne disait toujours rien. Finalement, il se passa de nouveau la main dans les cheveux et on entendit le craquement du micro.

– 3e brigade ! hurla le micro. Où est Nikolaï Arsenievici ?

Murmure généralisé et regards de tous du côté de la 3e brigade à laquelle appartenait Nikolaï Arsenievici.

– Où est Nikolaï Arsenievici, je vous le demande ! dit de nouveau le micro. Qu'est-ce que c'est que ça, il n'est pas au courant qu'aujourd'hui c'est jour de défilé ?

Anton Prokofievici posa les mains à plat sur le pupitre et se pencha vers le public. Le vaste champ de blé apparut entre les branches. Il était vert et se collait contre un ciel bleu. Deux nuages se tenaient immobiles entre les deux couleurs. Ils ressemblaient au duvet de la fourrure des deux lapines. Si vous regardiez bien, vous pouviez voir que des petits lapins s'y cachaient, parce que ce duvet bougeait tout doucement.

Il laissa la bêche lui tomber de l'épaule juste derrière le portail, comme on laisse choir un sac très lourd ou une poutre qui a pesé longuement sur votre épaule et vous a fatigué. Il entra d'abord dans la véranda, but à même le litre les deux doigts de vin qui restaient puis il s'assit. Il pouvait emmener ses lapines dans la forêt. Une idée pareille, qui pouvait bien l'avoir à part lui ? Élever tant de lapins sans utiliser une seule cage ! Comme on dit, c'est la chèvre qui vient au foin ou le foin qui vient à la chèvre ? Pourquoi traîner des sacs d'herbe quand on peut laisser les lapins se nourrir tout seuls ? Courir librement dans la forêt. Ne plus vivre entassés dans des cages grillagées !

La nature, quand elle a conçu les lapins, elle ne les a pas prévus dans des cages grillagées, mais en liberté, dans la forêt. Pour qu'ils courent autant qu'ils veulent et qu'ils respirent de l'air pur. Le tout était que tout le village ne soit pas au courant, parce que sinon tout le monde se mettrait à creuser des terriers dans la forêt, surtout ce rusé de Nickifor. Et puis toutes les forêts se peupleraient de lapins et en automne, au moment de se les répartir, personne ne saurait plus lesquels sont à qui. Chacun dirait que tous sont à lui.

C'est compliqué en automne quand deux troupeaux de brebis se mélangent, le jour où on les mène au bouc, car il y a deux béliers, un à Zahar Andreici et l'autre qui est au père Gheorghe. Comme les deux boucs se battent, on les redonne à leurs troupeaux, sinon ils ne feraient que se battre et ne s'occuperaient plus des brebis. C'est aussi pour l'argent qu'on fait deux troupeaux. Chacun son bélier. D'ailleurs, les brebis, on peut plus les distinguer quand elles se mélangent. Alors les lapins, vous pensez, eux qui sont même pas marqués et qui vivent comme bon leur semble dans la forêt sans que personne ne vienne leur couper une oreille comme on fait aux moutons. Personne ne pourra plus les repérer. Tout le monde dira que c'est ses lapins à lui, puisqu'ils sont pas marqués. Et ils les prendront tous.

Il prit appui sur l'avant-toit très bas où se trouvait le clapier. Les lapines étaient grasses toutes les deux. L'une trottinait dans la cage, l'autre rongeait un épi de maïs. Mais on ne les voyait pas s'arracher leur duvet. Eh, les filles, je vous déménage dans votre chez-vous, pensa Nikolaï Arsenievici puis, quand il eut fait le tour de sa pensée et qu'une pause s'installa dans son esprit, il se pencha davantage sur la cage et donna un coup sur la tôle qui la recouvrait. Les lapines bondirent de peur et on entendit leur trépignement affolé sur le sol grillagé.

55

– Que fais-tu là, Sasha ?

Sasha se retourna et vit papa qui bêchait le jardin, non loin de la touffe de cornouiller, et depuis un bon moment semblait-il. Papa se reposa sur le manche de l'outil, un pied posé sur le fer à demi enfoncé.

– Tu prends le soleil ? Ne va pas t'asseoir sur la terre, elle est froide et tu vas t'enrhumer. Même s'il fait chaud dehors. C'est le meilleur moyen pour prendre froid.

Sasha se leva mais il était trop tard pour s'enfuir. Papa s'était remis à bêcher tout en parlant. Sasha savait que le sol était froid. Mais il pouvait bien s'asseoir dans l'eau ou sous la glace, parce que de toute façon il se tuerait. Soudain, papa releva la tête et s'appuya de nouveau sur la bêche.

– Hé Sasha, tu as vu que la truie a mis bas ? Va voir les petits cochons, comme ils sont mignons !

Sasha dévalait la pente et il était heureux. La rangée de noyers qu'il avait plantée deux ans plus tôt avec papa avait bien poussé. Papa creusait le trou, ensuite il y descendait le noyer, le tenait d'une main, repoussait la terre avec les pieds et avec la bêche puis Sasha tassait la terre en tournant autour de l'arbrisseau. Il passa la tête par la petite fenêtre et regarda. Les porcelets étaient en effet mignons et il voulait les voir. Quel enfant n'aimerait pas regarder des petits cochons ?

56

Même si le temps passait difficilement, la fin de l'école, c'était pour bientôt. Quand il pensait au jour où les vacances commenceraient et où il irait à l'étang, il lui semblait que c'était loin et que les journées ne passaient pas. Mais quand il pensait que la fin de l'année arrivait et qu'il fallait rendre les manuels, alors le temps passait très vite. Parce qu'il fallait les recoller où ils étaient déchirés et en plus il lui manquait une page dans son livre de lecture, là où devait se trouver une poésie qu'il n'avait pas apprise. Nadejda Petrovna savait bien que c'était lui qui avait déchiré la page. Il ne trouvait plus non plus son livre de sciences naturelles qu'il disait à chaque fois avoir oublié à la maison et à chaque fois aussi il en recevait une parce qu'il n'osait pas l'emprunter à la classe d'à côté, parce qu'il n'y connaissait personne et elle écrivait son nom dans son registre. Et d'ailleurs il ne savait même pas où le chercher.

Il avait aussi dans *Notre Patrie*[1] un Lénine avec des lunettes, une moustache à la Münchhausen et qui s'arrachait les cheveux. Il avait beau dire à Nadejda Petrovna que les lunettes et les moustaches ne venaient pas de lui, elle ne le croyait pas. Lénine était bon et personne ne devait lui faire des lunettes. On pouvait rajouter des lunettes à la maîtresse dessinée à côté du tableau en train d'expliquer la leçon aux enfants. Mais pas à Lénine. Lénine de toute façon avait déjà une moustache et une barbe.

Papa a dit que personne n'a le droit de dessiner Lénine, à part de grands peintres et seulement si on leur en donne l'autorisation. Les autres, on les jette en prison si c'est pas ressemblant. Il a une jolie moustache et des yeux doux, pas des bacchantes comme le baron de Münchhausen. Il n'y a que les idiots pour gribouiller sur Lénine. Lénine était si bon, il avait fait la Révolution et il aidait les enfants.

Sasha en voulait à mort à celui qui avait fait des moustaches entortillées à Lénine. Il y en avait toujours un, genre Ciornîi, qui ne savait pas lire. Et qui ne savait même pas qui était Lénine. Papa lui a dit que ceux-là, on les appelle des débiles et que leurs papas sont des ivrognes. Et que c'est pour ça qu'ils sont bêtes et qu'ils ont les yeux troubles. Si un enfant comme ça savait qui était Lénine, lui, ça lui ferait mal. Sasha le tuerait.

---

1. Manuel de lecture pour les enfants de 9-10 ans, en IIIe année de primaire. *(N.d.l.T.)*

S'il attachait très fort tous les livres ensemble, personne ne pourrait plus les défaire et juste les compter. Mais lui, il aurait beau s'escrimer, ils les détacheraient tout de même et ils regarderaient dedans. Si ça se trouve, on lui en flanquerait même deux sur la tête justement parce que le nœud était trop serré. Si personne n'avait inventé la petite carte avec des lignes à la fin du livre, celle où on signait, il aurait piqué le manuel d'un autre pour le mettre à la place du sien. Mais c'était pas la peine, tous les livres étaient signés. C'est Nadejda Petrovna qui vous faisait signer.

Il sait parfaitement comment s'appelle celui qui a fait les moustaches et les lunettes à Lénine. Soit c'est Grigorenko Vladimir, soit Jmurkin Alexandr, soit Evseeva Natalia, soit Baltuhin Vasili. Parce qu'il y avait quatre noms. De toute façon, Sasha était le dernier sur la carte, après ça, le livre n'était plus bon parce que la carte était pleine. Mais il voyait ça gros comme une maison, il allait encaisser.

Il a vu des livres signés même en dehors de la petite carte. On rajoute un numéro 6, on signe et voilà. Il en a un comme ça. Mais je ne crois pas que ce soit la fille qui ait gribouillé, parce que l'écriture est belle. Cela veut dire que c'est l'œuvre d'un des garçons. Encore que cela pouvait être fait par un voisin de table, quand on avait la tête ailleurs, après quoi la maîtresse s'en apercevait et on se retrouvait avec une bonne raclée.

Il fit un nœud au sac et s'assit dessus. Les fumeterres se faisaient plus rares. Restaient les feuilles, les fleurs, elles, avaient fané. Bientôt ce serait au tour du muguet de fleurir. L'herbe dans la clairière avec les noisetiers était bonne mais trop rare et elle est terminée. Les feuilles de fumeterres étaient nombreuses et larges et les porcs les mangeaient même sans les fleurs.

De toutes les fleurs, le muguet était la seule qu'on ne pouvait pas donner aux cochons. Le muguet était plus rare que la violette et que les fumeterres, plus petit bien sûr et surtout, il figurait dans le Livre Rouge. Il sentait bon, comme son foulard quand Sonia le lui a noué autour du cou. Peut-être que si les fumeterres avaient été plus rares, on ne les aurait pas données aux porcs et elles auraient été inscrites dans le Livre Rouge. Il aurait fallu trouver un autre genre d'herbe. Mais même si le muguet avait poussé en masse, je ne crois pas qu'on l'aurait donné pour autant au porc. Ses fleurs sont petites et froides sous la main. Parce qu'elles poussent à l'ombre. Personne ne l'aurait donné aux cochons.

Il devait réfléchir à ce qu'il ferait durant les grandes vacances, pour pouvoir le raconter à l'école, comme les années précédentes. Mais l'an dernier et l'année encore avant, il avait dit qu'il restait à la maison pour aider ses parents. Et ça avait été la honte. La plupart partaient en camp de vacances et ceux qui apprenaient bien allaient en excursion. Sauf que lui, le camp de vacances, il avait son terrain dans son village et il allait là-bas pour les regarder jouer au football.

Les autres disaient qu'ils allaient à la campagne, chez leur grand-mère, mais lui, il ne pouvait pas aller à la campagne, puisqu'il y vivait. La honte. Peut-être que, s'il avait vécu en ville et qu'il était allé à la campagne, il n'aurait plus eu honte du tout, comme Katereva qui a dit que le dernier mois, elle le passait chez sa grand-mère, à la campagne. C'est quoi ces vacances qu'on passe à la campagne ? Alors lui, il était tout le temps en vacances ? Pas du tout, puisque tout le monde se moquait de lui. Quand on est en vacances, personne ne se moque de nous. Parce qu'il n'y a pas de quoi.

Au terme d'une nouvelle nuit sans résultat, Alexandr Timofeevici rentra chez lui. Chaque jour qui passait, l'incertitude marquait davantage les traits et le regard de cet homme. Ses yeux avaient perdu toute trace de colère et sa démarche chancelante ne justifiait plus toutes ces nuits passées derrière la citerne ou, depuis deux jours, derrière les cabanes, dans l'herbe. Il était certain que la colère d'Alexandr Timofeevici avait disparu et il n'en voulait plus à Vasili Gavrilovici. Peut-être qu'il aurait fait la même chose s'il avait été à sa place.

Alexandr Timofeevici avait rempli son service avec honnêteté et fierté, faisant preuve d'ardeur au travail et d'un comportement de bonne qualité dans la brigade où il avait travaillé. De plus, il était bon camarade et n'avait jamais eu recours à la ruse. Même s'il avait volé des bassines et de la farine, Alexandr Timofeevici restait, pour ceux qui le connaissaient, un homme droit.

Mais alors, qu'est-ce qui a décidé Alexandr Timofeevici à surveiller Vasili Gavrilovici avec tant d'insistance ? Bien sûr, au début, il y avait eu la mauvaise action de ce dernier qui avait amené l'éviction d'Alexandr Timofeevici de son poste – de deux postes en fait –, sans parler de sa réputation entachée.

La soif de vengeance et la colère avaient d'abord motivé Alexandr Timofeevici. Mais quelle raison le poussait maintenant à poursuivre sa filature ? Ces pensées se mêlaient dans l'esprit de l'ancien administrateur du camp, de plus en plus ramolli à cause du soleil qui frappait fort. La chaleur était peut-être la coupable car sa couverture dans sa besace lui semblait lourde et inutile. À cinquante pas devant lui marchait Nickifor. D'après sa démarche, il semblait ivre. Nickifor avançait vite, parfois il donnait l'impression qu'il allait s'arrêter, mais aussitôt il poursuivait son chemin. Cela voulait dire qu'il se disputait avec quelqu'un en pensée et qu'à chaque arrêt il expliquait sans doute quelque chose de difficile. Alexandr Timofeevici fourra la main dans sa besace et rompit un morceau du pain qui lui restait de la nuit précédente.

– Bonjour.

– Bonjour.

Sur la route passa une bicyclette qui dévalait la côte et qui salua l'ancien administrateur du camp. Et gardien.

57

– Tu as c'que tu mérites, ça t'apprendra à traîner dehors toute la nuit !

– Ça va pas m'empêcher !

– Et ça croit que le Vasili va lui tomber tout cru, la main dans le sac ! Parce qu'il est si bête qu'il va se faire prendre ! T'es bien le seul à t'être fait piquer ! Tu crois que tout le monde est aussi bête ?

– Je l'aurai ! Tu verras que je l'aurai !

– Comme s'il ne volait que quand t'es là pour le voir. Lui, s'il veut voler, il vole aussi de jour, pas que de nuit. Que tu passes tes nuits à le guetter, tout le village est au courant. Alexandr, le fada.

– Sers-moi donc à manger et ferme ta gueule.

– Tu peux aussi te servir tout seul, t'as des mains, que je sache. Regarde, le chaudron est là, les assiettes ici, la louche est dedans.

– T'as donné à manger au porc ?

– Non, j'ai attendu que tu rentres du travail pour que tu le fasses. Il serait déjà mort de faim si je ne lui donnais pas !

– Tais-toi. Et la vache, tu l'as traite ce matin ? Fais donc un peu de fromage, j'ai envie de manger du gâteau au fromage...

– Quand t'auras coupé le bois, je te ferai ton gâteau...

– Et nettoyer l'étable, t'y as pas pensé ? Cette pauvre vache, elle vit sur sa bouse depuis plus d'une semaine.

– Tu tombes à pic pour le faire. Elle va mourir, cette vache, sans toi. C'est jusqu'au grenier qu'on aura de la bouse, bientôt.

– Bon, donne-moi donc à manger, j'ai sommeil. Je vais me coucher mais toi, regarde ce que tu peux faire, il faudrait peut-être bêcher un peu.

Marusea Ivanovna entra sous l'abri de la *podnaves*[1] et remplit une assiette de *borş* de chou avec deux gros morceaux de viande pour Alexandr Timofeevici. Même dans l'ombre du *podnaves* où le soleil ne parvenait que par une fente sous le toit, on voyait la marque verdâtre sous l'œil de Marusea Ivanovna. Après avoir posé l'assiette sur la table, elle se redressa et se retourna pour sortir, moment précis où la marque glissa dans le rai de lumière, parut plus grise, presque aussi grise que la cendre, et autour d'elle, sur une largeur de trois doigts, la peau s'éclaira et devint blanche.

1. Abri soutenu par des poutres et qui tenait lieu de cuisine en été. *(N.d.l.T.)*

D'en haut, du plateau, vous pouviez en cas de besoin retrouver tous les villages des environs. Tous menaient finalement au plateau. On y trouvait les champs de blé, de maïs, de tournesol et parfois, de petit pois. Mais de loin le plus important, en dehors des villages qui auraient pu ne pas exister, c'était les sentiers qui les reliaient au plateau, parce que c'était grâce à eux que vous pouviez chaparder.

Tout le monde s'en allait voler sur le plateau. En plus des sentiers connus, il y avait les autres, une multitude, presque un par personne. Il est vrai que plusieurs pouvaient avoir un sentier en commun, mais chacun le considérait comme le sien et avait ses raisons pour ça, car ils se croisaient très rarement et quand c'était le cas, un seul était courbé sous le poids d'un sac plein. L'autre l'avait vide et le tenait caché sur sa poitrine, sous la tunique, et celui-ci pouvait se dire que celui qui portait un sac plein s'était égaré tandis que l'homme au sac plein pouvait voir en l'autre un simple promeneur. Même si les deux savaient pertinemment de quoi il s'agissait, puisqu'ils utilisaient le même sentier.

Jamais un simple promeneur n'empruntait ce type de sentes qui passait par des ravines, de l'épine-noire et des orties et jamais non plus un homme charriant un sac de soixante kilos n'aurait pu s'égarer. On le savait bien. Mais le chemin officiel, celui qu'empruntaient les camions du kolkhoze, descendait tout droit et à découvert et c'était le seul qui reliait le village de Sasha au plateau. Sur cette route, jusqu'à la première maison, on traversait quatre ou même cinq cents mètres de plateau. Mais le sentier le plus court, jusqu'à la première maison, ne vous rallongeait pas plus de cent mètres. Les autres maisons, plus elles étaient éloignées du chemin officiel, plus leur sentier était court. Il y avait aussi le danger du glissement de terrain, que tous attendaient et qui aurait pu rapprocher le plateau parce que, avant l'apparition des kolkhozes, le plateau était en effet plus élevé.

Cette route officielle descendait entre un ravin de sable blanc à gauche et une pente abrupte, plantée de noyers et de vieux cerisiers sous lesquels les villageois se reposaient quand ils faisaient les foins. Les collines, aussi bien celles du côté du ravin que les autres étaient hérissées de coudriers et d'églantiers qui faisaient une clôture entre les herbages situés derrière chaque maison.

Beaucoup ont planté un potager tout près du plateau, justement pour pouvoir chaparder plus facilement. À l'automne, on voyait de loin les courges blanches qui poussaient là et les jaunes, et aussi les tas de cannes de tournesol sous lesquels on cachait le maïs volé au kolkhoze. Là où le chemin, avant de recommencer à descendre s'élevait un peu, sur environ vingt mètres à gauche, s'élevait la colline abrupte couverte d'herbe à balai où Sasha montait chaque fois qu'il allait aux fumeterres. Plus haut se trouvait la petite forêt qui était séparée de la colline de Sasha par un vallon sans eau où poussaient des églantiers. Entre ce vallon et la clôture de coudriers et de cerisiers sauvages derrière laquelle Sasha avait trouvé la prairie avec de l'herbe fraîche, la colline était nue de tout arbre sur environ quatre-vingts mètres et là, elle touchait le ciel.

Il n'y avait que la souche marron du noyer, où Sasha s'asseyait parfois, qui aurait pu être un arbre sur cette colline. Du côté droit, c'était le jardin de Sasha, entouré d'un grillage, où poussaient des noyers et un pommier aux fruits rouge-violet qui sentaient bon et qu'ils étaient les seuls à posséder, et plus bas les rives blanches du ravin qui commençaient juste sous le plateau et se terminaient à l'étang. Là se trouvaient les touffes de cornouillers rouges et leurs feuilles, quand on les frottait entre les deux mains et qu'on les plaquait sur la figure de quelqu'un, ça piquait.

58

Il plia les dix roubles et les fourra dans sa poche. Il avait vu des vieilles dames qui les rangeaient dans un mouchoir noué et qui le dénouaient quand elles avaient besoin de quinze kopecks pour monter dans le bus. Elles sortaient du mouchoir une poignée de petites pièces et les comptaient. Elles avaient aussi des billets qu'elles rangeaient après dans le mouchoir.

Sasha s'assit bien droit à sa place pour être sûr de ne plus les perdre comme cela était trop souvent arrivé. Sasha perdait ses sous et il ne se rappelait jamais où. De toute façon, il ne les aurait pas retrouvés. En plus, il y avait aussi deux grands qui l'attendaient parfois au coin de l'école pour lui extorquer vingt kopecks. Un jour, il avait trouvé un rouble glacé dans la neige et il l'avait mis dans sa poche.

Ça pouvait même arriver, comme ça avait été le cas pour quelqu'un, de trouver soixante-deux roubles dans un mouchoir. Mais il fallait ensuite demander qui les avait perdus. Et on trouvait toujours celui qui les avait perdus, et jamais vous ne pouviez les garder. Le plus souvent, c'était les femmes de ménage qui perdaient des sous, parce qu'à chaque fois qu'on le leur demandait, elles disaient que c'était à elles.

– Voyons voir, Natasha, toi, où iras-tu en vacances ?

– Moi, en vacances, je vais chez ma grand-mère et je vais l'aider aux champs.

– Valodea, voyons, toi, où tu vas pendant les vacances, aussi chez ta grand-mère ?

Bruit de chaise quand Natasha s'assied et bruit de chaise quand Valodea se lève. Dans la classe, le soleil entrait et la fenêtre à côté de Nadejda Petrovna était ouverte.

– Non, moi, je vais dans un camp de travail et de repos.

– Bravo, Valodea ! Vous voyez, Valodea ne pense pas qu'au repos, il pense aussi au travail ! Et à la fin de son camp, il aura quelques sous en poche. Qui d'autre se rend en camp de travail et de repos ?

– Moi !

– Bravo, Costea y va aussi ! Sachez, les enfants, que c'est très bien d'aller dans les camps de travail et de repos et en plus vous vous faites quelques sous.

– Après, Pupkina, tu retournes à la mer ?

– Oui, je vais à la mer à Sergheevka, avec maman et papa, et puis après je vais à la campagne, aider ma grand-mère aux champs.

– Sveta ?

– En camp.

– Et Iulea ?
– En camp aussi.
– Fedea ?
– Chez ma grand-mère, à la campagne, aux…
– Petea ?
– En camp.
– Et toi, Vakulovski ?
– En camp.

– Eh ben ça ! Vous avez entendu, les enfants, Vakulovski va en camp ? Qui a dit que Vakulovski n'allait jamais en camp ? Où vas-tu ? Là-bas, chez toi, dans le village, n'est-ce pas, Vakulovski ? Tu as les dix roubles ? Vous savez, les enfants, il nous reste des feuilles d'inscription pour le camp, dans le village de Sasha. Là-bas, la nature est très belle, n'est-ce pas, Vakulovski ? Comme ça vous verrez où habite Vakulovski, qu'est-ce que tu en dis, Sasha, tu montreras l'endroit aux enfants ? Donne-moi l'argent, Vakulovski, que je te donne la feuille. Aliona, où tu vas, toi ?

– À la campagne, chez ma grand-mère, l'aider aux champs.

– À la campagne, chez ma grand-mère, l'aider aux champs.

– En camp.
– En camp.
– En camp.

– À la campagne, chez ma grand-mère, l'aider aux champs.

Nadejda Petrovna se contentait de hocher la tête, ne disait plus rien et chacun, à son tour, disait « À la campagne, chez ma grand-mère, l'aider aux champs » ou « En camp ». Finalement, ils ne disaient même plus « L'aider aux champs » mais seulement « À la campagne, chez ma grand-mère » et Nadejda Petrovna relevait la tête, écrivait dans un cahier et relevait de nouveau la tête.

– Les enfants, ceux qui partent avec moi en excursion, vous restez en classe pour que je vous dise quoi prendre et comment vous habiller. Les autres, vous vous levez dans le calme et vous sortez tranquillement. Que je ne vous surprenne pas à courir dans le couloir, Roma, Petea, je saurai en combien de temps vous arriverez au terrain de sport, je vous surveille par la fenêtre et je ne vous raterai pas ! Je sais combien de temps ça prend pour y arriver, au terrain. Maintenant, dans le calme, chacun prend son cartable et sort. Vakulovski, fais voir les sous.

Comment ça sera, en camp ? Il y a là-bas beaucoup de filles et de garçons. Et parfois, le soir, ils s'asseyent sur le banc à l'entrée et ils parlent. Et ils ont des monitrices, des jeunes et des plus vieilles, et certaines sont tellement jeunes qu'on dirait des filles. Sur le terrain en bitume noir entouré d'une ligne blanche se trouve un très haut tube blanc qui sert à lever le drapeau. Dans la rue, les gens passent avec le pain du magasin et les regardent par la clôture pendant qu'ils hissent le drapeau et qu'ils se tiennent alignés. Et quand le soir arrive, il ne reste plus sur le banc que les plus jeunes monitrices, et les ampoules blanches et bleues s'allument et tremblent.

Il sortit derrière la maison, prit à travers la vigne, jusqu'aux noisetiers. Il foula un tas de sarments séchés, attentif à ne pas glisser dans le ravin. Les sarments s'effondraient, il se retint à une branche de cornouiller et son pied s'enfonça dans le tas de branchages. Au bout de quelques années, Nikolai Arsenievici nettoyait sa vigne et il jetait les sarments dans le ravin. Après s'être assuré une bonne position, il tira la scie de sa ceinture et coupa des fourches de cornouiller.

Le cornouiller avait un bois très dur et en plus, il faisait des fourches. Ses branches étaient emmêlées et si vous y regardiez bien, il n'y en avait pas une seule qui n'en ait au moins une. Tandis que le noisetier n'était pas aussi dur et il avait moins de fourches. En fait, presque pas du tout. Il faisait des joncs longs et gracieux qui servaient à faire des cannes à pêche. Il prit sous le bras le bois à deux fourches et rentra dans la cour de la maison en traversant la vigne. Il les glissa sous le toit pour qu'ils aient le temps de sécher. Ce devra être solide quand il tendra les peaux dessus, sinon elles seraient gaspillées.

59

La palissade courut lentement, le puits tourna sur lui-même et en bas les buissons de la ravine tombèrent à droite. Le premier poteau passa, puis le chemin qui descendait vers la ravine et soudain la vitre se remplit des pommiers du verger et il ne resta plus que tout en haut une petite place pour une étroite ligne de forêt et une frange de ciel blanc. Comment tout ça rentrait-il dans la fenêtre de car si petite ?

La forêt est toute proche, juste au bord du chemin, les branches rentrent presque par la vitre et vous faites plus d'une fois un mouvement de recul pour les éviter. Dès que la plaine s'ouvre, là où la forêt la contourne pour respecter son étendue, coule le ruisseau jaune et blanc qui arrive du plateau et devient un filet d'eau où les moutons et les vaches viennent boire et de l'autre côté, c'est du blé qui pousse jusqu'à l'endroit où commence la forêt. Avant la rivière, il n'y a que de l'herbe et des moutons et des vaches qui y paissent et qu'on surveille pour qu'ils n'aillent pas dans le blé. Sur les rives du petit ruisseau poussent des saules. Dessous, on mange à midi, pendant que, sous d'autres saules, un peu plus loin, les moutons dorment entassés pour se protéger du soleil.

On a entendu les cris et la poussière s'est élevée. C'est là, le premier hop ! juste au bout de l'étang. Le soleil est déjà au-dessus de la forêt, il illumine tout l'intérieur du car où l'on voit la poussière flotter. Quelqu'un pose le pied sur le siège, se hisse et ouvre le toit. Le brouillard se hisse lui aussi. On commence à sentir l'étang par les quelques fenêtres ouvertes. Le deuxième cahot les lance tous en l'air et on entend des cris de joie. Les paris sont lancés, c'est à celui qui saute le plus haut. Il reste encore un cahot et puis un encore, le dernier, près de la brigade des tracteurs et que tout le monde attend. Pourvu que le chauffeur ne ralentisse pas devant. Mais personne ne gagne jamais. Parce qu'on finit par savoir que celui qui a sauté le plus haut s'était mis sur ses pieds pour sauter et le saut ne compte pas.

Le car est de nouveau plein de fleurs. Tout le monde les tient sur les genoux. Les grands les confient à d'autres devant puis vont à l'arrière, sur la banquette du fond, pour sauter. Il n'y a plus un seul cartable et Sasha ressent la légèreté de ce dernier jour et la liberté qui va suivre. Ses fleurs, il les tient sur ses genoux, enveloppées par sa maman dans un sac en cellophane récupéré et dont un coin est coupé. C'est pour que les fleurs soient plus jolies. Trois tulipes rouges.

Ils ne sont même pas entrés en classe. Tout le monde s'est rendu sur le terrain de sport où on entendait du raffut et où on pouvait voir des enfants se courir après. Ils pouvaient courir les uns après les autres, les filles après les garçons et aussi l'inverse. Les filles flanquaient une tape sur la tête des garçons et ne couraient que quelques pas puis elles s'arrêtaient pour arranger la bretelle de leur tablier blanc. Elles arrangeaient aussi leurs cheveux et leurs gros flots posés sur leurs cheveux et leurs chaussettes aussi. Les garçons leur tiraient les cheveux et parfois même leur donnaient des coups de pied au derrière. L'uniforme beige tressautait et un visage décontenancé se retournait vers vous et la main qui se levait pour vous frapper. L'autre main tenait les fleurs.

On entendait les noms des maîtresses. Appels. Cris. Joie. On voyait sous les arbres les maîtresses agiter le bras. Une fille de chaque classe venait à votre rencontre sur le sentier, en haut, après la cantine, et vous indiquait votre classe avec le doigt. Le terrain de sport était plein. Sur la piste de soixante mètres était dressée une table avec des fleurs, entourée de chaises. Sur la table, il y avait un micro et des papiers. Il n'y avait personne à table. Du micro partait un fil jaune qui s'élevait dans un arbre, et passait à travers la fenêtre de l'école.

Sur la table, sont posés les diplômes. Et ceux qui ont eu des bonnes notes en recevront un. On va les appeler un par un au micro et toute l'école les regardera. Ils avanceront tout fiers et au retour ils rougiront et les filles courront en se tenant le sein gauche avec la main. C'est comme ça que courent toutes les femmes du pays. Et elles jetteront leurs jambes sur les côtés en courant et elles serreront la main du directeur et leur tête sera penchée et elles souriront.

Les garçons marchent bien droit. Parce que sinon, quand on revient dans le rang, Nadejda Petrovna vous tire l'oreille. En avant marche, demi-tour marche, comme de futurs soldats. Ils serrent la main du directeur. Toute l'école les regarde. Le vent soulève leur foulard de pionnier. Et toute l'école les envie.

Sur la table, les fleurs s'entassent. Il n'y a plus de place sauf pour le micro. Puis le directeur le prend à la main et la table se remplit d'encore plus de fleurs. Les maîtresses et Vera Ivanovna doivent prendre des fleurs dans leurs bras. Une fille de X^{e} raconte comme c'était bien à l'école. Elle regrette d'avoir terminé l'école et elle voudrait se retrouver de nouveau en Ire. Elle pleure, elle dit combien elle aime Parascovia Fomovna, sa première maîtresse et qu'elle regrette d'avoir mal agi parfois. Parascovia Fomovna s'essuie les yeux et pleure et ne voit même pas que Vasea casse les fleurs de Violeta. On entend des applaudissements. Une fille de VIe tient des feuilles de papier à la main et commence à lire. On ne voit bouger que les foulards et, là-haut, dans les arbres, les feuilles. C'est des grands peupliers, on voit le toit de l'école à travers. En prenant son élan, on pourrait atterrir sur le toit de l'école. Elle paraît si basse. On peut marcher dessus et partir. Y marcher comme sur un chemin. Elle paraît si basse et si petite. On pourrait marcher dessus et partir. On donne les fleurs et s'en va loin très loin. De là, on arrive dans la rue. Sans cartable, sans aucune fleur. On enlève le blouson et on le pose, comme les hommes, sur le bras gauche. On prend le chemin de la maison. Il ne reste plus qu'à rendre les livres. On les attache avec une grosse ficelle et on les rapporte. Ou alors on peut ne pas les rapporter. Tu t'en prendras une à la rentrée, mais d'ici là, personne ne viendra me chercher. Et puis, à la rentrée, il n'y aura plus Nadejda Petrovna. On déménage dans la grande école. Là-bas, il y a d'autres maîtres et on ne viendra pas te chercher.

Les feuilles blanches des peupliers tremblaient. Le soleil tapait dessus et elles vous aveuglaient. Et puis un gros nuage blanc s'est arrêté devant et on ne les voyait plus. On n'apercevait qu'une chose en mouvement. Et à bien y regarder, ça pouvait faire peur parce qu'on avait l'impression que le nuage s'était mélangé avec les feuilles et qu'il était devenu peuplier et qu'il se tenait sur une jambe noire, derrière le directeur. Sasha fit passer ses tulipes sur son bras droit et changea de jambe. La fille de VIe rentra dans le rang et quelqu'un d'autre se mit à parler. Mais pas longtemps, il a penché la tête sur le micro et l'a tendu au directeur.

Alors on a entendu une clochette et à un bout est apparu un garçon en foulard, un de Xe, qui tenait par la main une petite fille de Ire. Il ne la tenait plus par les épaules comme au début de l'année. Parce qu'elle était grande maintenant. Mais petite encore. Elle souleva la clochette et l'agita. Cela voulait dire la fin de l'année. La dernière sonnerie. C'était à ce moment que les vacances commençaient. Tout le monde était encore sérieux. Mais il faudra moins d'une demi-heure pour que sur les fleurs éparpillées sur tout le terrain de sport on entende tomber et rebondir le ballon.

Il revit son pays de la fenêtre du car. Les voitures qui ne passaient jamais sous le car. La luzerne verte sur la colline près de la ferme. Les feuilles tendres de la betterave. Même les poissons ne sautaient plus hors de l'eau dans l'étang près de la ferme. Et dans l'autre étang non plus. On aurait dit qu'ils étaient en vacances eux aussi. Ils nageaient quelque part au fond de l'eau. Ils approchaient leur bouche des pierres et des boîtes en fer. Le pays était plus calme. Il faisait chaud. Et par la vitre baissée entrait un air vif qui ne donnait pas froid. Un air qui ébouriffait les cheveux et, en penchant la tête un peu, ils se plaçaient comme on voulait. À droite et en haut. Même ceux qui d'habitude ne tenaient pas en place.

Il va devoir creuser un trou dans la forêt. Comme c'est bien que l'été soit arrivé et qu'il ait du temps. Il va creuser une cabane pour se cacher. Une comme avaient les partisans. Là-bas il va se cacher de la bombe atomique. Il a voulu si souvent se le creuser, son abri, mais il n'avait pas le temps, c'était l'hiver et la terre était gelée. Maintenant c'est l'été et la terre est bonne. Et il a du temps parce que c'est les vacances. Il se fera une petite porte pour entrer et le reste, ça sera couvert de poutres. Et sur les poutres, de la terre et des feuilles séchées par-dessus pour que personne ne le trouve.

Le vent passa dans ses cheveux et porta les pointes de son foulard sur son épaule. À l'intérieur, la poussière s'élevait et cela commençait à sentir l'essence. Mais dehors l'air était pur et il y avait du vent et cela sentait bon.

FIN

Ouvrage réalisé
par les Éditions Jacqueline Chambon
Achevé d'imprimer en décembre 2011
par l'Imprimerie France Quercy à Mercuès
pour le compte des Éditions Actes Sud
Le Méjan, place Nina-Berberova
13200 Arles

Dépôt légal
1re édition : janvier 2012
N° d'impression : 11819/
Imprimé en France